丫頭有福了 2

風文創 616

秋鯉 著

目錄

第三十一章

褚翌一直等她說話，結果等到她把他腳趾甲修剪完了也沒等來一聲回應，終於明白她打算裝死的心意。

他本來挺生氣的，結果她忙忙碌碌，修剪又打磨，還用熱帕子又幫他擦了一遍腳，他胸中憋了大半夜的怒火便倏地滅了一半。夜裡想起她說的「小順幫忙買馬」，若是沒聽錯，這個小順應該就是王子瑜的侍衛小順。

他又不笨，結合當日回京時王子瑜的異狀，很快得出結論——她出府後跑到了富春，而王家確實有莊子在富春。

隨安見他臉色漸漸由陰沈轉為慵懶，心裡七上八下。這是已經想出什麼陰招整治她，還是準備親自動手揍她一頓？通常直接動手的話，他會更開心，所以現在的模樣才變得慵懶。

想到這裡，她更是心慌。不管他用什麼招數，她都不想接招，上兵伐謀，自己不願意受大罪，那只好先談判了。

她從隨身的荷包裡拿出一個紙包，裡面是他喜歡的碧螺春。她重新提著壺水，幫他泡了一杯淡茶。「這茶葉是我跟老夫人身邊的紫玉姊姊要的，您還在吃藥，不宜喝濃茶，先清清口。剛才問了掌櫃，他說您身體好，恢復得很快……」

談判最忌諱一下子把自己放在對方的對立面，在這方面她不能說深有體會，但掌握褚翌的脈還是有幾分底氣的。

淡淡的茶香飄在空氣中，果然讓褚翌的神色舒展不少。她心裡略安穩，笑著道：「老夫人聽說您受了傷，心疼得不行，當即就要過來，還是老太爺攔住了；不過老夫人今日要去大成寺進香，估計肯定會從這邊走，為了避免再入了某些人的眼，我待會兒就走吧？」

褚翌的目光在她臉上轉了一圈，而後輕描淡寫地說了一句。「這樣也好，我讓武英送妳出城。」

隨安望著他的臉，剎那呆若木雞。早知道他這麼好說話，她乾脆說送完了人就回鄉啊！現在不知道說這個還行不行？

她猶豫不決，褚翌卻像沒看在眼裡，召喚寵物一般地衝她招招手。「妳過來。」

隨安心慌意亂，站在離他三步遠的地方停了一下，又往前邁了兩步，垂著頭跪在他面前。

褚翌摸了一下她的頭，輕聲問：「隨安，妳是不是還怪老太爺打妳？」

隨安不語。心裡當然怨憤，可打都打了，難道她能打回來？她也下不去手啊！

「我替他向妳道歉。我跟母親說，褚府以後不得以勢壓人，重新叫妳寫賣身契，這兩件事就當扯平了，行不行？」

他的聲音是從未有過的溫和平靜，像是寬慰一樣；可就是這樣的寬慰，一下子讓她壓在心底的委屈全都湧了上來，眼眶也紅了，張皇失措地抬頭看了他一眼，又迅速低下了頭。

兩個人一跪一坐，屋裡卻緩緩流淌著溫馨的氛圍。

褚翌的嘴角微翹。相處得久了，他能偶爾分辨出她什麼時候是裝模作樣，什麼時候是真心實意。可不管是裝模作樣，還是真心實意，他都不討厭，有時候還很喜歡，覺得她比其他人都機靈。

「妳回來後可以回鄉下住幾天，也好安慰安慰妳父親，但妳這樣子，久留鄉下是不行的，不說別的，就是那些地痞流氓，若是知道妳脫了籍是自由身，說不得就會上門騷擾。妳爹只是一介書生，我看不如也叫他上京來繼續讀書，將來若是考上秀才，有了功名，妳也好有個依靠。至於妳，還是回府裡，替我管我名下的產業，我每個月給妳五兩銀子。」

隨安心裡一愣，只覺天上咯噹一下子砸下一張超級大餅。

她腦子飛快地轉動。一個月五兩，一年六十兩，十年六百兩，要是有六百兩銀子，她十年後再嫁人也不過才二十多歲；而且，有六百兩在鄉下都能算個土財主了，要是一直有這樣的待遇，她不嫁人一直給褚翌打工都行啊！

她幾乎是破涕為笑，心裡的喜悅連矜持都矜持不住。

褚翌心底小小地「呿」了一聲，有點鄙夷。還以為她有天大的心思呢，原來不過是五兩銀子就搞定了。

只要點小利就心滿意足，卻又能守住大節，他對她的表現十分滿意。時人看人，總要讓人家表現得大義凜然，一點私慾都沒有，才說這個人有德行；可在他看來純粹是放屁，就是聖人也不是沒有私心，端看這私心大小，是否有害就是了。

他現在實在沒空調理她，就先穩住她，待打了勝仗回來再說其他也不遲。

隨安跟褚翌的心眼完全不在一個層面。

褚翌叫她起身，她就歡歡喜喜地起身，還說：「茶都涼了，我再給您泡一杯吧？」聲音輕柔，語氣歡快，像八寶粥加了糖一樣。

褚翌點了點頭。「既然決定早走，妳這就出去找掌櫃的吧，順便把武英叫進來，我吩咐他幾句。」

隨安求之不得。褚翌不再計較她拿著戶紙逃跑的事，還願意庇護她，這真是再好不過！也因此她一直心情激盪，經過城門的時候，坐在馬車外頭，目光一直放空，一副呆若木雞的樣子，連武英擦著汗，一臉同情地對守城的門將說「她嫂嫂以後都不能再生了……」都沒有聽見。

至於褚翌，則正跟喬裝過來探望他的老太爺說話。

「陛下正值壯年，太子卻已經成年，我看這件事不如透露給太子身邊的人知道，先看看他們的動靜好了。」言下之意，太子若是能拿得起、放得下，處事牢靠，他們也就不用另尋明主；可若是太子無能不堪，他們這些守江山的，辛辛苦苦忙活一場也沒什麼意思。

其實，照褚翌的想法，太子自以為掌握了皇上的脈絡，對褚家一向不遺餘力的譏諷，就是以後登基，估計絕對難重用褚家，還不如直接打聽其他幾位皇子的品行。但這種話等於以下犯上，心裡想想行，就是對著父親也不能亂說。

老太爺道：「你派人說的時候，我還以為你只是隨口來那麼一句，沒想到你心裡真是有這樣的成算。」兒子大了，有算計、有出息，老懷甚慰的同時，也有點失落。

「我們家以武起家，能走到今天這一步，父親已經功勳卓著，若是連這種事都知道，陛下就算當場不問，過後也會琢磨吧？到時候怎麼看您、看我們家？就算是說出實情，告訴大家真的是我無意中發現，那也太巧合了。」這種巧合要不是真的遇到，連他也不會相信。

「你覺得這種事應該讓太子身邊的誰無意中聽到，太子才會相信呢？」

褚翌想了想。「太子妃已經有了兩個嫡子，她肯定是希望江山永固，父親不如和您的幕僚商量一下，看能不能透給太子妃的娘家？目前來說，太子妃的利益跟太子的利益是一致的，這件事不知道則罷，知道了，為人臣子，自然要盡人事；可究竟太子知道後會怎麼做，那就不是咱們能猜到的了，還不如乘機看看太子品行。」

老太爺深以為然，看褚翌的目光多了幾分欣慰。「你說得對。這次要不是你運道好，恐怕沒這麼容易全身而退。那小丫頭也著實不錯，有幾分機靈不說，難得的是那份鎮定從容，我可記得你娘頭一回看見我受傷，我還沒喊疼呢，她便直接暈了過去。」

褚翌有些不自在，不想跟父親討論隨安，只好淡淡說了一句。「我已經給了她賞賜，等她回鄉看過她父親，再回來服侍母親。」

老太爺笑。「我看你十分看重她，還以為你會將她帶到華州呢！」褚家是武將，很容易一著不慎就殞命戰場，所以武將世家一般都廣納姬妾，求個多子多福，接著暗示褚翌。「你喜歡她，她也確實不錯，不如賞了她父親家資，還是將她的身契握在手裡。」

褚翌很快地拒絕。「不用。」

老太爺雖然覺得有點可惜，但見兒子心意已決，乾脆不說別的了，而是細細跟他說起戰場上排兵布陣的事。這些都是經驗之談，褚翌也就暫時把隨安的事放到一邊，認真聽了起來。

老太爺見他聽得用心，說得更加起勁，回去後跟老夫人道：「他是小兒子，沒指望他能支撐門庭，原本盼著他富貴平安地過一輩子，沒想到他不僅沈穩還真的有幾分運道……那丫頭要是回來，妳也抬舉抬舉她吧！」

老夫人見他提起隨安，就問：「九哥兒的婚事，你有沒有什麼打算？」

老太爺大手一揮。「他才十幾，過幾年再說不遲。倒是老八的媳婦也該娶回來了吧？」

老夫人無奈地點了點頭。「等戰事一平，你就把老八叫回來吧，省得柳姨娘愁得每天掉頭髮。」

老太爺將褚翌的話說給幾個幕僚聽，幕僚也說好，老太爺不免得意，覺得後繼有人。大孫子也很好，可文治武功，文治到底排在武功前頭，褚家要是有個心計眼光不輸那些文臣的兒孫，等將來無仗可打，也不會漸漸敗落下去。

隨安將「嫂子」送到莊子後，就要回家，她一個勁兒地向武英表示自己駕車沒問題，可武英就當沒聽見，堅持要她在莊子上住一晚，還說什麼「免得那些人跟過來察看」；再想找他問兩句到底褚翌怎麼交代的，沒一會兒就跑得不見人影。

第二日一大早才套好車，結果走的還不是回鄉的路。

隨安急了。「你要不說，我可跳車了！」

武英苦惱地抓了抓頭髮。「九老爺讓我把姊姊送到望江亭。」再多就不說了。

望江亭很快就到了，看見褚翌，心道果然，他在裡面坐著，身上穿了一件銀灰色細布道袍，又戴了一頂帷帽，身邊圍著三十多個穿著短打的侍衛，乍一看像個低調雍容的貴公子出行。

隨安不知他打什麼主意，心裡嘀嘀咕咕地上前行禮。

時間緊迫，褚翌沒打算跟她廢話，直接說一句。「我見妳包袱裡面有兩本書看著不錯，打算拿到路上消磨消磨時間。」

隨安沒想到昨天沒繼續的話題，竟然在這裡等著她。一下子面如土色。

他以前最擅長直來直往，沒想到現在喜歡上鈍刀子割肉。從一見面開始，到現在，不管她做了多少，他都沒打算放過她，這是不是就是傳說中的溫水煮青蛙呢？

那兩本書可是王家的傳家寶，也不知王子瑜怎麼弄到手又轉給她的？她已經欠了那麼大的人情，要是把書也給丟了，以後哪裡有臉再見王家少爺？

她當然知道褚翌不是真的想把書帶走，要是真想拿走，根本不用跟她說，她總不能一個人千里迢迢追到華州去，那就是想跟她談判了。

既然是談判，她又沒什麼優勢，先創造良好的談判氛圍就至關重要了。

她用略甜的聲音道：「您能看中那兩本書，是它們的體面，也是奴婢的體面……」

褚翌淡淡「嗯」了一聲，繼而道：「妳已經不在奴籍，不用自稱奴婢。」

「是。」隨安一頓後才接著說：「只是那兩本書實在有些年頭了，不禁翻不說，有的地方字跡模糊，要不我抄一遍，把抄好的給您送過去？免得您打仗空閒時想放鬆還累著眼睛。」

她臉上帶了一種淺得不能再淺的討好，紅紅的小嘴微微嘟著，流露出一種帶著精明的笑意。

褚翌總被她的笑容搞得心軟，正所謂，情人眼裡出西施，就算褚翌打算溫水煮青蛙，那也是一隻漂亮又驕傲、還有點機靈的母青蛙。

不過青蛙再好，現在水不熱，也吃不到嘴裡。

「那太麻煩了，還是妳捨不得這兩本書？」他大馬金刀地坐著，頭上的帷帽只掀開一半，臉上流露出智珠在握的自信。

他堅決不鬆口，隨安咬牙。「這兩本書若是奴婢的，奴婢不會有一分捨不得，實在是，奴婢難以啟齒……出了上京之後，身無分文，差點就淪落到跟乞丐爭飯吃的地步，奴婢便接了一些抄書的活……這兩本書就是一位主顧的……」

褚翌板著臉還是不說話。

她聲音更低，甚至帶了兩分撒嬌的意味。「……您就把書給我吧，我保證以後不這樣幹了行不行？再說，我年紀也大了，總不能抄一輩子書，有那些工夫還不如跟徽陽館的姊姊們學學，給您做幾雙鞋呢，您說是吧？」

她肯這樣甜言軟語、小意討好，褚翌立即意識到自己昨天說的話中了她的心意。她不是不願意留下，只是不肯做通房丫鬟，既然如此，兵不厭詐，他何不再為自己討些好處？

「我一個月穿廢了八雙鞋，妳那手指頭能做幾雙？」他鄙視地瞥了她一眼。

隨安剛要問他怎麼穿得那麼快，想起戰場上刀槍無眼，只覺得滿心的話不知如何張口，憋了一會兒才道：「您可一定要小心些，多多保重自己。」

褚翌本想拿她一拿，誰知她竟明白他話裡意思，說的話又熨貼。旁人都覺得他是靠父兄餘蔭，就只有她明白自己心志。拿旁人性命換來的便宜，他不想占，也不屑占。

隨安侷促著說了這一句話，臉上也覺臊熱，兩人一時相對無言。

之後，褚翌展顏一笑，終於放緩了聲音道：「書在武英那裡，妳之前的事我可以不細究，但沒有下一次了。妳知道我這個人，若是好則罷，若是不好，就算妳再救我一次，我也不會原諒妳了。」聲音低沈，帶著決絕。

隨安反倒不知說什麼好了，一會兒才吶吶地道：「知道了。」乖巧的模樣讓褚翌差點伸出手摸摸她的頭。

「京中的事，妳替我多關注些。武英知道如何給我送信，妳若是有什麼拿不准的主意，就寫信來問我……」他細細交代著自己的打算。

第三十二章

隨安這才曉得，他將她放到老夫人身邊並不是心血來潮，連忙道：「我會仔細打聽太子的動靜，到時候寫信給您。」李玄印將叛未叛，在戰場上有時候會是盟友，助你全力禦敵，可下一刻就能從背後給你一刀。朝廷的動向向來跟地方息息相關，抽絲剝繭說不定能提前發現什麼端倪，避免禍端。

「行了，徵陽館不是書房小院，妳也要仔細妳的小命。在我面前，妳我相稱，在老太爺跟老夫人面前，妳且老實些。」

隨安不服。她就是在他面前也很老實。

可又想起臨來之前，藥堂掌櫃給的消痕膏，她連忙拿了出來。「這個您記得一定要抹，一天早晚兩回，掌櫃的說這樣不容易留下疤痕……」

「我不要。」褚翌沒好氣。藥堂掌櫃早就跟他說了，他當時沒要，沒想到竟然給了隨安，站起身。「我走了。」

隨安連忙拉住他，不小心碰到他的手，褚翌只覺渾身如同觸電，耳朵悄悄紅了。

隨安沒注意，急急道：「您聽我說啊，您這肩頭的箭傷若是落在有心人眼裡，稍加聯想，說不定……既然決定從這其中脫身，不去摻和這些朝事，何不把細節做好呢？您以後身上的傷口縱然長成蜈蚣，那也是您的功勛。」不待他動作，就麻溜地將兩瓶藥裝到荷包裡，掛在他身上，又囉哩囉嗦地囑咐。「傷口痂皮掉落之後再抹，抹之前一定要洗乾淨傷口，薄薄地抹一層就行，一會兒就乾了，也不妨礙您穿衣；少吃河鮮……」擔心之情溢於言表。

褚翌被她說得心中鼓脹，如迎風的帆，面上卻無什麼感動的表情，哼道：「妳也別太擔心。謀事在人，成事在天，只要事情做好了，其他的不是什麼問題。」他要是淪落到被人察看傷口的地步，呿……初生之犢不畏虎，他並沒有將李玄印之流放在眼裡。

「記得好好抹。」隨安還殷殷囑咐。

褚翌再忍不住，伸手把她的腦袋推開，翻了一個飽含「女人就是頭髮長、見識短」的白眼。「妳挨了幾板子，就在床上要死要活地躺了幾個月……」

剩下的話未免她覺得自己在吹噓，所以沒說，但意思已經很明顯：老子受了那麼重的箭傷，現在還不是活蹦亂跳？

隨安唯恐他意識到自己那時候是裝病，剛要諂媚，想到諂媚等同心虛，連忙高冷地武裝自己。「我到底是為了誰才挨揍啊！還幾板子，明明是幾十板子好不好！」

褚翌都走了兩步，聽到後又轉回身，低頭湊在她耳邊問道：「那妳那裡有沒有落下疤痕？我看這種藥膏不如還是妳抹吧？」

隨安挨揍可是在臀部，褚翌這分明就是赤裸裸地調戲！她羞惱地瞪了他一眼。「快趕路吧！」

褚翌撩過即收，伸手摸了一下她的頭。「好了，妳在上京也多保重，努力以後都不要挨揍，記得我還等妳的書信跟鞋子呢！」他要是不給她找點事讓她惦記著自己，難不成他上了戰場還得時不時命人給她捎東西？

想到老太爺那陰晴不定的脾氣，隨安立即怨了，一個月五兩銀子也安撫不了。

褚翌噗哧一笑，沒再管她，徑直上了船，順風而去。

武英看見隨安一直目視著，連褚翌的船不見了蹤影還沒有回神，嘿嘿笑了幾聲。

隨安掃他一眼，繼續高冷。「九老爺為國為民，真乃人傑，令我等佩服之至！」

武英。「隨安姊，妳還是好好說話吧，我雞皮疙瘩都起來了，誰不知道九老爺從小就喜歡打打殺殺……」為國為民當然是大義，但在戰場上，殺人之前誰會喊一聲「我為國為民」？況且，他覺得九老爺分明是嫌棄在京中處處受制，上了戰場大開殺戒，才算如魚得水。

「少廢話，把書還回來。」拿了書也不早說，害得她被褚翌嚇出一身冷汗。

武英嘿嘿笑著。「妳也沒問我啊！」其實是九老爺不讓他說，但這會兒他可不敢說九老爺的壞話；況且九老爺還囑咐了一些其他事，也不能告訴隨安姊。

武英決定死皮賴臉地跟著隨安回鄉。

上水鄉離得不遠，他們的馬又是好馬，很快就到。

只是武英面孔陌生，車伕五大三粗，引得鄉下人紛紛側目，隨安躲在車廂裡面一路指點著，終於到了自家門前。

父女連心，隔著牆彷彿也能聽見屋裡傳來褚秋水的哭聲。隨安不待馬車停下就往下跳，三步併作兩步地往家裡跑。

一進門，屋裡的人嚇一跳，她也被嚇了一跳。褚秋水一身白衣就罷了，他對面的幾個陌生人身上也紛紛戴著重孝。

「這是怎麼了？爹，您為誰戴孝？」隨安看看這個又看那個。

跟在她身後跑進來的武英也撓頭，朝褚秋水行禮，喊了聲「褚大叔」，站到門口。

褚秋水對面的陌生人遲疑地站了起來。「褚相公，你幾個女兒？不是說你只有一個獨女？」

褚秋水剛才還在哭，看見隨安，腦子一下子轉不過來，過了一會兒才結結巴巴地開口。「隨、隨安哪……」

萬事起頭難，褚秋水乾脆一口氣說出來。「來的是下水鄉的余老五，他是他哥一手拉扯大的，結果剛做生意賺了點錢，他哥就死了，一直沒成親，就想著給他哥找個媳婦。我……妳……」後面的聲音越來越小。

隨安立時已經完全明白，手裡的茶碗一下子砸在桌上。

褚翌當日看見她的頭一句是什麼來著？也是以為她已經死了！

「您就這麼篤定我一定死了？是不是還夢見我給您托夢了？」

「啊，妳怎麼知道？」褚秋水大驚。

隨安氣急。「我那是氣話！有您這樣給人當爹的嗎？您到底是不是我親爹，怎麼就不想我一點好？還給我找冥婚！您讓我以後怎麼在鄉里鄉親中立足？」

「我是看著那家死去的老大長得還挺周正，家裡雖然不是官身，可有些錢，以後三節兩壽的也、也有錢給妳燒紙……」他怕極了，一邊說一邊抖個不停。

隨安三年多沒回來，早就變了模樣，鄰人一時沒認出來；但見他們駕著高頭大馬，還以為是褚家的什麼親戚，武英剛出去就被人圍住，七嘴八舌地問他剛才進門的是誰？

「這位小哥以前沒怎麼見過？」

「你們也是來提親的？」

沒等武英反應過來，褚家大門又被打開，有人怪叫。「哎喲，余老五怎麼出來了？不是商量聘禮的事嗎，怎麼坐了這麼一會兒就走了？」

武英這才抓緊問：「什麼聘禮？誰成親？」

「當然是褚家閨女啊。老褚從上京回來，哭著說閨女沒了……」

「這位小哥也是來提親的？給誰提親？打算出多少聘禮啊？」

武英被這些人的話砸得暈乎乎的，幾乎落荒而逃。

逃進了屋，就見褚先生抖得快成了篩子，而隨安則一臉寒霜地抱胸站在廳堂，冷冷道：「您弄了這一齣，我是沒臉住在這裡了，您到底跟不跟我走？」

褚秋水顫抖著問：「跟妳走去哪兒啊？咱們在這裡，好、好歹有、有口吃的……」

「到哪裡會沒有吃的？我帶著您討飯，一樣能討口吃的。」隨安何止是沒好氣，簡直要被她爹給氣死了！

褚秋水心裡不同意，但不敢反駁。

武英見他的目光四處張望，明顯想尋個幫手，連忙退出門外。

褚秋水剛才哭得眼睛有點模糊，也沒看仔細，想了想道：「要是討飯的話，妳的身契可怎麼辦？哦，我想起來了，回來的時候，褚家給了我五十兩銀子，我本來想用這些錢給妳立個衣冠塚，現在衣冠塚用不著了，要不拿著這錢把妳贖出來吧？」越想越覺得這是個好辦法，當下就要站起來去拿銀子。

隨安氣急，大力一拍桌子，震得桌子上的茶碗跳得比褚秋水剛才還高。「您是不是傻？用人家給的銀子去贖我，您當人家跟您一樣傻?!有你這樣沒心沒肺的嗎？」

褚秋水飆淚。「那妳說怎麼辦？」

「您收拾東西，這就跟我走。」隨安一刻也不想待在這裡。「我要是失蹤十年、二十年，您當我死了沒關係，我才兩個月沒見，您就忙不迭地給我辦冥婚，那余老五是不是說以後會代替我養您老？」

褚秋水連忙擺手。「他說了，可我沒答應。妳活著我已經拖累妳，妳死了，我不能再拖累妳啊……」

隨安抬手，十分不孝地指著他，心裡怒氣、怨氣、酸氣混在一起，統統化成一個。「您——」

褚秋水見狀，哭得更厲害，上前扯她的袖子，一把鼻涕、一把淚地哭道：「隨安啊，爹知道錯了，妳不要生氣，免得氣壞了自己；嗚嗚……爹這就去投靠姨表兄，好好地賺錢，給妳攢一副嫁妝……」

不提姨表兄還好，一提，隨安氣得都快升天。

外面的武英偷偷伸頭看了看屋裡，然後站直身體，發愁地撓了撓頭。九老爺臨走交代了，要好好看住隨安，她的一舉一動都要稟報，可今兒這事該怎麼說呢？還有，褚先生雖然做得不對，但哭得忒可憐；可他也很同情隨安姊莫名其妙被結陰親，所以——到底要不要進去勸一勸呢？

第三十三章

隨安懷著一肚子氣收拾好家裡，決定帶褚秋水往上京去。她胡拉混扯的信他都能信以為真，這次是惦記她所以才上京跟她說，以後要是膽子肥了，不跟她說一聲就跑了，她還得天南地北地找爹；再者出去兩個月，她發現雖然討生活不容易，可對於讀書人來說，只要拉得下臉面，賺個肚子飽是沒有問題的。

到了上京就給他找些抄書的活，把他拘在房子裡！

武英去鄉裡的包子鋪買了十來個菜包回來，見隨安坐在家中的石凳上，一言不發，褚秋水在屋裡偷偷伸出半個頭瞧她。

這父女倆，真不像父女，要是自己攤上這樣的爹……還不如重新投胎去。

這樣一想，武英對隨安的同情瞬間猛增，上前勸道：「姊，吃點東西吧！」

隨安回神，站起來伸手接過食籃，回頭道：「洗洗手，咱們一起吃。」

褚秋水一聽，忙跑到水井邊打水。

隨安洗好手，拿過一個包子咬了一口，突然眼眶發酸。她明明不想哭的，卻覺得自己這次不一定能忍住，便站起來，背對他們兩個走到一邊。

褚秋水剛要說話，武英已經看出隨安情緒不好，知她好面子，連忙拉住褚秋水，輕聲道：「褚大叔快吃，要不一會兒該涼了。吃完咱們把東西都裝上車吧，還有一些大件的、用不著的，要不送給鄰居們，以後也勞他們多照看照看……」

聽著武英絮絮叨叨的聲音，隨安眼中蓄滿的眼淚再也忍不住地滾落下來。她卻張嘴，輕輕咬了一口手中已經變得微涼的包子。

江山萬里孤寂地看來看去，卻擋不住親人的一聲悲戚、一點討好。時光彷彿將記憶也帶走了，現代親人的模樣早已開始模糊，有時候睡醒想來，朦朧得彷彿那只是夢一場；可褚秋水這樣一個柔弱到只會哭的男人，卻被她牢牢地揹在了肩上。

血緣的羈絆，遠比情感更直達人心深處。

她並非多愁善感的性子，包子吃完，心情也恢復得差不多了。

「以前我不在家，家裡就多虧松二哥照料，我們現在要進城，這宅子跟地就仍舊託給松二哥吧！他年紀不小，也該成家了，以後開銷大，有咱家的兩畝地稍微補貼補貼；至於咱家欠松二哥的，一時半刻還不完，慢慢地還就是。」

褚秋水是只要閨女樂意，他無有不允。

吃完飯，褚秋水跟隨安一起去了李家，李松去走鏢還沒有回來。

李娘子看著隨安問褚秋水。「這是囡囡？不是說——」後半句話吞回了肚子裡。

褚秋水笑著點頭。「是，嫂子妳瞧她是不是一眨眼就長大了？變得妳都認不出來了吧？」

李娘子心道，你一回來就說閨女沒了，街坊鄰居都以為她遭遇不測，知道你傷心沒敢多問，這才過了幾天，說回來就回來了，是說你心大好呢，還是說你神經粗好呢？

隨安衝李娘子行了個禮。「這些年我不能在爹跟前盡孝，多虧嬸子跟二哥照料，現在我要帶我爹上京去，有個不情之請還望嬸子能允了。」她把宅子跟地的事都說了。

李娘子沒想到隨安來竟然是想託付家產的。「這……街坊鄰居的，幫你們多看顧幾眼就是……」

隨安搖了搖頭。「那兩畝地，我爹耕種不了，我也是心有餘而力不足。松二哥幫助我家良多，要說把地裡的出產都送給他是小瞧了二哥。只是因為莊戶人家心疼莊稼，總不能讓地在那裡荒廢了；您耕種了，這地裡的出產便是您家的，天經地義，您也別怕人說。我已經寫了個說明，若有人不服，只管上京去找我，松二哥是知道我在什麼地方。」

說實話，李娘子對自己兒子一門心思惦記隨安有點不滿，但今日見了，觀她行事說話，再看模樣，頓時又心疼起自己兒子。隨安不是良籍，可到底在大戶人家做事，行事很有章程，不是那小門小戶裡出來，眼裡只盯著錢看的。

隨安不動聲色地送了這麼份大禮，還教李娘子心裡妥妥貼貼，說不出個不好來。

「主家的恩典，我跟著老夫人身邊伺候，拿著月錢，吃住又在府裡，所以就生了想把我爹接到京裡去的想法，要不我這心總要一直提著，不是怕他摔跤，就是怕他扭了腰……」隨安說起褚秋水格外不客氣，當然她說的也是實情，李娘子就算想替褚秋水挽回點面子，也實在找不出來。

褚秋水只管在旁傻笑。反正閨女好就行，旁人說他不好，他或許會在心裡記恨，可說話的成了閨女，說不好就不好吧，反正兒不嫌爹醜。

隨安站在那裡，眉鎖腰直，頸細背挺，眉目之間一片清明，李娘子心裡道了聲可惜。若隨安是個男子，褚家也有個能支撐門庭的人了。

從李家出來，武英已經把東西都歸置好了，房子也託給李娘子照看，鑰匙拿出一把給她保管。

褚秋水弄了之前那一齣，隨安不想出面再應酬其他人，父女倆乾脆都進了車裡，等武英趕著車出鎮子。隨安將頭髮梳了個男子髮髻，又換了一身小廝的衣裳，然後出去將武英趕到車廂裡。「你快去歇歇，等進了城，還要給我爹找間房子，先讓他住下。」

武英知道她之前曾獨自趕車送褚翌進京，便放心地將韁繩給她；可褚秋水擔心，非要出去坐在車前看著，武英正好躺倒，好好睡了一路。

隨安將馬車駕得不慢，進城的時候，天還亮著，武英揉著眼睛出來，兩個人商量著在離褚府三條街的地方租了間房子，一個月一兩銀子的房租。

「您就在這裡先住下，等過兩日我得空去書肆問問，尋些抄書的活兒，只當給您自己賺幾個零花。」雖然只是間樸素房子，但有床有桌、有臉盆架子，再把他們帶上來的東西安置好，也算像模像樣。

褚秋水卻噘著嘴不太高興。「把妳贖出來，大不了咱們以後賺了錢再還他們……」

隨安忍了忍，把那句「別噘嘴」吞了回去。「說得容易，銀子花完了我們住哪裡？帶著您去討飯嗎？」

褚秋水哼哼兩聲，頭上明明白白地寫著兩字「不服」。

隨安不理會他，出門去尋房東，又交了兩百文錢，算作這個月的伙食費，也免了褚秋水生火做飯的麻煩。

房東老倆口都是這一帶有名的老實人，隨安也沒說狠話，只提了點要求。「不用吃得多麼好，但是要乾淨，還要讓我爹吃飽。」

「那是、那是，姑娘放心好了，等褚相公吃了我們再吃。」

這就過猶不及了，隨安最不擅長欺負老實人。「那倒不至於。您兩老給他撥出點來就行，反正他吃兩天你們就差不多知道他的飯量了。」

老倆口笑咪咪地應下，隨安心裡挺滿意，把褚府地址說了，又道：「若是我爹有個什麼事你們看著不對勁，還請打發人去叫我一聲，我好及時回來。」

這就是她還在褚府的另一樁好處了。大家都知道褚太尉跟褚府，她不用扯褚太尉這個大旗，只小小地蹲在旗杆下頭，她爹在外面就沒人敢招惹欺負。

再回到屋裡，沒看見武英，卻見褚秋水眼睛又紅了，忙道：「爹，以後到了吃飯時，李爺爺會把飯菜給您端過來，飯錢我已經付了。」

褚秋水點了點頭，沒說話，看樣子好像一開口又要哭似的，隨安只得絞盡腦汁哄他。「還有不到二十天就端午了，到時候我帶您去看賽龍舟，說是皇帝也會出來呢！」

按理，她都說到這分上了，褚秋水當長輩的怎也得來一句「妳不用惦記我」，可他硬是不說。

隨安鬱悶得只想抓頭。褚秋水悄悄看了她一眼，然後又快哭了。「囡囡……不，隨安，我一個人在這裡害怕。」囡囡是小名，隨安早就不肯讓他叫這個。

隨安這下生無可戀。「您怕什麼呢？是怕怪物把您給吃了，還是怕壞人來欺負您？」

褚秋水一聽見怪物跟壞人，眼淚都流了出來。「都怕，我就是不想一個人住。」

隨安在心裡默唸了兩句。他是爹、他是爹，硬擠出一個笑。「趁著天還沒黑透，咱們出去逛逛，去書肆看看有您喜歡的書沒有？」別人家都是爹哄閨女，她這裡是閨女哄爹。

褚秋水咬著唇點了點頭，隨安扒拉他的衣裳。「娘都走了好多年，您也別老穿白衣，跟孝服一樣，她老人家在天之靈看到怎麼能放心？」

「不是為妳娘穿的……」褚秋水跟在她後面小聲嘀咕。

隨安沒放心上，隨口道：「不是給我娘穿的，那給誰啊？咱家還有沒出五服的親戚？」

褚秋水沒說話。

隨安慢慢直起腰，然後雙手扠腰，中氣十足地吼。「難道是為我穿的?!」

褚秋水眼中蓄滿了淚，隨安覺得再不能原諒，惡狠狠地瞪了他一眼。「不准哭！」

褚秋水的淚水便圍著眼眶打轉。

隨安出了門，深吸兩口新鮮空氣，安慰自己。好歹這個爹不偷不搶、不嫖不賭，忍了吧，不忍又如何？

可雖然說服了自己，但實在是太鬱卒，接下來父女倆逛街的時候，褚秋水看中了《三言》，她偏要給他買《春秋》，總之褚秋水相中什麼，她偏不給他買什麼，「驕橫殘忍」地做了一回不講理的閨女。

書肆老闆看不下去，背著隨安偷偷扯了扯褚秋水的袖子，示意他把不想要的拿在手裡，把想要的擱下。
隨安見手上的書已經有了四、五本，就問：「還有想要的嗎？結帳吧！」
褚秋水大著膽子遞了一本《明鏡傳》過去。「這是最後一本了。」目光瞄著一旁的《花奇緣》。
隨安抱著書直起身，掃了一眼道：「那就拿著吧！」反正最後一本，也不能完全不給他希望。
褚秋水的眼一下子就紅了，可憐兮兮地看著書肆老闆。
「兩位選的書多，我給去去零頭、去去零頭，以後常來，咱們這裡的話本都是上京最全的……」書肆老闆一邊說話，一邊汗顏地躲到櫃檯後面。
付了帳，隨安稍微氣順，在街上的果子鋪裡撿了不少吃食給褚秋水買了，褚秋水站在一旁眼巴巴地提建議。「我不吃這個。」
隨安嗯了一聲，指著旁邊的問：「那個呢？……好，那就秤半斤那個，它旁邊那是什麼？給我一點嚐嚐唄。」俏生生的模樣，毫不扭捏的話語，讓上秤的小夥子臉都紅了，捏了一塊兒老大的長壽糕給她。
隨安掰了一半給褚秋水，問道：「這個要嗎？」又問那夥計。「這個一斤多少錢？」
夥計小聲報了一個價，價錢不低，褚秋水就道：「這個太貴了。」
「沒事，這個輕，不壓秤。」她示意夥計也一樣來半斤，然後又漫不經心地開口。「我賺了錢不就是為養活您嗎？」

這下褚秋水歡歡喜喜地抱著一堆吃食，隨安則抱著一疊書回了住處。

武英正站在住處門口，隨安笑。「一轉眼你就不見了，快過來，我們買了好些吃的，你也帶些回去。」

褚秋水拿鑰匙開門，武英將腳下的一個包袱提進屋，放到桌上，笑道：「九老爺臨走的時候，讓我把他不用的一些筆墨收拾起來，正好都是褚大叔能用的，他便吩咐我拿過來。」其實褚翌的原話是：給他找點事幹，別整天哭……

隨安打開包袱，歡喜地笑道：「比我用的都好！」喊了褚秋水。「爹爹過來看看。」

武英見再無旁事，就問：「姊，妳晚上是回府住，還是住這裡？」這就一間屋，床也不大，再說隨安到底是個大姑娘。

隨安麻利地將買來的吃食包了一包，找了根麻繩繫好，交給武英。「你帶回家吃去。」

武英不要。「我不愛吃這個，要不妳給圓圓好了，她就住書房小院。對了，妳的屋子也還給妳留著呢！」

「那我回去住吧，在這裡還得打地鋪。」房子雖然大，但沒有隔間，只能算一間屋。

隨安跟武英出了門，又道：「你等等我。」返身進了屋。

褚秋水這會兒沒哭，看見隨安問：「落下東西了？」

隨安衝他伸手。「把您剩下的銀子給我，我存錢莊去。」

褚秋水一聲也沒囉嗦都拿了出來，隨安看了看，約莫還有四十八兩的樣子，心裡滿意，留了半兩銀子給他。「這些給您當零花，花完了再跟我要。」

褚秋水歡歡喜喜地送她出門，好像那四十八兩不是他的，只有這半兩才是的樣子。

武英偷偷衝隨安豎了豎大拇指。

隨安想想今天發生的事，雖然生氣，也夠樂得，唇角上挑笑了。褚秋水一見閨女笑了，連忙道：「隨安啊，明天記得來看爹爹啊！」

武英在路上問：「姊，褚叔多大年紀？」從面貌上看二十來歲，可從他這智力看來，卻好像比八歲的孩子還不如。

「快三十了。」隨安坐在馬車裡，有一句、沒一句地說著。

「那年紀不大啊，怎麼沒再找一個？」

「再找一個？」隨安挑眉。「你是覺得我照顧我爹不夠累，想讓我再伺候個娘是不是？」

「嘿嘿，妳別說喪氣話啊，我這不是覺得褚大叔要是再娶一個媳婦，就不會讓妳這麼累了。」

「我娘就是累死的，你說要是腦子沒毛病的，誰肯嫁給我爹？」她乾脆躺下，看著車廂頂棚。「以前還有人給他說親呢，後來人家一打聽我們家的事，就沒下文。說實在的，我特別佩服我奶奶，老早看出我爹不是個能幹人，趕緊相看好媳婦娶了回來。我娘太傻，幹活累了，看我爹那張臉一眼，又出去任勞任怨。可惜啊，想再找我娘那樣的，不好找了。」

把武英聽得想樂又覺得自己不夠厚道。

一回到褚府，武英便開口問道——

「妳的書我放書房小院了，咱們直接過去嗎？」

「既然都回來了，還是先去徵陽館跟徐嬤嬤說一聲。天都這麼晚了，估計分派活計也得等到明日。」

武英把馬車趕回車馬處，兩個人一齊到了徵陽館。

本是想通報一聲就回去歇著，沒承想徐嬤嬤沒出來，倒是出來個丫鬟喊隨安。「老夫人要見妳。」

第三十四章

隨安看了武英一眼，才抬步上前。進屋的時候，聽到徐嬤嬤帶笑的聲音傳來。「……您這是打算把她當姑娘養啊……」

隨安目不斜視，蹲身行禮，卻一下子被徐嬤嬤拉住，笑著說了句。「老夫人才說到妳，可巧妳就來了。」

老夫人笑著點了點頭。「我沒有閨女，妳又得了九哥兒的恩典，以前在他身邊伺候也是個盡心的，這些料子賞了妳，下去多做幾身衣裳。」

徐嬤嬤拉著隨安去看料子。「老夫人的眼光都是頂好的，這些啊，正是妳們這個年紀的小姑娘穿的。」

隨安看了一眼，紅橙黃綠藍，燭光下金光閃閃。「謝老夫人，隨安只是盡了本分，實在愧不敢當。」

老夫人笑道：「賞妳的妳接著，也不用怕其他人嫉妒，九哥兒難伺候我又不是不知道。妳既然回來了，明日就過來我身邊當差，先跟著紫玉學學這裡的規矩，其他的等我得空了慢慢教妳。」

老夫人讓她去休息，跟徐嬤嬤說：「她這八字果真是旺夫的？」

徐嬤嬤點頭。「強水得木，方洩其勢，她這命勢正合了九老爺。」

老夫人拿著徐嬤嬤批回來的八字看了又看。「竟沒什麼不好，除了幼年時坎坷些……」一時拿不定主意，問：「老太爺雖然沒有明說，但我曉得他的意思，是想叫九哥兒娶安遠將軍家的嫡次女。我從前看中了清平侯的小閨女，這兩個都嬌嬌俏俏，跟九哥兒配在一塊兒，金童玉女，只一樣，脾氣急了些。現在看來，我還是想得淺了，九哥兒啊，就該找個老實沈穩的，否則他這脾氣，一般的人受不住。」

老夫人還有句話沒說，可徐嬤嬤已經明白了。主母要寬和大方，才能不跟妾室爭風吃醋。

其實老夫人不可能看不慣兒媳，便故意抬舉兒子的妾室、通房，就是正經的兒媳想搓揉房裡的姨娘，老夫人也沒道理胡亂插手，看七老爺褚鈺就知道了。他年紀不小了，德榮郡主沒有孩子也沒抬舉妾室，那兩個通房丫鬟尋常都到不了褚鈺面前，還不如三等丫鬟能見他的次數多，老夫人也從未就子嗣的問題多嘴一句。

因為老七這樣，老夫人便特別希望褚翌能多子多福。老七的婚事人人都看好，當初也是他自己樂意的，可德榮郡主霸住人，肚子卻一點動靜都沒有，老夫人有時候都怕德榮郡主隨了她娘。已故的平郡王妃身子骨兒弱，勉力生下德榮郡主後就一直纏綿病榻，人參、燕窩地養著也沒多活兩年……

「王家倒有一位姑娘……」老夫人語氣遲疑地說道。

徐嬤嬤一愣，接著道：「您說的莫不是六房的五姑娘？」

「老六媳婦的脾氣那麼硬，妳說生了個姑娘，怎麼就差那麼多？」

「五姑娘溫柔賢淑，也自有好處。」

「就是不知道是真賢淑，還是被壓得狠了？妳把最近送來的帖子找給我，我也得出去走動走動了。」

「不如在府裡辦個賞花宴，請些小姑娘們過來玩？」

老夫人搖頭。「不行，那樣一來大家都知道我是為了九哥兒相看，請到府裡，落在有心人眼裡，到時候裝模作樣地裝樣子。」越說越覺得有道理。「就這樣定了，妳去拿帖子過來吧！」

隨安剛出了老夫人的屋子，紫玉就拉著隨安的手，陪她走了回去。

「妳原來的屋子也吩咐人收拾了，只是我想讓妳搬過來跟我一起住……」

「只要姊姊不嫌我。」隨安眨眨眼說道：「我也想少走幾步路。妳幫我看看，要是這邊有空著的屋子，先給我留著，我好把家當扛來。」

說得紫玉格格笑了起來，親自送她到門口。

圓圓還在書房小院，住在東邊的耳房，她看見隨安，眼眶一紅。「隨安姊姊去哪裡了？教我好找……」

武英在隨安背後冒出頭來。「之前怎麼跟妳交代的？」

「不要說她，都是我不好，當時走得匆忙，也沒跟妳說清楚，過去的事咱們都不說了啊。」

圓圓其實還有點擔心，這書房院子原本就是隨安當差，現在隨安回來了，她會不會被趕回家，或者是再去幹那些重活？這些事她從前都沒想過，還是林姑娘過來點撥了她兩句，她才能多想一想。

隨安就對武英道：「你快回去吧，反正我明日就去徵陽館當差，有什麼事你去那裡找我。」

武英見過她「管教」褚秋水的模樣，再聽她這麼輕聲細語地說話，感覺毛毛的，想著自己還要給褚翌寫信，答應下一聲就走了。

隨安跟圓圓說：「妳自己在這裡怕不怕？我或許要搬到徵陽館那邊去住……」

「不怕的，隔壁的林姑娘常過來看我。」知道隨安要到徵陽館當差，圓圓的心情更好了。

隨安一聽林姑娘，心就不好了。還沒忘記林頌鸞跟褚秋水說的話呢！天底下就有這麼一種人，不去招惹她，她那屎盆子一個接一個地想往妳頭上倒。

隨安磨了磨牙，笑咪咪地拿出從褚秋水那裡順回來的點心。「這是在大街上買的，去泡點茶，咱倆來個秉燭夜談。」

她的小屋子還是三個月前的樣子，乾乾淨淨，沒什麼變化，被子在床上團成了一團，圓圓臉紅了。「知道姊姊回來住，拿出去曬了，還沒來得及摺。」

「讓妳費心了。」隨安笑著將點心包放在桌上，兩手提著被子，三兩下摺成了一個一絲不苟的方塊，床單一抖一撐，立時平整了。這樣再看床鋪，就覺出規矩、乾淨，讓人看了心裡清爽。

圓圓驚嘆。「隨安姊，妳真厲害！」她來的時候隨安受了傷，這還是頭一回見她摺被子。

隨安洗手，拿出櫃子裡面的茶葉罐子，問：「有熱水嗎？咱們邊吃邊說，妳要是想學，我慢慢教妳就是了。」

圓圓輕快地答應下，提了水來。隨安燙了燙杯子，一人倒了一杯熱茶，就著點心，妳一言、我一語地說起來，第二日早上，還差點起晚了。

隨安用冷水洗了把臉，來不及吃飯，塞了兩口點心、跟圓圓說了一聲就走了。

徽陽館裡，紫玉正伺候老夫人用飯，老夫人道：「妳今兒教教隨安出門的規矩，明日去安成伯家。」

紫玉脆聲應下後，找了隨安，直接道：「妳還是搬過來住吧，咱們姊妹也親近些，做事也方便。」

隨安也不囉嗦。「我今天就搬過來。」

紫玉點頭，跟她說起出門的規矩。

大梁的朝廷其實不難理解，勛貴前站著皇室，文官前站著內閣；武官嘛，好比皇帝手中的刀，沒有戰事的時候棄之不用，或許會覺著這把刀不順手，再換一把。

安成伯在勛貴裡不算頭一份，但因為管著宮衛，因此往來奉承的也不少。

「……妳頭一次跟著出門，要緊的是別出了岔子，跟緊我就行。對了，妳出門的衣裳呢？拿來我替妳看看。」紫玉道。

隨安無有不允，藉口回去收拾東西，回了書房小院。

王子瑜的書還在她這裡放著，若是拿去了徵陽館，那邊人多，難保不被人翻出來，到時候又是一樁官司；可這樣託人捎去，她也沒幾個知根搭底的人……

想起武英說武傑挨了板子躺在家裡，她收拾了幾樣傷藥，拿著盛著書的匣子去了武傑家裡。

武傑一聽說隨安回來，非要從床上起來。隨安上下打量他，見他形容尚好，心裡偷偷罵了褚翌一頓。這就是主子犯錯，僕婢受罰。「你還好嗎？我拿了些傷藥過來。」

「我還好，武英昨兒來家裡跟我說了。隨安姊，妳這些日子可還好？對了，九老爺讓我從錦竹院把他小庫房的鑰匙跟帳本都拿著了，武英說以後這些就交給妳管著，什麼時候咱們把帳目對一對。」

隨安笑。「我也挺好的，對帳的事不急，你先養好傷，我這還有一樁事要你幫忙呢！」

武傑忙道：「我這傷不要緊，就是看著嚇人，隨安姊姊有什麼事只管吩咐。」

「九老爺這邊有些東西要送給表少爺，本來應該我親手轉交，可我明天要跟著老夫人出門，以後怕不得空，單獨出去……」

武傑笑了。「旁的事我還不敢保證，表少爺的事就交給我好了，我嫂嫂是表少爺身邊的侍衛小順的表姊……」

武傑喊自家大嫂過來，隨安特意看了看，沒發現大嫂跟小順模樣有相似的地方。

小順來得很快，看見隨安吃了一驚，卻又很快垂下頭。

隨安小聲道：「這是表少爺的書，九老爺讓我替他還給表少爺。」

小順點了點頭，收下匣子，走了。

隨安長長地鬆了一口氣，對武傑大嫂謝了又謝，又跟武傑說：「你好好養著，得閒了我們就來看你。傷筋動骨一百天，多趴會兒總是好的。」

回去後，她先收拾鋪蓋，然後拿著選好的衣裳去找紫玉。

因為明日是安成伯的母親過六十大壽，因此她選了一件粉紅底繡花長裙，這是她最花稍的一件衣裳了，紫玉點點頭。「勉強湊合吧，老夫人賞妳的衣料妳趕緊做起來。」

第二日早上，她被紫玉押著薄施粉黛，又領到老夫人跟前看過了，老夫人還跟徐嬤嬤笑道：「一打扮起來，也是個小美人，以後跟著徵陽館的姊姊們，可不行像從前那樣土氣。」

徐嬤嬤也笑。「老夫人巳中出門，妳們先去吃了早飯再過來。」

此時離巳中還有一個半時辰，時間尚早，隨安便跟紫玉說道：「昨天只拿了鋪蓋，我回去收拾下其他東西。」

紫玉皺著眉道：「我看，妳不如叫武英那個妹妹跟過來伺候妳好了，反正九老爺也不用那個書房小院了。」

隨安忙作揖。「好姊姊快快饒了小生吧，小的是哪個牌面上的人，還要人伺候？倒是姊姊若是需要，小生願意端茶倒水、洗腳捧盆地伺候姊姊……」

正好讓棋佩聽見，哈哈大笑了起來，紫玉哭笑不得，捶了她兩下。「妳快去吧，以前也沒發現這丫鬟嘴這麼貧。」

隨安便換了平常的衣裳，匆匆去了書房小院。

圓圓正跟武英一起打掃院子，隨安心道，幸虧換了衣裳，便挽起袖子跟他們一起，一邊打掃一邊問安成伯家的事情。武英跟回事處的人熟，知道一些，忙跟她說了。

安成伯是天子近臣，他母親的誥命雖比不上老夫人，但年紀擺在那裡，老夫人也當成長輩尊敬著。隨安一一記在心裡，暗忖少說少錯，出門首要便是規行矩步，一切行事都以不出錯為前提。

巳時中還差一刻，褚府要出門的女眷都到齊了，大家在垂花門裡上了車，褚鈺親自護送她們前去。

馬車一直到安成伯府的垂花門才停下，隨安跟紫玉先下了車，又扶下老夫人。

早有安成伯府的管事婆子進去通稟，不一會兒，出來一個四十來歲、穿了件大紅色百蝶穿花遍地金褙子的女子，紫玉低聲跟隨安說：「這是安成伯夫人。」

安成伯夫人上來先行禮笑道：「您可是稀客，快請屋裡上坐。」

老夫人笑道：「今兒我們來沾沾你們府裡的喜氣。」

女眷們相互行禮拜見，伯夫人笑著往她們後面看。「七老爺在哪裡呢？沾我們的喜氣當然沒問題，不過得讓玉樹臨風的七老爺給我們老太君拜壽才行。」她年紀比老夫人大，但因上頭有婆婆，不好穿得過於莊重，看著倒是老夫人更穩重些。

伯夫人跟德榮郡主一左一右地扶著老夫人的手，一邊說著話一邊沿著抄手遊廊往裡走。

等老夫人進了屋，紫玉跟隨安自然就站在廊下。

廊下已經有不少丫鬟，有跟紫玉認識的，上前來打招呼，紫玉也沒藏私，將隨安介紹了。什麼長興侯府裡大奶奶身邊的姊姊，姚國公府老夫人身邊得力的妹妹……

隨安抿嘴笑，不想貿然插話討人嫌，便站在一旁認真聽她們說話。就像大學室友在一起討論帥哥、打扮、化妝一樣，這裡的丫鬟們討論的也不出那幾樣，有問胭脂的，有說熏香的，有說某某奶奶或者夫人穿了一件什麼什麼料子的衣裳的，當然，最討人喜歡的話題便是哪家的公子哥兒斜眉入鬢、人物風流云云。

有管事嬤嬤進屋稟報男客們過來給老太君拜壽，見王子瑜也在其中，紫玉忙拉了隨安上前行禮。「見過表少爺。」

他看見隨安一愣，接著微微一笑。「妳們倆跟著姑母來的？對了，妳們誰知道九表兄是怎麼回事？我這兩日被拘在家裡，一會兒聽說他不見了，一會兒又聽說他去華州了，一頭霧水。」

紫玉笑道：「這事您得問隨安，奴婢只知道九老爺心血來潮連夜趕去了華州，害得老夫人白擔心了一場不說，只好打發人給九老爺送了一車東西過去。」

王子瑜看了看拜壽的門口，喊了隨安。「妳過來，我問妳幾句話。」率先走到一棵花樹下。

隨安深吸一口氣，慢慢走了過去。

王子瑜低頭小聲地問：「莊子上的人跟我說妳去接妳爹，怎麼到頭來妳又回褚家了？到底怎麼一回事？妳沒事吧？」

隨安心虛。「就是那天不知道怎麼被九老爺發現了……」

王子瑜連忙道：「他沒責罰妳吧？」

隨安搖頭。「沒有。」也許是沒來得及。

即便如此，王子瑜心塞至極，好比揀了一個寶貝還沒稀罕過來，就被寶貝的主人尋了回去。

他忍不住沮喪地開口。「他與我打賭，明明是他輸了，卻不肯將妳給我，說已經給妳脫籍，我以為妳得了自由身，誰知道他……」

隨安這才曉得，他當日竟然是為了她才同褚翌打賭，可這種把人當物品打賭的事，她實在沒辦法感動。獅子跟老虎說，我看中你的兔子了，咱倆打個賭，輸了兔子歸我，兔子應該覺得高興嗎？

兩個人情緒都不高，隨安更是胡亂找了個藉口就離開了。

第三十五章

跟著出門一趟就累得不想動彈，但出門也有好處，比如隨安發現安成伯府交際廣泛，老太君的壽辰，不僅運昌侯府送了重禮，連太子也賜下禮物。

原以為接下來就沒事了，誰想到第二天，紫玉又通知說老夫人過兩日去梅家林園賞花。「昨兒遇到的那些小姊妹們肯定也會到，妳總不能仍舊只穿那一身衣裳吧？她們一個個眼睛賊尖，到時候背地裡排擠，妳就成了笑話了。」

隨安只好花錢請針線房的人幫著做衣裳。丫鬟們一年四季一共四身衣裳，她來得不巧，春裳早就做了，夏裳要開了五月才做。

針線房的人手巧，做出來衣裳好看，但花錢多，隨安覺得肉痛，想起誇下的海口要給褚翌做鞋子的事情，更加不想出門了。

徽陽館裡女紅最好的是徐嬤嬤，棋佩得了徐嬤嬤真傳，才提上來半年的三等丫鬟石榴是棋佩的徒弟，隨安就死皮賴臉地去求石榴教自己。石榴不敵，終於磨磨蹭蹭地應下，開始教她繡花。可惜沒天分就是沒天分，才一天就氣得石榴哇哇大叫。

紫玉聽說了哈哈大笑，轉頭去老夫人跟前賣了個乾淨。

徐嬤嬤就喊石榴，叫她把隨安的成品拿來看看。

石榴將袖子裡的一塊帕子拿了出來，誠懇地道：「奴婢學藝不精，教得不好。」

徐嬤嬤接在手裡一看就樂了，遞到老夫人面前，老夫人一瞧。「這繡的是木棍？她畫畫不是看著還不錯，怎麼繡花就差這麼多？」

紫玉也打趣。「奴婢還想著讓她學幾日就能自己做衣裳了，唉，就這水準，做出來衣裳能不能穿得出門還是未知呢！」

徐嬤嬤翻過來瞧，大概想給隨安找出個優點來。「這鎖邊還是有進步的，這最後一道邊就齊整多了。」

石榴伸出脖子一看，大膽地插嘴道：「徐嬤嬤，這一道邊是我縫的。」

石榴算是自己的徒孫，徐嬤嬤又認真看了兩眼，點了點頭道：「那妳好好教她吧，妳的水準教她綽綽有餘啦！」

屋裡眾人捧腹，老夫人擺手。「三歲看老，人是個什麼樣，生下來就帶了的，她不會也不用用力去學了。別以為我說得不對，妳們想想，她認識多少字，要是讓妳們拿毛筆寫個字，難不難？」

徐嬤嬤心道，老夫人這是偏心上了隨安，當然歸根結柢還是因為九老爺。隨安對九老爺有用，若是跟了九老爺，又能帶旺九老爺的命星，老夫人看隨安自然要高於其他人一等。

老夫人叫了隨安過來。「給妳的那些料子，妳也不用自己做了，趁早送到針線房去。從前妳跟著九哥兒，穿得灰撲撲的也罷了，在徵陽館就要跟徵陽館裡姊妹們一樣，正是穿紅穿綠的年紀呢，妳們說是不是？」

「謝老夫人恩典。」隨安小聲道：「婢子才剛將料子送去，要是讓婢子自己動手，估計等明年也穿不上新衣裳。」
屋裡人一聽她這樣說，又都笑了；老夫人也笑了，聲音帶了幾分柔和。「雖說手藝不成，但總算還有幾分自知，也不錯了。」
隨安受寵若驚。
等下值回屋，紫玉跟她道：「我先前還怕妳被人擠對哭了，有老夫人今兒這話，妳就能站穩腳跟。」
隨安卻發愁道：「要論交際應酬，我不如姊姊妳。姊姊做事八面玲瓏，我做事雖然也想跟姊姊學，可就覺得四面透風；棋佩姊姊的女紅、廚藝，我更是望塵莫及，我到底要怎麼做才好呢？」
紫玉笑。「妳真是，老夫人才誇妳，妳倒是沒把自己看眼裡。算了，既然老夫人讓我教妳，我少不得要提點妳一二。」說完卻不接著往下說。
隨安連忙倒了茶，又做出一副討好的模樣。「姊姊要不要泡泡腳？小的給姊姊打盆水。」
「去妳的！」紫玉捏著帕子笑著推她。「妳想想，老夫人最掛牽的是誰？」
「當然是九老爺。」隨安皺眉。「可九老爺在邊關，姊姊是讓我去邊關殺敵，等九老爺遇到危險率先擋在他前面？」話沒說完就被紫玉笑著扔了帕子在臉上。
「我不跟妳開玩笑了。妳既然不喜歡出門走動，要是留在家裡，不如多替老夫人抄些經書。老夫人因為早年老太爺上戰場，所以在東廂那邊設了小佛堂。」

隨安心裡覺得，抄經的意義還不如自己上戰場呢，可這話不能說，說出來就是對神佛不敬。

她趁著晚上的工夫抄了一卷地藏菩薩本願經。可事有巧，就有不巧，她剛拿經書出來，還沒遞到老夫人手裡，外面進來人稟報。「林姑娘過來了。」

隨安一聽她的名字，恨不能上前先給她兩爪子。欺負她就算了，還變本加厲地欺負她爹，是可忍，孰不可忍也！

林頌鸞氣質溫婉，垂眉含笑。「褚九哥一心為公，作為師妹，我打心裡佩服至極；可深閨弱質，無縛雞之力，只能抄些經文供奉在佛前，聊盡一分心力……」隨手奉上三卷佛經。

剛說完，又有丫鬟進來稟報。「王嬤嬤過來了。」

「蓮香是個笨人，可笨人心誠，不像那些刁鑽奸猾的，她一筆一畫地照著佛經抄，她說為了求佛祖保佑九老爺，後面還要跪著抄呢，那才是真虔誠。」王嬤嬤送上蓮香抄得厚厚的一疊經文。

隨安生無可戀地瞅了紫玉一眼，紫玉使勁憋了憋，才把笑憋回去。

這還不算完，錦竹院的三個大丫鬟也來了，同樣是送了抄好的經文。人家不識字，著意抄的，可比隨安更心誠。

此時此刻，隨安無比地希望時光能夠倒流，而紫玉一直笑到晚上。

不過經此一事，隨安也算放開了。徐嬤嬤納鞋底的時候，她跟在一旁，時不時地搭把手，徐嬤嬤乾脆把手裡納了一半的鞋底給她，總算是有了個正經活。

不出門的時候，丫鬟們聚在一起做活，有時候老夫人也會叫她們在跟前一起，圖個熱鬧。

隨安斷斷續續地聽到了不少八卦。比如老太爺把族中的不少姑娘也送進族學，還請了位女先生講課，為的是人從書裡乖；又比如林姑娘在族學中很受追捧，不少褚家子弟都公然表示過喜歡她的詩詞。

說到林頌鸞時，隨安飛快地抬頭看了一眼上首的老夫人，老夫人一副沒有聽見似的。隨安心裡想著，還要打聽打聽小李氏在宮裡的情況。

她跟紫玉的關係越來越好，便問紫玉。「知不知道林姑娘的小姨現在如何了？」

紫玉也屬於看林頌鸞不順眼的一類人，聞言笑道：「聽說皇后娘娘說她宮規禮儀學得不好，打發去了尚衣監……」褚家的人都沒怎麼把小李氏放在眼裡。

時序快到端午時，突然傳來消息，說肅州節度使李玄印的夫人帶著女兒回了上京。武官在外，通常都會讓家人在京中落戶，名義上皇家會恩賞宅子、莊子，實際上就是為人質。

老太爺得知消息後找老夫人說話，老夫人遣走屋裡服侍的，只留下隨安在一旁奉茶。

「今日大朝會後，皇上將我留下，然後把李玄印的密摺拿出來給我看了……」老太爺語氣沈沈地開口。

老夫人心裡一突，看了隨安一眼。「妳在外面守著，有其他人來，先叫他們在西花廳等等。」

隨安便站到內室門口，屋裡不一會兒傳出老夫人的詢問聲。「李玄印說了什麼事？」

老太爺的聲音更加沈悶。「李玄印說自己的傷病經過去歲，更厲害了些，恐怕勉力支撐也過不去今年了；他的兒子們已經成家，只剩下最小的閨女，在邊關找不到好人家，又怕自己出事再令她守孝三年，更耽誤了青春，因此叫夫人帶著閨女回京相親嫁人。」

「難不成，李玄印並無反意？」老夫人疑惑。

外間的隨安也同樣疑惑不解。若是李玄印真的決定要反了朝廷，絕對不會在這個時候送妻女進京；要是他們一旦起事，留在京中的妻女便會成為眾矢之的，說不定還會被斬首。

屋裡傳來老太爺的嘆氣聲。「事情我早就命人透給太子了，可太子竟然派人送信給李玄印。這才過了多久，李玄印那邊就送人進京，我看陛下的意思，竟是想給李家閨女賜婚。」

「我看，不如就讓人送帖子給李夫人，我親自去見見她，總有蛛絲馬跡可循。」

老太爺點頭。「妳去一趟也好。孩子們都在華州，我雖然相信九哥兒說的事，可私心裡還是希望李玄印不要真的起事。他現在做出這番樣子，我們也得好好分辨分辨，看他是真心實意，還是虛情假意？」

第二日，老夫人就命徐嬤嬤給李夫人送帖子。

隨安自告奮勇陪徐嬤嬤一起去李府。

李夫人在花廳見徐嬤嬤，她看上去二十七、八的年紀，穿了一件沉香色暗花牡丹葡萄紋大袖衣，眉間似有一抹輕愁，臉容倒是十分溫婉安詳。

隨安想了想，試探著朝陪著自己的李府丫鬟露出一個笑。「李夫人可真漂亮，女兒隨母，想來李姑娘也是國色天香。」

那丫鬟反應過來，與有榮焉地抬了抬胸。「我們大小姐在整個肅州是最美貌的。」

隨安默了一瞬，然後衝那丫鬟眨了眨眼。「我們府裡九老爺今年十五歲，人物俊傑，名滿上京。」

那丫鬟先是張著嘴，沈默了一會兒，可一下子眼中像是發了光，看了一眼屋裡，一把拉住隨安的手。「夫人或許過一會兒才能跟妳們府裡嬤嬤說完話，姊姊先去茶房喝杯茶。」

兩個丫鬟交換了一下「情報」，隨安這才知道，李夫人是李玄印的繼室，她只有李姑娘這一個親生閨女；李姑娘確實美貌，在肅州求親的人絡繹不絕，還有慕名而去的。

「……上京物華天寶，可只有一樣，李姑娘要是嫁到上京，以後想找娘家人撐腰有些遠了；若是在肅州，那可……說句大不敬的，比那些郡主、縣主們也不差什麼吧？」沒敢說公主，但節度使一般就是地方土皇帝，跟公主也沒兩樣。

「姊姊不知，我們李大人年事已高，又有不少傷痛，身體一日不如一日，夫人這才生了在上京給姑娘找婆家的心思。到底京中規矩嚴整，沒有那種苛刻的……」言下之意，若是李玄印不在了，到時候李姑娘在肅州就是那落架的鳳凰。

隨安沒想到李玄印密摺中的事，如此輕鬆地被個丫鬟說了出來——是李玄印沒把皇帝看在眼裡，還是這丫鬟是李夫人心腹中的心腹，所以知道機密？

她笑著道：「姊姊別哄我，李姑娘應該有不少兄長吧？咱們都是武將家，可不是那些文謅謅的人家。這姊妹在婆家受了欺負，正該娘家兄弟出面，不都說大舅兄們能頂半個岳父？」

那丫鬟聽隨安說李姑娘的兄長，卻不知怎地把臉上的笑容收了起來，添了兩分勉強地說道：「是啊，我們姑娘有八個兄長呢！」

隨安不是天真的小女孩，她明顯從李府丫鬟的話裡聽出了言不由衷，便連忙轉移話題，問李夫人娘家是不是也在京裡？「兄長們都是大老爺們……上京的規矩，送親的全福人都是由女家親眷擔任……」

她一說這個，那丫鬟便轉變神情，連忙給隨安倒了一杯茶，問：「還有什麼規矩，姊姊也給我講講。」

「我也是一知半解的，只曉得這全福人是頂要緊的，只是要是娘家實在不好找，從外祖家找也是一樣。」

那丫鬟聽了若有所思，掩飾似地說道：「我們夫人娘家倒是人丁興旺，可就是離上京太遠……全福人的事多虧了姊姊提醒。」接著請隨安喝茶。

隨安笑著點頭。「從訂親到成親有一段日子，就是我不說，等妳們操辦起來，也就知道了。」

心裡卻在琢磨，李姑娘上頭有八個兄弟，她都到了成親的年紀，不可能那些兄長們還沒有成親，也就是說有八個嫂嫂，這八個嫂嫂不會都不能當全福人吧？可聽這丫鬟的口氣，卻像是根本沒考慮李家妯娌……看來李家的事還要從肅州那邊好好打聽打聽。

又過了一盞茶的工夫，徐嬷嬷才從花廳出來，李夫人親自送到門口。

徐嬷嬷上了馬車，臉上的笑便收了起來。

隨安心裡一突，直覺可能徐嬤嬤從李夫人那裡得到的消息並不怎麼好。回到褚府，趁著徐嬤嬤跟老夫人稟報的工夫，她去找武英，見了面直接問：「我要是寫信給九老爺，牢不牢靠？」

武英點頭。「姊姊儘管放心，九老爺都安排好了。」

隨安卻覺得不大放心，忍不住悄悄問：「九老爺怎麼安排的？我聽說有許多信半道上會被人拆開看。」

「這個妳就放心好了，九老爺的信是夾裹在藥堂那邊，讓兵部送到邊關的藥材當中的。那些藥材半個月一送，來回不僅安全還方便快捷。」

老夫人上門拜訪李夫人並沒有久坐，這次隨安一直站在老夫人身邊，反倒不如頭一次的時候打聽到得多。

兩位夫人彼此都問候了對方夫君的身體，然後就說起了兒女經。

「我這裡單等著九哥兒娶媳婦，也就成了名正言順的太夫人了，可他倒好，一聲不響地跑到了戰場上，管也管不住，總不能用繩子綁在家裡；從小又格外有主意，叫他往東偏要往西，竟跟我說，娶媳婦要娶個他喜歡的。您說他周圍圍著的都是些兵娃子，能娶著什麼喜歡的？」老夫人笑著無奈地說道。

「倒是緣分。我們家這個也是行九，又是最小的，被她爹從小嬌慣著長大，要不是我看了不行，嚴加約束著，這會兒不定成了個驕縱的主兒。」

「哪裡能夠呢，我看李姑娘倒是溫婉可人，比上京的那些貴女們還多幾分貴氣。」老夫人奉承了一句，卻不接李夫人前面那句緣分的話。

等隨安悄悄將身體重心挪到右腳上時，老夫人就提出告辭。「您剛來上京，事務繁冗，就不多打擾了，端午節再請您出去踏青。」

李夫人再三挽留用了午膳再走，老夫人只推說家中也要準備過節，她只好道：「也好，等我把家裡這攤事理順了，再請姊姊上門坐坐。」

回去之後，隨安便給褚翌寫信。「李夫人進京，帶的肯定是自己的心腹，那些能對外說的會告訴外人，可李家現在到底什麼情況，卻不能只單單看李夫人這邊，還要尋摸著打聽打聽肅州節度使府上的實際情況才行。」

不能排除李夫人母女被李玄印當作棄子，故意丟到上京迷惑眾人的情況。假若真是這樣的話，李姑娘也忒可憐了點。

但誰又不可憐呢？路總是人走出來的，那種一生衣來伸手、飯來張口、錦衣玉食又隨心所欲的人，恐怕就是過上萬年也沒有一個。

晚上把封好的信交給武英，她就開始琢磨如何請假好去陪褚秋水過節的事？

徐嬤嬤不知道是不是得了吩咐，很爽快地准了她一日假。

第三十六章

到了端午這日，老夫人帶著家裡女眷出門踏青、看賽龍舟，隨安則一早就去了隔著幾條胡同的褚秋水住處。

褚秋水正在家中望眼欲穿，隨安看見他，不自覺地把自己調整到女漢子模式。

「是去看賽龍舟，還是去爬山？」

褚秋水雖興致勃勃，可仍舊遲疑道：「妳好不容易歇息一日，咱們就在家好好過節。」

這屋子平日只有他一個人，冷冷清清，只有閨女回來時忙忙碌碌的，看上去才有了家的感覺。

隨安將抹布洗乾淨晾好，目光清亮，找了放在院子當中的一只木盆，提水倒進去，找出褚秋水的髒衣裳，一邊洗一邊道：「我反正聽您的，您說出門就出門，您說在家就在家。」

褚秋水立即發愁了。他就不是個決策者，從來也沒下過什麼決定。

結果等隨安洗完衣裳晾曬起來，他也沒做好決定。

隨安心裡暗笑。她平日不許他單獨出門，恐怕他就真的沒怎麼出過門，這段日子估計悶壞了，現在猶豫不決，心裡肯定還是希望能出去逛逛的。

她雙手在圍裙上拍了拍，上下打量他一眼。「咱們還是出去吧！就是在家過節，也得買些東西才好，縱然雄黃酒不喝，也要吃兩顆粽子應應景吧？」又道：「我看您也不用換衣裳了，就穿這一身，正好等回來我給您洗了。」

說著她麻利地將頭髮梳了起來，又把自己帶過來的小廝衣裳換上，歪頭衝褚秋水笑。「老爺，請吧。」

父女倆跟房東夫婦說了一聲，然後鎖上門就出去了。

路邊的饅頭店便有賣粽子，褚秋水要了個紅豆沙的，隨安要了一顆蜜棗的。等褚秋水慢吞吞地付完帳，兩個人一邊吃著一邊往賽龍舟的湖邊走去。一路上停停買買，隨安買了一包粗麻線、兩支糖葫蘆，褚秋水看中了一柄熏了香的扇子，把他那點私房銀子都花了個精光。

結果走到湖邊，龍舟已經分出勝負，人群也開始往回走，隨安便拉著褚秋水訂了一艘小船。「這湖這麼大，水上應該涼快。」

褚秋水有點怕，猶猶豫豫地不想上船。「這船晃動得這麼厲害，要是落水怎麼辦？」「船家知水性，再說我也會，就算掉下去，也能救您上來。」隨安硬將他扯上船。

褚秋水小聲問：「妳什麼時候會游水的？」

隨安這才想起自己說溜了嘴，靈機一動。「夢中學會的。」

褚秋水將信將疑，直到撐船的船家發出一陣笑聲，他才癟嘴。「妳又糊弄我。」

「您不信啊，我跳下去游給您看看？」

「我信、我信了，妳不要跳下去。」褚秋水連忙道，他正襟危坐，隨著船身晃來晃去，等船划到了湖中心就開始害怕，臉色越來越白。

隨安便跟他說游水的事情。「我們落到水裡，雖然腳下踏空，可人是能夠浮在水上的。您瞧瞧這船，要比人重吧？船載著人都能平穩地浮在水上，人落了水，只要穩住自己，不要緊張，就能保持平衡；再者是學著換氣，手跟腳代替船槳，把身體當成是一艘船……」

褚秋水雖然膽小，但隨安的話倒是能聽進去一點，她就多說了幾句。「落水後，被人救起來時，要緊的是不要亂抓，這樣才容易被救上來，否則救人的人說不定也會被連累。」

褚秋水聽完認真點頭，隨安笑著問：「心裡覺得怎麼樣？還怕水嗎？」

「以後能儘量不來水邊就不來水邊吧！」褚秋水毫無心機地回答。

隨安哈哈大笑，請船家靠岸，付了剩下的船資，拉著褚秋水再去爬山。結果爬到一半，褚秋水覺得一塊大石頭太陡峭，不敢上去，隨安也不勉強，兩個人沿著寬闊的山道一路吃喝回了家。

隨安買了十來顆香包，拿了兩顆讓褚秋水去送給房東倆。

褚秋水回來路上帶了一小壺雄黃酒，老婦人跟在後面送了兩樣菜過來，隨安接下，謝了又謝。

老婦人說了一句。「妳爹成天盼著妳回來。」

等送她走了，隨安便找出兩個小酒盅，倒了兩杯，然後將剩下的灑在屋裡的角落以驅妖避邪，屋裡便有了一股淡淡的酒香。

五月五，雄黃燒酒過端午，房東送來的正是雄黃燒酒，褚秋水一杯下肚，臉色就紅了個透。

隨安托著腮幫子問：「爹爹平日裡在家悶不悶？」

褚秋水搖頭。「不悶，看看書、寫寫字、想想閨女就不悶了。」

酒勁上來，他腦子開始暈乎，不知道想起什麼，嘿嘿笑了起來。「我告訴妳一個秘密，妳不要對隨安說啊！」

這是醉狠了吧？「成，您說吧，我聽聽。」隨安也想知道他有什麼秘密不敢跟自己說？

「我認識了一個人……」褚秋水伸出手指比劃著。「……高高壯壯的，說家裡窮，出來討口飯吃。我起初還怕他，後來，他看見我放到地上的餿飯，拿起來就吃……我就不怕他了……他隔兩日就過來哦，還說我是個善心的好人！」

隨安都不知道該說什麼好了，虧得是他喝多了，要不他還得瞞著自己。

真是越想越氣，勉強壓住怒火道：「餿了的飯怎麼能給人吃，萬一吃壞了肚子怎麼辦？」

「欸。」褚秋水酒醉後反倒有了自信，手一揮。「他說他還從糞堆裡撿過小棗吃，這餿飯在別處都吃不上……他肚子也沒壞。」

隨安突然覺得心裡空落落的，滿腔的怒火像是都化成了青煙不見了。

她將褚秋水扶到床上，又幫他脫了鞋子，然後出去收拾晾乾的衣裳，狀似隨意地跟房東老婦人聊天。「這裡附近討飯的多嗎？我爹說認識一個。」

心裡五味雜陳，卻覺得有一點奇怪。既然高高壯壯，那應該有力氣才對，這樣的人隨便在哪裡做點工，應該也能賺出個吃喝來吧，怎麼就淪落到討飯的地步了？

老婦人道：「那人我也認得，是他娘子生了重病，求醫問藥地把錢花光了還不見效，他要伺候人就沒法賺錢。他有時候會出來討口吃的，但知道好歹，不大討人嫌，有的就給，沒有說沒有，也不會死皮賴臉。」

隨安嘀咕了一句。「那我就放心了。」抱著曬乾的衣裳回屋。天越來越熱，蚊蟲也多了起來，剛才在院子裡，她瞧見房東曬蚊帳，才想起褚秋水這裡還沒有蚊帳呢！就用買的緉線量了量，標記好了，趁著褚秋水睡覺的工夫，出門去買蚊帳布。

回來時候見屋門開著，背對著屋門，有個人坐在裡面，正悶頭吃東西的樣子。她剛走到門口，褚秋水一下子從床上跳了起來，那個背對門口的男人也轉身站了起來，臉上帶著防備，褚秋水則小心翼翼地看著她。

隨安勉強按捺住將父親吊打一頓的心情，笑著道：「爹爹有客人？」又衝那個陌生男人點了點頭。

「是，這是、那個……」褚秋水的臉色還紅著，看樣子十分不好意思。隨安心裡火氣又起，恨不能扠腰問他一句「我是老虎啊」？

那個男人意識到隨安的身分，羞慚撤下了防備，弓著身子行禮。「哥哥，我吃飽了，先走了。」

褚秋水連忙點頭。「嗯嗯，你去吧！」

隨安提著一口氣，再緩緩壓下，伸手指著牆邊。「站那邊去。」

褚秋水連忙提起鞋子，三步竄過去。

隨安收拾著桌子，剛才父女倆吃的剩飯、剩菜都不見了，碟子上一點油光都沒有。

她收拾完，抱著東西往外走，感受到褚秋水的目光，微抬下巴。「轉過身去！」

褚秋水乖乖地轉身，面壁。

洗刷好了碗筷，她脫下圍裙，提了一壺熱水進屋，正好瞅見褚秋水左腳換右腳地站不穩。

「過來坐。」她泡了兩杯茶放在桌上。

褚秋水像面對洪水猛獸似的，戰戰兢兢地坐在她對面。

火氣一波又一波，她看見他的樣子，只覺得心肝肺都氣得顫抖。這是打他了，還是罵他了？

他倒是聽話，不讓他出門，他就把叫花子領到家裡，還跟人稱兄道弟。當然這不是重點，人都有難處，來討一口吃食，她也覺得沒什麼，起碼聽房東說的話，覺得那個男人身上還是有可取之處的——對重病妻子不離不棄，算得上是有良心的好男人了。

褚秋水不主動開口，她只好問：「有什麼跟我說的嗎？」

褚秋水猛烈地搖頭，她連忙抬手止住。「別搖了，您剛才喝醉了，小心把頭搖暈了。」說完這句，她實在找不到別的話說了，吹涼了茶水，喝完就道：「我走了。」雖然聲音還算平和，可到底臉上帶了不悅。

褚秋水才坐下不久，又呆呆站起來，神情困惑又惶恐不安，慢慢地挪到門口，趴在門上看著她。

隨安只覺得眼睛發酸，眨了下眼道：「您進屋去吧！」

褚秋水小聲開口。「我、我送妳。」

隨安見他不安，還知道送她，心裡縱然惱怒，可到底軟了幾分，不由得放鬆語氣，溫和道：「我買了蚊帳布，回去給您縫個蚊帳，免得夜裡蚊子咬您。」

褚秋水點了點頭，又搖頭。「妳做好了自己用就行，我不怕蚊子咬。」

隨安心裡的怒氣一下子消失得無影無蹤。說來說去，她計較的不過是在他心中的地位。父女倆相依為命，他缺乏安全感，她又何嘗不是？可要將日子過下去，只靠相依為命是不夠的，還要為了生活操勞奔波。她的生活中不可避免地有許多人，且這些人占去了她絕大多數時間，相比之下，褚秋水的日子就單調得多，像黑白無聲電影一樣，平淡又寂寞。

她從袖子裡拿出早就準備好的一塊銀子。「這些給您花，等花完了跟我說，我再給您；要是遇到難事，就去褚府角門那裡找我，記得給看門的婆子十文錢，請她幫忙給我帶話。」

褚秋水張了張嘴，而後如履薄冰地輕聲問：「妳不生氣了？」

她不想再計較這些有的沒的，只要他好好的就行。

「我不生氣了。」她溫柔地說道：「您進去吧，再去床上歇會兒。不能喝酒以後就不要喝了，飯餿了就不要吃了，自己別吃，也別給別人吃。」

褚秋水又變成那個聽話的乖爹，一邊點頭一邊道：「那妳路上小心些。」

回到褚府，隨安的精神很萎靡。

她知道自己不能過度地干涉褚秋水的生活，因為人不能代替另一個人生活。

可她的萎靡沒能持續太久，肅州節度使李玄印給陛下送上重禮的消息很快傳了出來。

皇帝在朝會上誇了李玄印一通，太子也為李玄印說好話，皇帝不僅給了李玄印賞賜，還同意了李玄印要糧草的請求。

李玄印的夫人跟李姑娘一時在京中風頭無兩。

老太爺從外面回徽陽館，神情頹廢，似是一夕之間老了十歲，嘆氣道：「太子已經得知消息，不暗自細查，反而寫信詢問李玄印，打草驚蛇。李玄印縱然有了反心，也不能在此時暴露出來，否則一個勾結東蕃、通敵賣國的名聲便要落到李氏族人頭上。」

「他不起兵不是更好？」老夫人問：「若是起兵，不說肅州，華州就先危如累卵。北有東蕃，西有李玄印，兩相夾擊，華州若是保不住，東蕃人南下勢如破竹，到時候上京恐怕都……」

老太爺聲音發澀。「秀才造反，三年不成。李玄印做出這種姿態，也說明他在向朝廷示弱，看來對於擁兵自固，他不是沒有猶豫，可他越是這樣，也越表明他的野心不小。」

有時候，猶豫遲疑都會被野心吞沒，人的念頭，不過轉瞬之間。

老夫人的面容一緊。「果真如此，那老六、老八、九哥兒他們豈不是架在火上烤著？」說完整個人都不好了，捂著心口搖搖欲墜。

這已經不是褚家行事謹慎不謹慎的問題，這關係到幾個孩子的生死。

老太爺見她的臉色越發難看，揚聲問：「誰在外面，進來倒茶。」

當值的是隨安，她應聲進屋，屋裡空氣凝滯。

老夫人深吸一口氣，又緩緩吐了出來。

隨安倒了茶，垂著頭拿著托盤慢慢退出房間。

老太爺想起她那日報信時的侃侃而談，突然出聲。「妳站住。能得九哥兒看重，妳也不是個愚鈍的，剛才我跟老夫人的話妳都聽見了？說說妳的看法。」老太爺根本不給她拒絕的機會。

老夫人的目光也落在她的身上。

「婢子不知李玄印李大人是個什麼樣的人，不好評論。」她站在兩人面前，神色淡然。「只是婢子曾跟隨徐嬤嬤去過李府，跟李夫人身邊的丫鬟說了幾句話。婢子以為，李大人的密摺上所說的事情或許是真的，他的身體大概真不好了。」

「哦，何以見得？」老太爺來了興趣，雙手交握地看著她。

「李夫人的娘家不在京城，李夫人進京帶著李姑娘，是為了李姑娘的親事。論理，李姑娘有八個嫂嫂，她要是出嫁，全福人總能從這八個人當中選；可李家的丫鬟根本沒提過李姑娘的兄嫂，也就是說，若是李姑娘成親，她的兄弟們恐怕不會上京。若是李大人身體毫無問題，自己的女兒出嫁，怎麼也要安排幾個兒子送嫁吧？」

「對啊！」老太爺拊掌，一下子從榻上站了起來。「我怎麼沒想到，李玄印恐怕是真病得不輕！」

這樣才說得過去。老子病懨懨的，兒子們忙著爭家產，這時候誰會在意一個出嫁的妹子？當然是恨不得李夫人跟閨女走得遠遠地才好。

「就是不知誰在幕後藉著李玄印的名義，主持肅州事務，說不定真正勾結東蕃的，也是這人……」

老太爺原來以為李玄印說自己病重是模糊焦點，現在得出李玄印重病不假的結論，恨不能插上翅膀飛到書房跟幕僚商議一番。

他對老夫人道：「我去書房，晚膳不用等我了。」

到了五月十六，華州那邊送來一個捷報，同時報上來的還有催運糧草的摺子。

雖然邊關情勢並沒有因此明朗，可褚家幾兄弟的戰功算是增加了幾分，褚翌也因為軍功累遷，升至武略將軍。

老夫人臉上連日一片喜色，來褚家恭賀的人絡繹不絕，紫玉等大丫鬟忙著待客、送客、回禮。

隨安跟著紫玉，忙著記人名跟官職還有誥命，每天累得躺到床上就不想起來，忙碌了四、五日，到了五月二十，武英將褚翌的信交給了她。

第三十七章

褚翌的字力透紙背，相比從前多了幾分殺氣，他在信中交代了三件事。

頭一件事便是李玄印確實病重不假，而且病了很久了，現在肅州事務是他的二兒子主持，其餘幾個兒子協理；李夫人攜巨資進京，據說光銀票就約有十萬兩之多。

隨安嚇了一跳。十萬兩嫁女兒，就是在上京，為郡主辦出嫁也夠了。

從這一點來看，就算李夫人跟李姑娘被當作棄子，可她們來上京，未嘗不是想搏出一條活路。要是李姑娘嫁得好，哄好了婆家，就算李家事發，她一個罪不及的外嫁女一定能保全自己。保全了自己，也就能夠保全李夫人。

只是不知道李姑娘想要嫁給誰了？

武將喜歡與武將家聯姻，李姑娘的選擇就少了不少。

褚翌交代的第二件事便是要她把自己的私產管起來。文官家講究不置私產，而武官家不同，大家都是拿命在戰場上拚出來的，拚得多就掙得多。以前褚家亡故的二老爺跟三老爺，他們的私產在死後並沒有歸入公中，而是在褚氏族中買了祭田，讓後世子孫在享受這份收入的時候，感念先人付出，存了一份香火情。

這件事雖然有些棘手，但隨安已經決定替他打工，自然要聽從命令。信紙翻頁，褚翌的筆勢一轉，收起殺氣帶了張揚，話中也透出犀利。「……聽說妳給妳爹買了許多話本看？我突然想到一句——慈母多敗兒，妳這是慈女多敗爹！蠢貨！笨蛋！妳爹如今這樣，都是妳慣的。妳已經脫了奴籍，不叫他好好唸書、考取個功名讓妳傍身，竟然像哄孩子一樣哄著他玩，就是哄孩子也沒妳這麼哄的！妳應該慶幸妳現在不在我跟前……」

隨安羞愧，得空便打聽考取秀才需要用到的書跟歷年的考題。

恰逢王子瑜陪著祖母王老安人過來探望老夫人，老夫人存了從娘家找兒媳婦的心，便將王子瑜打發出去，好與母親說話，隨安便將王子瑜請到待客的花廳。

王子瑜笑道：「姑母正在給九表兄找媳婦，妳常在姑母身邊，這事有著落了嗎？」說完就目不轉睛地看著她。

隨安有一瞬間的閃神。「老夫人的心中應是有了計較，不過這事我並不清楚。」她想了想回道。

王子瑜見她面上平平，不見悲喜，拿不定她的心裡是怎麼想的，繼續試探道：「前朝的余揚居士妳聽說過嗎？」

「是寫了《昭化詞》的那位先生？」隨安疑惑。

「正是，他的生平妳可知道？說起來，我最欽佩他的為人，也有點妄想，想成為他那樣的一個人呢！」

隨安對余揚居士不是很了解，不過知道他走遍天下，是個喜歡美景、美酒的風流人物，因此便笑。「所以表少爺才下定決心要去遊學？可您一聽到戰事起，就奔赴邊關，我覺得您比余揚居士更好。」

王子瑜笑著搖了搖頭。

外面有丫鬟喊隨安，兩個人的對話就中斷了，隨安再回來，就問他考秀才的一些事情。

王子瑜知無不言，對她道：「這些書我都有，反正我現在也用不著了，明天叫小順給妳送過來。」

隨安連忙擺手。「表少爺千萬別，我就是沒事問問，再說我也沒法考秀才啊！就我這樣，女扮男裝被人檢查出來，可丟臉丟到姥姥家了。」唯恐他繼續說，她再說出褚秋水來，連忙轉移話題。「表少爺之前不是說還要去華州，現在還打算去嗎？」說完覺得自己這話題也不好，萬一王子瑜不打算去了，她這樣問，豈不是令他尷尬？

王子瑜卻笑。「今兒來也是來告辭的。我上次去得魯莽，家裡人很是生氣，不過現在梁軍頻頻大捷，祖母跟父親終於鬆了口，看了日子，讓我後日一早動身。」

「那您去了也不能大意，要多加小心。」

「放心吧，小順跟小舟都不會離開我身邊。」王子瑜露出一個歡快的笑。

隨安點了點頭，有小丫鬟過來請王子瑜去前面用膳。

隨安就想著哪天休息出去給褚秋水買書，順便把他之前那些話本都沒收了才行。

只是沒等她去找褚秋水，褚秋水先來找她了。

她聽見小丫鬟傳話，跑到角門那裡，就見褚秋水眼睛紅腫，正在用袖子擦眼淚。

隨安心裡一慌，一下子扭了腳，顧不上疼，先喊著。「爹！」

褚秋水看見隨安，眼淚又瞬間湧了出來。

「爹，怎麼了？誰欺負您了？」隨安上上下下打量他。

褚秋水吸了吸鼻子，哽咽著回話。「我沒事，嗚嗚……是震雲他娘子沒了……嗚嗚……我想起妳娘也走了，留下咱們父女倆孤苦無依，相依為命……」

隨安閉了閉眼，這會兒覺得腳好痛。

不知道是不是因為最近日子過得舒坦，褚秋水氣力不小，一直抽噎著，壓根兒沒有停下來的跡象，她只好開口。「震雲是誰？您新認識的朋友嗎？」

褚秋水一下子不哭了，眼睛看看左邊，再看看右邊，就是不敢看隨安。「妳見過，就是那天、端午那天……那什麼的，那個……」

隨安領會。就是那位不嫌飯餿的壯漢。

「她不是早就病得不輕了？這樣去了，說不定對她也是一種解脫。」她聲音低低，溫和地勸父親。「早些解脫，下輩子投個好胎，健健康康的，一定比這一世好的。」

褚秋水的淚水從眼眶中傾瀉而下，緊緊地抓著隨安的衣袖。「妳娘她、她是不是也是這樣？都怪我沒用，是個累贅！拖累了她，她才撇下我走了……嗚嗚……」

隨安也覺得眼眶發酸，但她就算再難受，也不想在大街上哭，便摸出帕子給褚秋水擦眼淚。「人的壽限都寫在閻王爺的簿子裡，娘是到了時候；再說，她怎麼會撇下您，她不是將我留下來了？我會好好照顧您的……」

她的語氣慢吞吞的，好聲好氣勸慰著，終於讓褚秋水收起眼淚。

「好了，我是請假跑出來的，還要趕緊回去。您也回去吧，回去別傷心了，過幾日我就去看您。」她以為他是傷心才跑來見自己的。

褚秋水連忙拉住她。「我、我、我有事。」

隨安回正身子，眉頭輕輕一挑地看著他。

褚秋水被她看得恨不能將頭埋到土裡，但還是咬牙將話說了。「是震雲他……實在沒錢了，連口棺材錢也沒有，他娘子這後事……囡囡，不，隨安啊，妳看能不能借他點錢用？」

「行啊！」

「啊？妳說什麼？」褚秋水猛地抬頭。他來之前，不，其實他跑出門後就膽怯了。他怕隨安會罵他一頓，將他趕走，或者生氣以後再不理他，但沒想到她會這麼痛快地答應。

「要借多少？」

她跟他說正經的，可褚秋水這會兒腦子還亂烘烘，壓根兒沒想到隨安能這麼痛快。

「要是知道就跟我說說，給我個數，我回去湊錢；要是不知道，就回去問清楚了，或者將那個震雲叫過來直接跟我說。」

褚秋水點了點頭。「我回去問問他。」說完又遲疑地看著她。「那我一會兒再來？」

他其實有點怕隨安讓他把震雲叫來，是要連震雲一起痛罵。

「我過半個時辰再出來，你們要是早到了就在這裡等等，要是晚到，我頂多等一刻鐘。」

褚秋水這才確定她是真沒生氣，心裡立即大大舒了一口氣。「我馬上回去叫他。」

不知道是不是怕隨安反悔，褚秋水跟宋震雲來得很快。

看守角門的婆子之前得了他的十文錢，剛才又得了隨安十文錢，還聽見褚秋水哭著說什麼喪事之類的話，沒有故意為難，看見褚秋水就悄悄喊了個小么兒去叫隨安趕緊過來。

隨安剛把手頭的錢數了一遍，本想拿十兩，可想著褚秋水好不容易有個處得來的人，還是狠了狠心，又添了三兩。

揣著這十三兩銀子，正好跟喊她的小么兒碰上，她謝過他，直接過去了。

褚秋水滿頭大汗，眼眶跟鼻子還紅著，看見隨安就對宋震雲說道：「我閨女出來了。」那口氣就跟孩子看到能給自己撐腰的大人一樣。

宋震雲腰上紮了一根白繩，微微低頭，沒敢亂看。

隨安看了一眼這個比自己大不了多少的男人，叫她開口喊「叔」怎麼也喊不出來，直接問：「需要多少銀子？」

褚秋水忙道：「統共六兩，妳給我的那塊銀子我用不上，把我的給他，再五兩就夠了。」

隨安沒有說話，褚秋水連忙撞了撞宋震雲，小聲道：「你都是哪些地方需要用錢？快說說啊！」

宋震雲先行了個禮，頭一直沒抬起來。「買口棺材要二兩銀子，請地理先生要五百文錢，再加上後事那些，算著六兩就、就夠了……」

他說話時，褚秋水一個勁兒地用「祈求」的眼神看著隨安，彷彿在說「我們都很乖，把錢給了吧」，卻被隨安狠瞪了一眼，連忙驚恐地低下頭，不敢動彈。

「聽我爹說你姓宋，我就喊你宋先生吧！」隨安輕聲道。

「不敢稱先生，褚姑娘喊我小宋就行。」宋震雲連忙道。

隨安心裡腹誹。你喊我爹哥哥，我喊你小宋，用你們倆顯擺我臉大啊！

「這裡是五兩銀子，回去把事辦了吧！」本想給六兩的，可看褚秋水那副模樣，她就隱隱來氣，正好手頭的小銀元寶是五兩重，便拿出來給褚秋水。

褚秋水連忙把錢塞到宋震雲手裡，又低聲道：「我的那塊回頭就給你。」

隨安懶得嘆氣了。「天色不早了，都回去吧！」

「多謝褚姑娘。」宋震雲又要行禮。

一個大男人在自己面前低著頭就算了，還三番兩次彎下腰身，隨安側身避開，交代褚秋水。「宋先生家裡辦喪事，您能幫忙就幫，但不要添亂，更不要惹麻煩。」

褚秋水點頭如小雞啄米，轉頭就要拉著宋震雲走，隨安看著他們快要擠在一起的背影，大聲喊了聲。「回來！」

褚秋水拔腿就往前竄，宋震雲尚算可靠，連忙拉住。「哥哥，褚姑娘喊咱們呢！」

褚秋水這才把抬起來的腳緩緩地、不甚情願地收了回來。

隨安握手成拳，默唸了兩句「這是親爹、這是親爹」，如此，才勉力擠出一個淺笑。「宋先生，我曉得宋娘子生前曾求醫問藥，應該也花了不少錢吧，外面可借了債？」

宋震雲驚訝，不自覺地抬頭，看見隨安滴溜溜的眸子正看著自己，又連忙收斂神色，垂下頭，沈默不語。

褚秋水在他身後，悄悄斜了閨女一眼，然後伸出手指戳了戳宋震雲。「快說啊！」

宋震雲臉上顯出一種羞愧，頭也垂得更低，聲音低到幾乎聽不出來。「還欠了六兩。」

混到借外債的地步，當然顯得他夠窩囊的；可反過來想，他一貧如洗還能借到六兩銀子，也說明人品還不錯。

「我這裡還有八兩銀子，宋先生把欠的外債都還清了吧！」她這次沒把錢給褚秋水，而是將裝錢的荷包一股腦兒地都給了宋震雲。

宋震雲回頭看了一眼褚秋水，又看了一眼隨安，嘴唇動了動，就要跪下給隨安行大禮。

隨安後退一步，示意褚秋水趕緊扶住。

「先讓宋娘子入土為安吧！」她心裡嘆了一口氣，對著褚秋水道：「您回去幫宋先生操辦完就好好唸書，今年先去縣試考看看吧！」

褚秋水連連表態。「我一定好好讀書。」

隨安這次沒再說什麼，轉身進了門。

看門的婆子剛才一直看著這邊，看見她就笑道：「姑娘也忒好心。」

隨安道：「我只有那些，再多也拿不出來了，看他人品還算過得去，能幫一把就幫一把。」

她雖然幫了忙，卻沒想過要將這錢要回來。不是她心大，而是覺得，要是反覆琢磨宋震雲能不能還錢、何時還錢，說不定他還沒還錢，她先累死了。

這世上許多問題都難以用錢解決，相比之下，在力所能及的範圍內，能用點錢將事情辦好，她覺得還是挺好的；當然要先撇除褚秋水的態度。

說起來，她不止一次想過要吊打褚秋水了，但總算在宋震雲這件事上，他做了一件好事。

她又從街上買了幾包點心，去探望武傑。

武傑已經好得差不多，她便道：「我現在跟著老夫人，有時候忙不過來，九老爺的東西我看了看還真不少，要不我回了老夫人，你跟武英兩個再加上我，咱們三個都跟著帳房學學入帳、出帳，到時候我來記帳，你們倆一個管著鑰匙，一個管著小印……」

武傑撓了撓頭，遲疑道：「九老爺讓我跟武英都聽姊姊的，還說叫姊姊管起來。」

「九老爺那邊由我寫信去解釋。」

武傑就道：「那我聽姊姊的。」

第三十八章

王嬤嬤眼見隨安在老夫人身邊站穩腳跟，心裡不忿得很，又聽說隨安帶著武英、武傑管著九老爺的事務，一顆心就跟下了油鍋一樣，油星蹦出來都能燙爛皮。

她本想著，蓮香一出去，自己能進錦竹院做個管事嬤嬤，便日日跟在老夫人身邊奉承。本來老夫人也動念了，誰知九老爺跑出去，將隨安打發回來，老夫人就改變主意，絕口不提九老爺房裡的事務歸誰管了。

為此，王嬤嬤便去了錦竹院的幾個大丫鬟家裡說話，也因此當前面打發人來說要查帳，幾個大丫鬟沒有一個出來回應的。

錦竹院的丫鬟們在褚翌面前做小伏低、唯唯諾諾，那是因為褚翌是主子；可對著其他人，尤其是不如她們的隨安，心裡本就有許多不忿，王嬤嬤一添油加醋，大丫鬟們便決定給隨安一點顏色看看。

隨安讓武英打聽，看褚家的幾個帳房先生哪個做事嚴謹、一絲不苟；哪個脾氣溫和、因循苟且。

武英很快就回話。「管內院帳的帳房先生有三個人，總管脾氣大，不肯通融，其他兩個人倒是能敷衍敷衍。」

隨安心裡便有了數，求到徐嬤嬤跟前，說想讓管內院帳的王大總管幫他們將九老爺房裡的帳梳理出來。

徐嬤嬤報到老夫人那裡，老夫人點頭同意了。

王嬤嬤聽說了，哼笑數聲，讓自家相公王成，也就是蓮香的爹，去找王大總管。王成在外院管記帳，跟王大總管平日交情一般，但也是低頭不見抬頭見，有幾分面子情。

王成自然不會直接明說，叫王大總管給隨安使絆子，只道：「九老爺一向不管這些內宅的事，從前丫鬟們管著也好好的，這個叫隨安的丫鬟，正月裡，城裡進賊那會兒不見了，大家都傳她被賊匪頭子給擄了去，卻不知怎地教九老爺給找到了；若真是被賊匪給擄走，九老爺年紀輕又怎麼會那麼巧遇上？我怕她這是裡通外賊，來個仙人跳，想將九老爺的財物給捲走。老夫人寵愛九老爺，這愛屋及烏，也得看看是不是好鳥……」

王成這樣說，王大總管並沒有應許些什麼，只點點頭表示知道了。

隨安這邊也自有考慮。端誰的碗服誰的管，褚翌既然信任她，將事務交給她，她自然要管起來，不能再像以前一樣胡亂塞責這些關係。

隨安選了王大總管，是想依仗他的處事嚴謹，但若是只靠王大總管，她一問三不知也不成，便畫了幾個新鮮複雜的花樣去見徐嬤嬤。

隨安將花樣給了徐嬤嬤，徐嬤嬤見上頭紋路複雜細緻，心裡很是喜歡，知道她來意也沒藏私，將自己的經驗盡數說給她聽。

等隨安走了，徐嬤嬤去見老夫人。

「果真是人從書裡乖，我說了她不僅聽明白了，還能抓著細節來問我。家裡的櫻姊兒，您也是見過，一般大的年紀，成日裡只知道描眉畫眼，但凡我教得多了就不耐煩……」

老夫人擺了擺手。「櫻姊兒有妳這個娘，就是個有福的，雖說她爹去得早，可妳公婆倒是好的，家裡總有幫襯。隨安嘛，到底福氣薄了些，應了那句窮人的孩子早當家，聽說她把她爹管得死死的。」

徐嬤嬤笑道：「角門那婆子嘴也太碎了，欠敲打。」

徐嬤嬤跟老夫人的情分不同，老夫人知道她這是替那婆子求情，就道：「總算知道什麼人該說、什麼人不該說，也還罷了。」說著話鋒一轉。「明日去錦竹院，妳若是去，她們倒不敢弄鬼了；紫玉的脾氣急，不如讓棋佩走一趟，回來給我學學。」

人對於認真做事的人總是能多幾分好感，徐嬤嬤這會兒是真喜歡隨安了。「您放心吧，我看她是茶壺煮餃子，心裡有數，縱然有敷衍的地方，大體上也不會太差了。」

翌日，隨安跟武英、武傑會合，一起去見了王大總管。王大總管並沒有多問，四個人到了錦竹院先對帳。

褚翌私產頗豐，有老太爺給的，也有老夫人給的，還有歷年宮裡恩賞下來的，另外他的生辰自然也有來送禮的。大件東西都有章可循，並沒有什麼錯處，只是到了玉石、器玩上，有幾件價值不菲的東西，錦竹院的丫鬟說一時半刻找不出來。

「這些東西都是九老爺的，九老爺想拿、想玩，我們當丫鬟的怎麼能夠阻攔？興許是他送了人，興許是丟了、碎了，也興許是放到什麼地方一時沒有找出來……」

王大總管不說話，武英跟武傑都看著隨安，隨安便道：「如此便先記一筆不見，若是以後能找回來，再補上就是；另外給九老爺送東西的時候，也可捎封信去問一句。」

荷香皺眉。「九老爺在戰場日子凶險，我們每日忙著誦經祈福還嫌時辰匆忙，怎麼妳倒要拿這些小事去煩勞他？」

隨安沒跟她強嘴，只淡淡問：「依妳的意思要怎麼辦呢？」

荷香皺眉，一旁的梅香細細地道：「我們自然是聽九老爺的吩咐。」

「九老爺不在，不過他寫了信專程說了要將私產理順，既然姊姊們也曉得要聽九老爺吩咐，那我們就依照慣例行事，不知姊姊們還有什麼意見？」

沒等丫鬟們繼續說話，她又轉身問王大總管。「您覺得依例行事可還使得？」

自然，打破慣例的話誰也不敢說，王大總管點了點頭。

她沒有糾結要怎麼找那些東西，而是快刀斬亂麻，要了一個結果。

荷香等人看著那帳冊上一排的「無」字，臉色難看。

這種貴重的小件，就算是主子們拿走了，大丫鬟們按例是要問一句的，哪怕褚翌脾氣不好，問一句，他也不會吃人。

荷香本是想為難隨安，誰知隨安根本不肯與她扯皮。

老夫人知道結果後，笑著說了一句。「誰的丫鬟像誰。」話裡並沒有責備的意思。

老夫人的心情的確很好。老太爺跟宰相一起斡旋，皇帝終於鬆口，給李玄印的糧草發往華州，如此李玄印出兵擊退東蕃人，就可以得到糧草跟餉銀；而華州有褚翌在，他又知道李氏野心，自然不會掉以輕心。

天氣越來越熱，華州又陸續打了幾場勝仗。

褚翌命人將自己得到的一部分賞賜送了回來，隨安記帳入庫，倒也得心應手。

荷香等人卻坐不住了。東西本來就被她們私藏了，現在帳本上寫了無，一旦教人發現東西在自己手上，那就成了偷盜。被拿來為難隨安的東西，現在成了燙手山芋。

隨安喊了武傑。「你有空多往錦竹院走動走動。」她並不想與錦竹院的眾人撕破臉，既然她們放不下身段，她搬個梯子給她們也不是不行。

囑咐了武傑，她便不再管這件事，而是將心思放到了前線戰事跟褚秋水身上。

不得不說，褚翌身上有一股狠勁，對別人狠，對自己更狠，上陣殺敵從不落人後，朝廷的戰報上名字越來越靠前，當然，大大小小的傷也受了不少。受傷的事，他從不在信中說，給隨安的信也越來越言簡意賅，內容少了，但犀利有增無減。

最近的一封信中，他淡淡寫了自己在一次戰役中殺敵十五人，可對於受傷的事隻字不提，還是六老爺的家信中寫了，說褚翌腿上中了兩刀，傷可見骨。

隨安從徐嬤嬤那裡得知這個消息，心裡說不清是什麼滋味。

她覺得自己對褚翌應該沒有感情，有的話也是上下級關係，是老闆與員工的關係，是銀貨兩訖的關係，可知道褚翌受傷，她心裡並不好受。

老夫人的佛堂增加了供奉佛經的數量，每日都有檀香味從那裡飄出來。

老夫人跟老太爺又吵了幾架，老夫人的意思是叫褚翌回來養傷。「他之前那箭傷根本沒養好，現在腿上又受了重傷，難不成你要教他像你一樣，等老了，颳風下雨病痛個沒完沒了？」

老太爺煩不勝煩。「都說了，這是小傷，有軍醫在呢！他這才去了多久，我在戰場上那是多少年，他連我十分之一也沒啊！」轉頭卻哼唧著嘀咕。「原來妳知道我颳風下雨會風濕痛啊！」

老夫人幾乎要尖叫。「你是你，我管不了你，可兒子不是你一個人的兒子！你不心痛他，我心痛他！你叫他回來！」她追到內室去吵老太爺，老太爺只好躲出去。

隨安寫了封信，跟褚翌說了朝堂上一些能打聽出來的大事，然後問他。「傷在什麼位置？聽說能看到骨頭，千萬要遵照醫囑好好養著，免得以後落下病根……」

褚翌回信。「妳是我什麼人？囉嗦！」

雖然回了封極為不客氣的信，褚翌卻隔了幾日送了一疊華州素紙給她。這些紙是藥堂掌櫃送到武英手上，武英又轉交給隨安的。

隨安對筆墨紙硯有種莫名喜好。從前是為了生存，後來漸漸從中得到樂趣，倒是有些欲罷不能了。

她去書肆陪褚秋水買書時，著意買了些兵法以及藥理的書，但沒有一股腦兒地給褚翌送去。

憑著她對褚翌的了解，要是這樣將書送去，褚翌便原樣扔回來，再諷刺她一頓，例如說些「蠢貨，刀劍到了眼前，有空翻看兵法？」之類的話。

隨安甚至能想像，他說話時一定是眉頭微挑，眼神睥睨，嘴角彎成刀。

她比褚翌有優勢的地方，便是能站在歷史的角度推測大局的走向，於是她將兵書內容結合自己的想法，寫了篇長長的讀後感，連同書一起寄給他。

沒承想褚翌的口氣並未因此軟化，回信的口氣照舊尖銳。「孫武一個從未帶過兵的人，呿！」

隨安不再客氣。「往常叫您多讀書，您總推三阻四，現在露怯了吧！孫武乃是田氏後人，您知道田氏嗎？知道田氏伐齊嗎？知道田氏多麼厲害嗎？沒有知識也要有常識，沒有常識也要知道點歷史，不知歷史還不懂得掩飾。呿！」

褚翌看到這封信，氣得把信揉成一團，扔出去老遠，沒多久又拖著病腿親自撿了回來，然後開始讀書。因為心裡是帶著批判去看書，倒是沒有沈迷其中，反而能結合兵法得出一點心得，此是後話，當然他絕對不肯承認的。在他來說，讀書只是為了「知己知彼」，免得隨安這王八蛋又來嘲笑自己沒有見識。

雖然兩個人的來往唇槍舌劍，可褚翌又搜集了一些華州本地的筆墨送給她。「給妳寫信用的，免得用妳那根禿了毛的毛筆硬戳，寫出字來傷本將軍的眼！」

褚翌投其所好，隨安便「勉為其難」地收下了。

炎熱的夏日即將過完，兩人書信來往差不多有半年時間，褚翌的口吻越來越隨意，越來越不給面子。

「妳有本事、有知識又懂歷史，不知妳爹的縣試過了嗎？」這話簡直就是捅刀子。

褚秋水能被閨女鎮住，可以想像得出他的軟弱，離縣試還有半個月，他就嚇病了。不是怕自己考不好，他是怕考不好，隨安再不要自己了。

偏他這種想法，沒法跟別人說，隨安有幾日沒來，他就病得起不了床。

宋震雲現在在外面做些零零碎碎的短工活計，有空會來他這裡看看，知道褚秋水發憤讀書，以備考試，時不時地幫他打掃、洗洗衣裳。

宋震雲這日過來，發現褚秋水躺在床上抹眼淚，連忙問他出了什麼事，有什麼為難的？

褚秋水卻是不說，宋震雲無奈，只好道：「哥哥，要不我去找褚姑娘過來陪你說說話？」

褚秋水反應劇烈。「不行、不行！」哭得更大聲了。

「是褚姑娘說你了？」宋震雲知道隨安管教父親很嚴厲，試探著問。

褚秋水實在憋得狠了，斷斷續續地將自己的心裡話都說了出來。

宋震雲無語，但他欠了褚秋水的大恩情，不能不開解他。「褚姑娘不是那樣的人。我看她雖然對你管得是嚴厲了些，可衣食住行上都照顧得挺妥當的不是？這鄰里的人都說她是個孝順的，何況我能得到褚姑娘幫助，還清債務，也全是因為哥哥啊！由此可見她對你的重視。」

開解了半日，褚秋水總算收起淚。

宋震雲本是想悄悄去告訴隨安一聲的，誰料褚秋水腦子裡的水哭出來後，變聰明了，讓他發誓不許告訴隨安。

宋震雲受他影響，其實也挺怕見隨安，這會兒又「被迫」答應，只好來得勤些，多勸慰、多開解。他甚至說：「褚姑娘要是不養哥哥，我來養哥哥，要是有一口吃的，也絕對先給哥哥吃……」

褚秋水不識好歹，低聲吐槽。「你把你媳婦都養死了……」

宋震雲憋著一口老血，分外同情隨安。他算是受過褚秋水大恩，又知道褚秋水性格隨意，是無心之話，換了旁人，聽褚秋水說話，還不得氣死啊！

考縣試要回上水鄉去，隨安雇好了車，又準備了考籃等物來看褚秋水。

宋震雲主動說要陪著褚秋水去考試。

隨安正好不大放心褚秋水，有宋震雲這話，她沒有推辭，誠懇地謝過宋震雲，為他們準備了伙食、銀兩。

褚秋水回了老家，便不想去考試了，宋震雲急得冒汗。他當日在隨安那裡誇下海口，沒想到褚秋水在這裡給他來個釜底抽薪啊！

好說歹說，差點沒把宋震雲急哭。褚秋水最終總算進了考場，可出師不利，在裡面待了半日，上吐下瀉的，縣試自然是沒過。

隨安得知結果，還笑著安慰。「總算是進過考場了，以後應該能夠少些害怕了吧？」

本來沒抱多大希望，因此失望也不算大，可褚翌來信這麼刺人，她看了是真生氣，恨不能衝到褚翌面前跟他幹一架。

褚翌卻覺得，自己在外面待得心胸變寬大了——擱在以往，褚隨安敢說一句他沒有見識，他還不把她的細脖子給擰成麻花？當然就是現在，他只是因為離得遠，擰她不方便，所以才「暫且」饒她放肆幾日。

隨安被褚翌那一句話堵住，好幾日沒有緩過勁來。

褚秋水倒是因為女兒沒有說斥責的話，很快就恢復過來，甚至胖了好幾公斤。

第三十九章

日子很快就到了八月十五。

褚翌又打了一場不大不小的勝仗。不同於以往有兩個兄長給他列陣，他這次是自己帶了一隊人馬，在華州軍慶祝八月十五中秋節時，從華州南邊出來，經東源，繞遠路從栗州北邊突襲駐守在栗州的東蕃軍馬。

這一戰雖然沒有收復栗州，卻殺了東蕃的兩個副將，而後他帶著人馬從栗州北門穿門而過，駐守東蕃的兵士被打了個措手不及。

栗州節度使劉傾真這次特意見了褚翌，大讚「後生可畏」，卻也惋惜。「若是你不是獨自行動，能夠裡應外合，說不定我們就能收復栗州了。」

褚翌不以為然，給隨安的信中寫道：「他平日無論東蕃如何叫陣，總是龜縮城內，不肯迎敵，我若是跟他說了，他肯定說我異想天開，說不定能讓老六跟老八看住我……我曉得他背後說我打草驚蛇，說東蕃人會拿栗州百姓出氣，可東蕃為何堅守栗州，還不是為了這一季的秋糧？栗州土地肥沃，這一季糧食若是盡數歸東蕃，東蕃少說能再撐個半年，卻不想想沒了糧食，栗州城裡百姓今冬如何生存？就算到時候能打退東蕃，栗州城也得餓殍枕藉。」

戰爭帶給平民百姓的總是痛苦，就是現在，上京只要得知華州打了勝仗，就要歌舞昇平一陣子，再沒有那種當初突然聽聞東蕃占據栗州、攻打華州的惶惶不可終日。隨安跟隨老夫人外出，各種花會、詩會、壽宴、婚宴，參加了不少，看著大家含笑的眉眼，她偶爾都想上前去問問，可還記得栗州尚且在東蕃人手裡？

不管怎樣，褚翌也算在大梁的兵將中排得上號了。

因為有與褚翌通信的機會，隨安也越來越渴望，期盼著大梁能早日打退東蕃，收復栗州。

褚翌的戰功越積累越多，再加上前段時間老夫人的走動，就有那些精明的人家關注起褚翌的親事來。

當然也少不了林頌鸞，她亦開始跟錦竹院的大丫鬟們走動起來。

她當日連累了蓮香，論理錦竹院的丫鬟們應該對她敬而遠之才是，可偏偏在荷香等人看來，蓮香與她們三個也是競爭關係，林頌鸞搞垮了蓮香，無形之中算是幫了自己的忙。

武傑當日受隨安所託，給錦竹院的丫鬟們遞梯子，可荷香跟梅香幾個總是不能意見一致，往往三個人三種想頭，都過去好幾個月了，也沒給出個交代。

武傑扛著梯子怪累，後面乾脆就不管了。

可隨著褚翌的名氣越來越響，荷香幾個高興的同時更添了擔憂。

林頌鸞的到訪，正好給了她們一個傾訴的機會。

林頌鸞輕輕搖著團扇，聽著荷香、梅香妳一言、我一語的交代，用扇子遮掩紅唇輕笑。

「我當是什麼事呢，原來不過是姊姊跟隨安開的一個玩笑。」

荷香著急。「林姑娘，這真不是玩笑，我們九老爺的脾氣妳是不曉得，最是強驢子一般，他若是從隨安那裡聽說了，我們後面縱然抬出老夫人來，也是沒用處的。」

林頌鸞輕咳一聲。「褚九哥是主子，他拿妳們立威還罷，沒道理一個半路來的丫頭也能挖妳們的牆角；也是妳們好性子，能與她玩笑，要我說，她早應該過來與妳們賠個不是，好聲好氣把事抹平才是。」

芸香在後面悄悄撇嘴。老夫人從來拗不過九老爺，這會兒要不是九老爺發話，老夫人能去哪裡都帶著隨安？若不是九老爺，甭說老夫人，就徵陽館的那些丫鬟們都能生吃了隨安。

荷香揑著帕子擦了擦嘴角。「我們是奴婢，沒有林姑娘的面子，不如將隨安叫來，林姑娘幫我們說合說合？」

林頌鸞心道，妳們拿揑人不成，這會兒也配讓我來抬轎子？不過心裡雖然這樣想，面上卻故作大方。「這有何難？我自來最為熱心，最喜歡大家熱熱鬧鬧、歡歡喜喜地在一處。」眼珠微轉，又道：「不過，妳們跟隨安說到底都是伺候褚九哥的人，我呢，卻是個外人，妳們內裡的事，兩好合一好地解決了，豈不比讓我這個外人插一腳來得痛快？」

梅香心思細，雖知道林頌鸞這是不想得罪隨安，但也覺得她說得有道理。她們三人跟隨安私下裡說清楚，可不比讓林頌鸞來摻和得好？何況，若林頌鸞真說合好了，她們倒要欠林頌鸞一個人情，因此見荷香還要說話，忙悄悄扯了扯她的衣襬，使了個眼色，問林頌鸞。「林姑娘，妳說我們要是找了隨安，這事該怎麼抹平呢？」

「這好說。那帳本不是她寫的嗎？就讓她重新謄抄一本，將東西都記上不就是了？」

荷香揉揑著帕子，想了想道：「如此最好不過。」只要隨安肯賠個禮再把帳抹平了，她們也就不計較了。

林頌鸞走後，荷香就打發小丫鬟去找隨安，用的藉口是，前段時間不見的那些東西都找回來了。

隨安到了才曉得她們的真實打算。照荷香這些人的意思，她豈不是可以將褚翌帳上的銀兩也挪出去用一段日子，然後再重新寫本帳本完事？

「若是在帳本後面添上一筆，我這就回去拿東西；可若是重新謄抄帳冊，恕我無能為力。不說帳本每一頁都用了印，有王大總管的小印，也有錦竹院的印記，就是姊姊們說的這法子也不合規矩。」

荷香嗤笑。「一個外來戶，不知怎麼狐媚了爺兒，敢來我們跟前講規矩！」

隨安幾乎失笑。沒想到自己也有被人說狐媚的一日，難道在她們眼中，她還長得不錯？

荷香等人在褚翌面前都是溫柔賢淑的，或許是壓抑了本性太久，褚翌不在，個個都飛揚浮躁，面孔、眉眼中透著凌厲。

芸香在一旁慢吞吞地說道：「這事鬧將出來，大家都沒好處。隨安妹妹也是伺候九老爺的老人了，該曉得九老爺的脾氣，縱然我們有不是，妳也不能踩著我們上位啊！要知道就是做了通房姨娘，也不過是奴才，還算不得主子呢！」

隨安朝天翻了個白眼。褚翌在外面禦敵，身邊種種危險這些人全看不進眼中，偏偏惦記著褚家九老爺的身分，整日裡作夢。

「姊姊們教訓得是，隨安受教了，若無他事，我先走了。」她轉身就走。

「妳站住！」荷香提著裙襬步下臺階，高聲叫道，上前就要抓她。

隨安將手背在身後，錦竹院其他丫鬟圍觀，荷香看向芸香、梅香，高聲道：「這小蹄子翻了天了，妳們還一旁看著不成?!」

芸香兩人不敢置身事外，上前圍住。

錦竹院的氣氛瞬間劍拔弩張。

「這是怎麼了？」院門處傳來林頌鸞溫溫柔柔的聲音。

隨安轉身一看，林頌鸞站在門口，手中輕搖描金美人團扇，身著鵝黃撒花煙羅衫，襯得面孔粉嫩。

小李氏進宮後，林頌鸞生氣之餘，將小李氏的東西都據為己有，梳妝打扮也因此上了好幾個臺階；只是她年紀在那裡擺著，有些東西實在襯不起來，有時候就像偷戴大人首飾的小孩子。

林頌鸞等著隨安給她見禮，誰知她只看了自己一眼，就又轉過身去。

被人無視得這麼徹底，林頌鸞心裡暗恨叢生，罵了幾句怎麼沒死在外面，面上卻笑盈盈地上前，伸手攬住隨安的肩膀，開口卻是對著荷香說話。「荷香姊姊，不是我說妳，縱然隨安有不是，妳要教導她也慢慢地來啊，她年紀還小呢！」

隨安怒火騰地燒起來，伸手將她的胳膊撥開，眼睛盯著林頌鸞道：「多謝林姑娘替我說話。我年紀小，但我不會將自家用的炭賣了，轉頭卻把屎盆子扣別人頭上。我是有不是，但還不夠某些人那樣無恥呢！姊姊們要教導，不如教教我如何才能夠無恥至極？俗話說人至賤則無敵，我也想百毒不侵呢！」

林頌鸞實在沒想到隨安會這樣揭人短處，臉上一時難看起來，卻也知道此時若一走了之，後面不定被人怎麼編排；可她是上趕著來的，要是跟隨安這樣吵起來，不占理，便硬是擠出一個笑。「怎麼倒說起我？我這不是看妳們鬧得難看，好心過來勸和的。褚九哥的脾氣可不怎麼好，妳們若是吵起來，恐怕不論對錯，先要各打五十大板了。」

話雖說了，可心中也是對隨安恨意滔滔。

隨安還暗恨她曾惡意嚇唬褚秋水呢，柳眉高挑。「林姑娘還請慎言，九老爺跟林姑娘從無來往，林姑娘對九老爺又了解多少，敢在這裡敗壞九老爺的名聲？九老爺最是心胸寬大，明明兼濟天下的人品，怎麼到了林姑娘嘴裡，就成了眼中揉不得沙子、暴戾恣睢的主子了？」

她不再客氣，轉頭看了一眼荷香等人，然後惡意地說道：「是了，林姑娘想來是從其他丫鬟嘴裡聽說的吧？只是不知誰膽子這麼大，敢敗壞九老爺的名聲？九老爺在邊關為國為民，後宅之中倒有不說他好的，做人也太沒有良心了！」

錦竹院的這一場鬧劇很快就傳到了老夫人耳中，隨安這話真是說給老夫人聽的，誰教老夫人最重視褚翌的名聲呢？

「話糙理不糙。」老夫人冷冷地笑。「有些人心大得很。」

隨安其實並沒有跟荷香起什麼大衝突，只是對著林頌鸞嚷嚷了幾句；不過她當日被林頌鸞誣衊，也是人證、物證俱全，大家都曉得事實如何，對她倒是有幾分同情。

紫玉就道：「這個林姑娘也忒能挑唆事了。」

隨安不知她們議論，虧得她衝林頌鸞發了那一通火，荷香幾個倒是老實了不少，將東西都找齊了，讓她安生記上帳冊，沒再提讓她重新謄抄一遍的過分要求。

所以，人不能太孬，太孬受人欺負。

這麼看來，褚秋水來了上京，也算是有些好處——有爹在身邊，脾氣漸長，她從前確實是過分地隱忍了，不如現在，怎麼恣意怎麼來。

至於老夫人賞賜的衣料，她全做了衣裳，等八月二十八黃興侯家嫁閨女的時候，她穿了一件天青色碧紗衣裙，跟著老夫人去了侯府。

紫玉因為夜裡著涼，今日並沒有跟著出來，老夫人也沒另外再多安排一個。

她緊緊地跟在老夫人身邊，時不時扶一下她的胳膊，等有人上前接待，便後退到老夫人身後。

黃興侯夫人走到花廳門口迎接，老夫人笑。「妳今兒忙就是，我們來就是沾沾喜氣。」

老夫人這次來並沒有帶其他女眷，黃興侯夫人笑著看了一眼隨安，對老夫人說道：「這個丫鬟看著真水靈，您從哪裡尋來的，倒把我們家這些襯成了老水瓢巴子……」

老夫人哈哈大笑，看得出來她跟黃興侯夫人的關係很好，兩人之間十分熟稔。「我不如妳有福氣，兒女雙全，如花一樣的閨女看著就讓人歡喜，又多了半子的倜儻女婿。我這是眼饞，才打扮了一個丫鬟。不過，也算是我喜愛的一個了。」

隨安聽得肉麻，後背冒了一層冷汗。慶幸紫玉沒來，否則還不得打翻了醋罈子。

主子們喜歡底下人為了這些東西爭鬥，她要是表示自己沒興趣，人家會說她矯情，所以老夫人抬舉自己的時候，她不能退縮。

她咧開微笑給黃興侯夫人行禮，黃興侯夫人命人賞她一個大紅包。

老夫人衝她擺手。「今兒帶妳來，可不許亂跑，好生跟著府裡的姊姊們，我到時候找妳也好找。」

隨安蹲身應「是」，跟著侯府的丫鬟進了一旁的小廳裡。

小廳裡支了四、五張桌子，上頭擺了茶水、瓜果，三三兩兩地坐著的都是來道賀的女眷的丫鬟們。

隨安倒是看到幾個點頭之交，而且肅州節度使家李夫人的那個丫鬟也在其中。李夫人的丫鬟主動上前，隨安起身讓著她坐下，幫她倒了一杯茶水，兩個人笑著低聲說起了話。

「妳們姑娘的親事可有著落了？」

「我告訴姊姊，姊姊可別說出去。夫人是想走太子的路子，看能不能求皇上賜婚？要是皇上不允，太子指婚也是好的。」

隨安點了點頭。「妳們家小姐身分、容貌無一不好，若是再加上賜婚的體面，那可真是十全十美了，就是不知李夫人相中了哪家的好兒郎？」

「嘿嘿，我問妳，妳們家那位九公子的婚事可有眉目了？」那丫鬟一臉暗笑地衝她眨了眨眼。

隨安知曉老夫人肯定不會同李家結親，也就不瞞著，小聲道：「九老爺可不得了，前陣子赤膊上陣，兩條腿都受了刀傷，老夫人急得不得了，天天在佛堂為他祈福，親事自然也沒著落了。不過我瞧著老夫人的意思，彷彿是想等九老爺掙下些軍功，再為他相看親事。」暗示老夫人最近不會給褚翌訂親。

她說得明白，那丫鬟投桃報李，同樣小聲道：「我們夫人相中了太子妃娘家的一個兄弟，我琢磨著該有七成了。」

「太子妃娘家也是大族，又重規矩，聽說當初陛下為太子選妃，就是看中太子妃娘家家風正，太子妃的母親賢良淑德……」隨安把自己知道的說了出來。

那丫鬟卻彷彿並不十分開心，隨安見她鬱鬱，詫異地問：「難道有什麼不妥當嗎？我們並沒有聽說啊！」

「這倒不是。」那丫鬟搖頭。「是陛下。聽說陛下寵幸了一個尚衣監的宮女，皇后娘娘不大高興，太子這幾日忙著進宮勸慰娘娘，太子妃自然也不敢再討論自家兄弟的親事了。」

隨安張大了嘴巴。「尚衣監的宮女？我們一點動靜都沒聽過，姊姊的消息可真靈通。」

她腦子裡有個念頭一閃而過，卻又想不起來到底是什麼？

「太子妃待娘家親近，夫人這些日子又跟太子妃娘家走動得勤了些，便曉得；何況宮裡的事向來傳得快，就算妳們先前不知，過幾日也該聽說了。」

隨安點了點頭，想著太子是皇后的嫡子，李夫人既然要巴結太子，自然也要巴結皇后，便順著話道：「皇后娘娘一向慈和大度，品德高潔、性情賢淑，是不是這宮女有什麼不妥當？」

那丫鬟搖了搖頭。「我只聽說是未經過小選，直接從宮外帶進宮的，其他的就不清楚了。」

隨安聽她說直接帶進宮，渾身一凜。她恰巧知道一個未經小選便直接帶進宮，並且好像就是在尚衣監做宮女的人。

她幾乎能確定，那個承寵的尚衣監宮女就是小李氏。

林家、小李氏，都是一貫的野心勃勃，歷史上的後宮之中，總有無數個從微末之境一步步爬升至皇后、太后寶座的女人。她們的身上多多少少帶些令人詬病的品行，可同時也獲得了至尊榮耀，擁有了生殺大權。

天下歌之曰：「生男無喜，生女無怒，獨不見衛子夫霸天下。」衛子夫，便是起於毫微，然而母儀天下三十八載，陪伴漢武帝四十九年，若說她只有賢德而無心計與野心，誰能相信？

隨安之後就將小李氏有可能承寵的事，說給了老夫人聽。

老夫人只是點頭示意自己知道了，並沒有其他表示。隨安縱然覺得不安，也只得按捺下種種疑竇，卻因為小李氏連著林頌鸞，心裡總是有根刺拔不出來的感受。

可沒過幾日，宮中突然傳出小李氏懷孕，升為李嬪的消息。

第四十章

林太太帶著林頌鸞來了徵陽館。

這還是她們頭一次主動過來。日光下，兩個人的眉眼都特別生動，相比剛來褚府那會兒的畏縮，這會兒多了些咄咄逼人的自信。

老夫人在正屋見她們。

林太太聲音溫柔歡快。「在褚府住了這麼久，多虧老夫人裡裡外外的照拂。」

林頌鸞說得就明白多了。「若是沒有您跟老太爺提拔，小姨母也入不了宮中貴人的眼。到底是小姨母有福氣，這麼快就承寵懷了龍嗣。」

紫玉悄聲對隨安哼笑。「嘴裡說著感謝的話，心裡不知道多想炫耀呢！」

「這還不是炫耀啊？難道要拿著一串鞭炮來老夫人跟前放？」

紫玉噗哧一聲，忙用帕子捣住嘴，徐嬤嬤拿眼睛睃她兩人。

隨安垂頭不再說話，心裡卻在偷偷腹誹。若是褚翌知道，他當初給小李氏機會才使得今日林家人顯擺起來，不知道會不會氣得半死？

說起來，小李氏這件事也應該告訴他一聲才是，老太爺跟老夫人不重視，可不代表褚翌這個小心眼的不重視。要是他回來後才曉得小李氏風光了，到時候說不定會把怒火發到她身上。

老夫人見慣風浪，對林氏母女的炫耀波瀾不驚。

隨安看見她的樣子，心下略定，可回了屋後，還是連夜寫了一封信。

當然，她這次寫信十分委婉，簡直輕描淡寫，遣詞用句比之老夫人的波瀾不興還要不興波瀾，一點也沒有因為褚翌嘲諷褚秋水縣試落第而存心故意激怒他。

然而，事實如何，她還是在信中寫了個清楚明白。

褚翌收到信，僅僅這平平淡淡的幾句話，用不著隨安添油加醋，就夠他怒火滔天了。

「無能！無能！」連聲罵了兩個無能，也不知道罵誰？

褚小將軍並不善於罵街，說了這四個字就消了音，之後也沒有寫信給隨安，似對此事毫不在意。

前次東蕃吃了大虧，損了幾員將領，一直憋著一股氣。東蕃王廷那邊重新派了坦牧將軍過來，坦牧將軍正是之前在睡夢中被殺的坦由將軍的兄長。

坦牧將軍倒不是對兄弟有多麼深的情誼，而是他覺得坦由死得窩囊，作為同一血脈的自己也受到了侮辱，正好栗州的東蕃守將也覺得忍不下去，兩下合計，顧不得栗州秋收在即，坦牧將軍很快召集他從王廷帶過來的精銳兵馬，準備攻打華州。

他們想得很好，一鼓作氣攻下華州，正好把華州的秋糧也收入囊中，最不濟，到時候帶著糧食退回栗州據守。

劉傾真知道消息，連夜召集將領開會，只是還沒商量出個拒敵的對策，會中先有人對褚翌提出質疑，說要不是褚翌兵行險著、殺了坦牧的兄弟，坦牧也不會在這時攻城。

能過來開會的都是些三、四品的武將，褚翌雖然升任將軍，可在屋裡並沒有位置，他一直站在牆角安靜聽著，而褚家老六褚越跟老八褚琮都在屋中，自然要維護弟弟，屋裡很快吵嚷成一團。

有人高聲叫道：「成事不足，敗事有餘！」

褚翌的目光冷冷盯著那說話的人，直把他看得再說不下去了，才轉頭抱拳對劉傾真道：「末將願領五千兵馬為先鋒出城禦敵！」

劉傾真呵呵笑著打圓場。「你當日也是為了戰事，只是吃一塹、長一智，凡事還要多考慮大局。」又對其他人道：「小孩子年輕氣盛，大家都是老將，也該多愛護、多包涵些。」

再不是當日聽說褚翌突襲栗州城之後的那種作態。

說起來，褚翌在軍中並非嬌少爺，別人怎麼樣，他就怎麼樣，軍功也不是冒領的，而是他自己一步步拚出來的；褚六跟褚八雖然為他列陣，卻沒有替他拚殺，然後讓他將功勞領了。

這些事，在座的將領們心中也有數，只是林子大了什麼鳥都有，有人覺得褚翌是後起之秀，也有人覺得褚翌鋒頭太過，不知天高地厚。

劉傾真說完，又有另一個將領道：「褚小將軍的話也不是沒有道理，我們這樣縮在華州城裡不出，整日叫東蕃罵我們龜兒子也是煩人，只不過首次出兵就帶五千人馬是不是太多？後面若是再有戰事，總不能叫我們傾城而出吧？」

褚越跟褚琮相視一眼，也站起來請命。「末將願為武略將軍褚翌壓陣。」

他們兩人都是從小跟著老太爺各地征戰，能拚能打，由他們發話，劉傾真終於認真考慮褚翌出兵禦敵的事。若是褚翌兵敗而亡，後面有這兩個不同母的哥哥當墊背，他倒是不用負責太多。

事情討論到晚上才有了決定。褚家三兄弟各帶一千兵馬，由褚翌正面迎擊坦牧，對陣時間定在了明日。

褚越跟褚琮憂心忡忡。坦牧帶了三千蕃兵，還盡是精銳，他們這方雖說也有三千人出城，可由於他們兩人是壓陣的，真正打仗的還是褚翌跟他帶領的一千人。

出了營帳，兩人連袂過來找褚翌。

褚翌正拿著一塊鹿皮擦著戰刀。上陣殺敵，他用過劍、槍，最後還是覺得用刀比較順手。

褚家其他人不在，褚六就是大哥，他先說話。「我和八弟的隊伍中，各選五百精銳給你……」

褚翌將鹿皮一扔，站起來，拿碗倒了三碗水。

褚六一臉「欣慰」地看著他。弟弟長大了，知道尊老愛幼，知道給哥哥們倒水了。

說起來，老夫人雖然是繼母，但因為老太爺常年在外，並且都帶著兒子們打打殺殺，老夫人管著後院，每次命人送來的吃食、衣物、藥材，兄弟幾個人人有份，並不厚此薄彼；褚翌是嫡子又是最小的，沒有那種天生高人一等的想法，看見幾位兄長，禮數上並不缺失，在軍中也不嬌氣。

褚翌雖然倒了水，可神情一直稱不上好，冷冷看了一會兒褚六跟褚八在這裡上演「兄弟齊心，其利斷金」，快忍耐不下去，突兀地打斷兩個人。「六哥、八哥，把你們的那兩千人都交給我。」

褚八想得簡單。「交給你不是不行，只是你帶著三千人迎敵，我跟八哥兩光棍給你壓陣？」他們又不是張飛、趙子龍，光禿禿一左一右地站在那裡壓陣，會被蕃子笑掉大牙的！

褚六是個有成算的，就問：「九弟有什麼想法？」

褚翌將桌上的水一飲而盡，放下碗道：「跟我一塊兒過來吧！」

三千人聚在營帳前。小時候覺得三千人是個很大的數目，可等站在高臺上，俯身往下看時，就不會覺得多了。

高臺並不高，也不平穩，是臨時搭起來的。褚六跟褚八看著底下不知是什麼搭起來的高臺，猶豫不決後，還是站到了上頭。實在是太不平了，他倆屬於「重量級」，要是站上去踩塌了，縱然是親兄長，想來褚翌也會追殺他們。

褚翌沒心思去注意這兩人，他個頭偏高，身形偏瘦，可穿上盔甲站在那裡，劍眉星眼，挺鼻薄唇，顯得威風凜凜，通身英武氣息。

「明日一場死戰，願意追隨本將為先鋒的站在原地，其餘人等向左右散開！」

褚六本以為他要訓話，沒想到他上來來這麼一句，冷汗突地就流了下來。這些可都是老兵，既是兵又是痞，在戰為兵，要是放回鄉裡，那就是痞子，能指望一些痞子聽你說什麼國家大義、民族氣節？在他們眼中狗屁不如。

褚六的擔憂不無道理，閉眼、睜眼的工夫，中間的場地稀稀疏疏地只剩下約莫百十人。再仔細看過去，其中不少熟面孔，有褚六的一些心腹愛將，還有褚八的，剩下的大概就是褚翌的那些護衛了。

這百十個人縱然個個勇武，可東蕃人不是嬌滴滴的小娘子們啊！

褚六擔憂，褚八更擔憂，恨不能自己站過去。

褚翌卻似無所覺，彷彿這百十人已足夠，他在臺子上走了兩趟，開口卻是問句。「知道我為何站得高？」

底下的兵悶聲悶氣地答道：「因為你站在臺子上。」聽得出來，他對褚翌沒多少尊重，連聲將軍都不叫。

「錯！」褚翌聲音一沈。「我站得高，是因為我站在銀子上。」銀子、錢財，在任何時候說出來，總是能抓住人心，再淡定的人，心裡也肯定默默算計。

「前面我便說了，明日一戰是死戰，我同大家一樣，我不可能將你們扔戰場上，然後自己跑回來，自然是與大家同生共死的！然而死有什麼好？還是活著好，活著、有錢，有命花銀子得好，你們說是不是？」

隊伍裡稀稀疏疏地說：「是。」

有的也說：「這不廢話！」

褚翌擺手，這回大家都一下子住了嘴，齊齊看著他。

「這不是廢話，我還沒娶老婆呢！要是死了也沒得娶了，所以我們要活著——所以，我把這些年攢的老婆本拿出來了！」

他跳下高臺，然後俯身一扯，將蓋著臺子的油布掀開，露出密密麻麻、擺得齊整的銀子。

眾人倒吸一口氣。

「我不喜歡說廢話，明日隨我迎敵，一個人一塊。一塊銀子是三兩，等對戰回來還能活著的，每個人五兩；死了，每個人三兩。」

有人在底下高聲道：「將軍沒搞錯吧，死了不是應該更值錢？」

此時日頭已經慢慢西沈，霞光滿天，照耀大地一片金黃。褚翌展顏一笑，目光好像日光下閃閃發亮的戰刀。「敵人死了，我高興；你們死了，我難受。我難受了，就不想多給銀子。殺敵、活著，多拿銀子，這是我的規矩。」

他的話不多，一字一頓，卻格外有氣勢。

眾人沈默之後，突然一片轟然，有人伸出拳頭朝天。「幹了！」隨著這句，這百十個人突然有了跟先前不一樣的聲勢，像流動的水突然間凝成一把又冰又冷的戰刀。

那些原本退到兩側觀望的，不少人變得蠢蠢欲動，看來看去，有人終於跑出來，大聲喊：「將軍，我改變主意了，我想追隨將軍！」

褚翌斜睨。「你是追隨銀子吧？」

眾人哈哈大笑起來，那個人也笑，卻不畏縮。「我想活著殺敵、掙銀子、娶媳婦，老死在我家炕頭上！」

「行！」褚翌看著他，又抬頭看向面前的眾人，似在解釋。「這話說到我心裡了。我們來當兵，不是來送死的，要是想死，直接在家就能抹脖子。戰場凶險，可也不是沒有活下來的希望，我希望大家都活著去把敵人殺了，然後活著回來！」

在那人之後，又有不少人說要回來，褚翌微笑。「我最多要五百人！」

有不少人看在錢的分上爭先恐後。七兩銀子，回到老家都夠娶個媳婦了。

褚翌之前在莊子上選的侍衛們，有的負責登記，有的負責發放銀子。褚八看著有條不紊的眾人，感嘆了一句。「我相信了，銀子能買來信心。」

大家素昧平生，談感情、談大義、談氣節，都是虛的，能讓這些人被共同的利益驅使的，只有銀子。

經此一役，他一戰成名，成為大梁最年輕的「殺神」，他那柄卷了刃的戰刀供奉在褚家祠堂裡，享受著同聖旨一樣的待遇。

同褚翌一起一戰成名的，還有追隨他的五百兵士。

那天，褚翌身先士卒迎敵，完全是不要命的打法。五百人對上三千人，竟然在他的帶領下支撐了一個時辰，這在大梁的國史上可以算得上是厲害。

褚六跟褚八名為壓陣，也被褚翌的打法激起了血性，不光他們，各自身後的人馬也躁動起來。這時候沒人考慮錢不錢的問題，兩軍交戰，己方以弱敵強，就是再貪生怕死的人也被激起對東蕃的仇恨。

褚六原本親自擂鼓，轉身將鼓槌交給屬下，舉旗示意褚八那邊，兩邊出兵，夾擊東蕃，支援褚翌。

此時，褚翌已經在戰場上殺了半天，他滿頭滿臉的血，大部分的血都是蕃人的，卻一直往前，後門大開，渾然不懼。

褚家兄弟三人漸漸會合，大梁軍隊越戰越勇，東蕃人開始漸漸後退。

劉傾真雖然懦弱了些，可見此情景，也覺得後生確實可畏，抓住時機命大軍出擊，免得教東蕃人鳴金收兵，再縮回城內。

這一戰，大梁先以弱制敵，後又以眾壓強，乘勝追擊，攻入栗州城內，斬殺駐守栗州的東蕃軍馬萬數，收復栗州，保住了栗州百姓，以及百姓們賴以生存的秋糧，真真教人沒有想到。

褚翌是被人抬下戰場的，他雖然躺著，卻扎扎實實地站在西北兵士跟民眾的心中，栗州百姓甚至有的還畫了他的畫像供奉在家中。

本來，東蕃人還留著他們性命未曾屠城，就是為了驅趕百姓收糧，等糧食收起來，大家沒有了飯吃，就算東蕃人不殺他們，也難逃餓死的命運。褚翌這一戰，雖然贏得吃力，卻是實實在在地救了無數人性命。

栗州收復的消息被八百里加急送往上京，武英今日也是湊巧，正好在街口遇到急報進京的信使。

武英一路高聲嚷著。「老太爺、老夫人，栗州收復了！」他幾乎像箭一樣奔進徵陽館，但也無人說他不守規矩。

老太爺扔下茶碗，顧不得穿鞋，三步併作兩步衝到門口。「再說一遍！」

武英眼中含著淚，大聲道：「是九老爺！九老爺帶頭迎敵，以弱勝強，攻入栗州城，栗州收復了！」

紫玉尖叫一聲，驚喜激動，照舊無人怪她。老夫人緊跟在老太爺後面，將老太爺拉到一旁，俯低身子，神情激動萬分地抓著武英問：「九哥兒可好？」

隨安也激動得不能自已，深吸一口氣，情不自禁雙手合十。褚翌勝了，還是一場很有意義的大勝。

他說完沒多久，眾人便聽到街上歡騰一片。

老太爺連聲喊人。「快，給我準備進宮的衣裳！」

老夫人雖然沒有從武英那裡確定褚翌安危，但也高興地直起身子，對眾人道：「人人多發一個月月例！」

第四十一章

記載著軍功的喜報，緊隨在八百里加急後面被送進皇宮。

褚翌有封家信也夾雜在其中，被人送到褚府。隨安一直唸了三遍，老夫人至此才算是放心。

褚翌的信照舊簡潔，只說自己一切都好，雖然累脫了力，但睡一覺就恢復過來了，讓老夫人不要擔心。

老夫人喝過參湯，倚靠在萬字頭壽花緞面迎枕上，輕聲問：「妳可看準了，是九哥兒的筆跡？」

隨安輕聲答道：「確實無疑。筆力略浮，想來是累得狠了的緣故，但字跡是九老爺的沒錯。」

老夫人嘆了一口氣。「這孩子，既然累了就趕緊休息，還惦記著寫信做什麼！」

「九老爺最是孝順，定是怕您惦記牽掛，所以才寫了信來。」隨安笑道。

老夫人深以為然，點頭道：「妳說得不錯。我往日還常把他當成奶孩兒，覺得他不夠成熟，凡事毛躁，現在看來，倒是我的錯。」至此，方真正意識到，當日她誤會褚翌不辭而別是大錯特錯了。

她自己說自己犯錯，隨安就不能附和了，只微微笑著，又給老夫人續了一杯茶水，道：

「也不知道九老爺何時回來？他是首功，應該進宮領賞吧？」

老夫人聞言，笑著拉起她的手，輕輕拍著她的胳膊，笑意滿眼。「我的兒，何止要進宮，妳可知那蕃人定了第二日收糧，這是篤定九哥兒他打不贏這一仗啊！九哥兒性子高傲，又一向較真，如若真輸了，後果真是不堪設想。現在好了，有了這場軍功，以後縱然有些小小的挫折，他應該也能挺過去了。這一仗可真是贏得艱難凶險，哪怕老太爺這樣縱橫沙場多年的人，也不敢只帶五百兵馬去迎擊東蕃，九哥兒還只是個十來歲的孩子呢！我不知說他初生之犢好，還是說他無知無畏地好？」

隨安還沒有被她如此親切地「拍」過，只覺得挨「拍」的那處寒毛直豎，滿身滿心的不自在，心裡打突，面上卻笑著道：「婢子雖然不懂兵事，但曉得用兵之法，要的是兵精將勇，若是烏合之眾，雖多也必敗的。」

老夫人哈哈大笑起來，像是胸中悶氣疏散出去，道：「行了，妳出去吧，看看徐嬤嬤在哪裡，將她叫來。」

隨安道「是」，只是出了門，心裡就噙了一分苦笑，暗忖著老夫人是不是還沒有死心，想讓她去伺候褚翌？只是這種事，她就算是自由身也沒有說不的權利。要想讓老夫人打消主意，還得褚翌出面。

她不想待在徽陽館，便出門去找徐嬤嬤。

徐嬤嬤正拿著對牌放賞，看見隨安，笑著衝她招手，拿了一個一等的封紅給她。「這是妳的，咱們都沾沾九老爺的喜氣。」

隨安笑著將老夫人找她的話說了，徐嬤嬤拍拍手。「剩下的也沒多少事了，分完了都轉給外院那邊好了。」她出來做事是跟大夫人那邊的嬤嬤一處的，兩下裡分說清楚，就帶著隨安往回去。

老夫人獨留了徐嬤嬤在內室說話。「錦竹院的丫鬟以往看著還好，誰知這兩年年紀大了，心也跟著大了。我抬舉她們可不是讓她們壞了規矩，個個沒了往日的謹慎不說，還慣會使絆子、拿大，我就是沒有閨女，也不想養些丫鬟當嬌小姐。」

徐嬤嬤思忖著她的意思，問道：「您是想趁著給九老爺慶賀的當口，放出去一些人？要是這樣，會不會太明顯了？」

「既然是恩賞，也沒有只放了錦竹院的丫鬟的道理，自然是全府裡到年紀的都報上來。」

她們主僕在這裡商量著要把錦竹院一眾丫鬟乘機換了，在栗州養傷的褚翌卻在提筆寫信。

至此，大殺一場，猶如進了地獄又出來，他那胸中一直憋著的悶火才算是發洩出來。除了他自己，誰也沒想到他能這樣拚了命地殺敵，是因為隨安在信中寫了小李氏的事。

其實說起來，他當日只是透了個消息，又故意將看門的人撤走了一段時間，沒攔住小李氏的腳步，要說是他將小李氏送到皇帝跟前的也不盡然，但總歸是他給了小李氏一個機會。那就像看見泥土上一條蟲子，沒去管牠，隔了幾日，卻看見被蟲子啃得亂糟糟的花圃時一樣的心情。

人。

其實，就是勝了這一場，他心裡也還沒有完全痛快下來。火雖然將熄，餘燼卻仍然燙

他此刻穿著白色中衣，額頭因為受傷，包了一條紗布，臉色也仍蒼白，若是忽略他眼中流轉的煞氣，分明就是一個病嬌。

隨安的上一封信就擱在桌旁，他只看過一遍，卻比背了數十遍的文章都記得清楚。

他沒有在回信中提小李氏，而是說起這場戰事。

「……用了計謀，也不過穿城而過，所花心力、人力亦是不計其數，此次一戰，傾盡全力，弱兵對強敵，一樣贏得痛快……」

說來說去，還是在意隨安嫌他不讀書、不會用兵法的事，心眼比他的年紀還小。

不過，他也知道自己這毛病，好歹沒越過做人的底限，也沒揪著隨安窮追猛打、用褚秋水落第的事來刺激她。不管怎麼說，贏了這一仗，收復栗州，他心裡還是十分驕傲的，在信中評價自己「一鼓作氣爾。」裝得一副蓋世無雙。

隨安收到信，也忍不住笑。該怎麼說褚翌呢？他能聽進人言不？能；他心眼小？小。

一個能聽進諫言又心眼特小的將軍……隨安情不自禁地為追隨他的那些兵士點了一排蠟燭。

褚翌已經定了回來的日子，她用不著再寫信，也就沒有必要跟他爭論戰場上，是用兵制勝好，還是用兵法制勝好。對於放眼全局的人來說，自然是上兵伐謀，可對於褚翌這種殺神，他就喜歡那種砍人的感覺，對陰謀取勝嗤之以鼻。她還知道，他其實並不喜歡以弱勝

強，喜歡以強凌弱，最好是切菜般地一路剁過去。

這封信收起來之前，她壞笑著，用朱砂在那個一鼓作氣的「氣」字上圈了一個紅圈。

這個氣麼，她已經十分確信，不是鼓做出來的。

對於皇家來說，收復栗州，後宮嬪妃又成功懷育龍嗣，真可謂雙喜臨門，整個上京也沈浸在趕走東蕃人，收復栗州的喜悅當中。

而林家人的歡喜，更是超越了上京民眾，更超越了皇家。自從小李氏懷孕，林先生就多方求見老太爺，褚家族學那裡並未放假，可他連說一聲都沒有就不去了。

林頌鸞本就是自信又活潑的性子，自從知道自己即將成為一個皇子的親表姊，神情便多帶了莊重、寬和、賢淑，隱隱的，竟有點母儀天下的風範。隨安有時候看著她的樣子，也有點搞不懂老太爺當初是怎麼想的？就算要自污，也犯不著往自己身上潑糞啊！

話說回來，要湊齊這麼一家極品，也確實不容易。所以，每當隨安看到老太爺或者老夫人見到林家人就隱約的皺眉跟不耐煩，心中都極為暗爽。

但極品之所以能夠稱為極品，在於不斷自我超越，自我提升。

褚翌還沒有回京，林家人的自以為是已經到了一個新高度。他們不斷自我催眠，且催眠別人。自從小李氏進宮，邊疆就捷報頻頻，等小李氏懷了龍胎，栗州瞬間收復……這個龍胎簡直就是生來一統天下的。

隨安終於息了看熱鬧不嫌樹高的心思。褚翌要是知道林家人如此造謠，說不定能直接進宮砍了小李氏。她當然不是關心小李氏的生死，她是怕褚翌殺完人，自己被株連。

林家人如此說法，褚府眾人自然生氣得緊，大老爺直接發落了幾個說閒話的丫鬟。

他一出手，府裡消停不少，老夫人乘機跟大夫人攜手，藉著收復栗州的大喜事，放一部分到了年紀的丫鬟出府婚配。鎮壓處置一部分，又提拔起一部分新人，新人壓舊人，倒把林家散布的謠言沖淡了不少。

「……錦竹院的這幾個大丫鬟，不能一個不留，讓人再編排九哥兒；留幾個老實的，將那些愛挑撥都攆走，其他人也就翻不起風浪了。」老夫人看著花名冊說道。

徐嬤嬤已經約莫猜到要攆誰，但為了謹慎還是多問一句。「那芸香跟梅香兩人留下，另外再提拔兩個大丫鬟？」

「嗯，不過不用提兩個。隨安現在管著九哥兒的帳，她這點年紀，總不能算管事嬤嬤吧？就按大丫鬟的例；剩下一個，等九哥兒回來再說。至於芸香兩個，若是吃一塹、長一智，老實下來也還罷了，若是再頑皮，就等新奶奶進門收拾吧，正好給她兩個立威的人。」

徐嬤嬤就在心裡嘀咕，隨安倒是運氣好，雖說是打發不聽話的丫鬟，可無形當中也替她掃清了障礙。新奶奶進門要立威有兩個通房，用不著來徵陽館找隨安麻煩，打老夫人的臉。等過了一年半載的，說不定老夫人就做主讓九老爺收她進房裡。這年紀正好，不耽誤生孩子。

而隨安正算著褚翌什麼時候進京？

褚翌答應她的一個月五兩銀子是約定好的，可這事老夫人到底知不知道？隨安覺得應該不知道，要是知道了，還能再給她發一個月二兩銀子的月例？賞錢的話，她拿著還能歡喜，可要成了工資，她拿了兩份，就覺得有點燙手了；何況當初那五兩，她還是覺得自己確實救了褚翌，又要養活褚秋水，所以才厚著臉皮認下的。

褚翌這封信中夾了一張五十兩的銀票，說是她今年的工錢，但不知道他是不是故意嚇唬她，銀票上有一個血印子。

她想著去錢莊問問，能不能換成十兩一張的？要是不能換，等褚翌回來，她還得找他。

紫玉喊她一起去換簾子，把清爽軟綠色的錦竹簾子，換成緋紅色團花圖案的綢布簾子，正好合了府裡的喜事。

老太爺氣勢洶洶地進了院門，他沒有走遊廊，而是直接穿庭而過。假山旁有兩個小廝毛躁玩鬧，正好撞到他面前，直接被他踹了出去。「不長眼的東西！」聲音暴怒，帶了狠戾。

隨安看了紫玉一眼，兩個人都下了圓凳，一個抱著綠竹簾，一個抱著紅布簾子，躬身站在門口不敢動彈。

屋裡的徐嬤嬤也看到了，跟正在挑布料的老夫人極快地說了一聲。「老太爺回來了。」

老夫人也聽見剛才褚太尉的聲音，放下手中的布料往門口走。

老太爺大步進了屋，眉頭緊蹙，聲音壓抑著。「都下去。」

老夫人對徐嬤嬤使了個眼色，徐嬤嬤出門後將屋門關了起來，然後揮手讓院子裡的人都退到後罩房，她親自守著門口。

才拐彎，隨安就聽見屋裡傳來碎瓷聲，心裡有些吃驚。自從捷報傳來，老太爺已經好久都沒有發火了，就是對著林家人，偶爾還給幾個笑臉。

算算日子，今兒是大朝會，老太爺應該是天不亮就出的門，這會兒都午後了，也不知是在宮裡受了氣，還是在朝會結束後，在宮外受的氣？

聽見屋裡的動靜，周圍的人都戰戰兢兢，十分害怕，隨安也斂了神色，跟在紫玉身後。

老太爺在屋裡大發雷霆。

他這種暴怒不同於以前的惡聲惡氣，而是從內到外抑制不住的暴烈，桌上的茶盅砸在地上，竟然將青磚地面砸出一個坑，手背青筋暴突。

「豎子！賤貨！貪得無厭！」他睚眥欲裂地罵道。

老夫人心生不滿。世家出來的女子，或許在十幾、二十來歲有那種對男子情熱的情感，但到了她這般年紀，不說把一切都看淡了，對男人的感情早已如熄滅的火山。

情熱的時候，兩個人恩愛著，她關心他的一切，要是看到老太爺這樣發火，會關心他遇到什麼；可情轉淡，漸入寂滅，她更關心自己，還有自己的孩子。老太爺這樣怒氣沖沖地進來，嘴裡罵著髒話，還故意摔碎了她最心愛的茶碗，她現在一點也不擔心他怒氣攻心，傷了自己的身體了。

但她也了解老太爺的性子，知道在他真正暴怒的時候，不能火上澆油，問：「老太爺為了何事生氣？」

老太爺眼中閃過一抹尷尬，卻又瞬間被怒火取代。「林氏賤人，口出狂言。」

前幾日林家人在府裡說的話，他也聽說了，當時還覺得，是老夫人故意讓這些話透到他耳邊來刺自己的，所以他暗示了大兒子處置了幾個人。

可誰知林家人不多，心倒是大得很，無寸金寸功，就想著放眼天下了。

當今皇帝的後宮，人員頗豐，皇后娘娘手段了得，皇嗣倒是不多，能生下皇子的，無一不是後臺硬實之人；可要想生下皇子，光是後臺硬沒用，還要嬪妃自個兒肚子也爭氣。

皇上的寵妃劉貴妃的肚子就不大爭氣。這些年，皇上看在劉貴妃的面上，提拔了她的家人，劉家也出了好幾個三品官，雖比不得功勛世家，也挺有看頭了，可劉貴妃想要個兒子。

小李氏不知怎麼地，就傍上了劉貴妃。

劉貴妃浸淫宮闈多年，看不上小李氏，更看不上林家，卻看上了林家依傍著的褚家，看上了褚家的兵權。孩子還在小李氏的肚子裡，不知是男是女，這後宮的兩個女人已經做起了太后夢。

等老太爺反應過來，知悉這兩個女人竟然想將他玩弄於股掌之中，可不得爆發了脾氣？他自覺自己這麼些年，忍了很多人、很多事，唯獨這件事忍不了。

他拿命拚出來的前程跟權勢，這兩個人想輕輕鬆鬆地將勝利的果子摘走？別說懷的是皇子，就是懷的是天神，他也不幹！

劉家人在朝會上那一番連敲帶打的言論，老太爺都沒臉跟老夫人說。

他不過三言兩語，但女人更了解女人，老夫人已經聽明白了，在心裡翻了個白眼，暗罵老太爺活該受氣。

這軍功若不是褚翌掙來的，而是老太爺或者其他兒子掙的，老夫人都能嘲笑他一番，而現在，她不僅覺得噁心，還比老太爺更恨林家人了。

這林家人先是想踩著褚翌靠上老太爺，後面又恬不知恥地靠上皇上。

「小李氏肚子裡的孩子不能留了。」

「這林家人不能留了。」

老夫人白了老太爺一眼，老太爺道：「小李氏在劉貴妃宮中養胎，一時不好弄，先把林家處置了。」

此刻不是置氣的時候，老夫人跟他直接明說。「林家現在依附著褚府，你怎麼處置？他們不管是死在府裡還是死在府外，到時候褚家都免不了讓人家說嘴。萬一再翻出年前的那些污穢事，沒得再牽扯上九哥兒。」

一說到褚翌，老太爺態度略軟，但想殺人的心並沒有熄了。「那妳說怎麼辦？」

「還能怎麼辦？先把人打發出去，留在府裡，等九哥兒回來生閒氣嗎？」

「不能直接殺了嗎？」

「你去殺吧，我對外可以說是你喝多了酒發酒瘋，誤殺了人。」

老太爺噎了一回，理智總算回來了。

老夫人一面諷刺「都是你惹出來的事」，一面叫了柳姨娘過來吩咐一番。

第四十二章

柳姨娘去找林太太說話。

她坐在花廳裡，聽小丫鬟說：「煩勞姨娘等等，我們太太換身衣裳就來。」

柳姨娘在心裡撇嘴。這就拿喬起來了。

她想著自己的親兒子褚琮，這次也有軍功，在保護兒子這方面，她與老夫人的利益一致，心裡就有了成算，面上卻笑盈盈地站起來迎接林太太。「幾日未見太太，您面色又好了許多，若是跟林姑娘站在一處，看著竟不像林姑娘的母親，竟像是親姊妹了。」

林頌鸞如今自恃身分，看不起妾室、通房之流，提都不想讓人提，更不用說出來見客了；林太太生受了柳姨娘的誇獎，卻將話題扯開來，笑著問褚琮這次回來就該成親了之類的話。

柳姨娘道：「這成親，他自己攢的私房，那是將來哄媳婦的，也不能下到聘禮裡。老太爺跟老夫人的意思，除了聘禮，還給他一個莊子、一座宅子。我是不想要宅子，總歸就算成親，也還要在這府裡住著，弄套宅子來，每年還要找人看顧修繕，竟是個花銀子的去處；再說，那宅子在城南，離得這邊遠不說，周邊還都是些勛貴人家。太太也曉得，咱們這樣的武將家眷，向來是跟勛貴們走不到一處的，那些勛貴們要麼是外戚，要麼是國公府、侯府的，或者是皇家宗親。」

林太太點了點頭。「是了，這宅子要是放著不住，是破敗得快。」

柳姨娘拊掌。「可不就是這個話，若是能租出去賺幾個錢還能彌補一下，可那種矜貴地方，哪裡有適合的人來租呢？這要是租的人身分不夠，反倒教人笑話呢！哎呀，不成，我要去找老夫人說道說道，這宅子不能要。」

柳姨娘說著就要走，林頌鸞從外面匆匆進來，也不屑掩飾自己偷聽，直接道：「柳姨娘且慢。」

柳姨娘停下腳步，似笑非笑地看著林頌鸞。「林姑娘喚我有何事？」

「適才我在外面，聽見姨娘說有處宅子在城南那邊，姨娘可願意將它租給我們？姨娘放心，我們定會好生看顧宅院，把它當成我們的家一樣。」

柳姨娘好險沒噴她一臉，不過這是她來的目的，便裝作猶豫道：「此事還未定下，再說，就是定下也得經過老夫人同意才是……」

林頌鸞故意不提租金，心裡其實是想著能夠免租，這樣他們住進去名聲也好，就說褚家送給他們住的。她也知道女眷們打交道不如男人之間，所以想著請父親出面去見老太爺，老太爺拉不下臉，說不定就直接同意了，更有甚者，能將那宅子送給林家呢！

柳姨娘見她眼珠亂轉，頓時明白她的意圖，心下微嘲。雖然老夫人的意思就是將人打發過去，可她這會兒一點都不想讓林家占這個便宜了，她看了看林太太道：「晌午前，老夫人要跟大夫人一起處理家事，恐不得空，若是妳們家真有心要租，不如等過了午，一起去老夫人跟前說一聲。」

林太太沒有主意，看著林頌鸞，見她點頭，方道：「如此也好，再說這事決定得匆忙，還要跟官人說一聲。」

柳姨娘告辭出來，到了自己院子門口，腳步一轉，去了徵陽館。

老夫人家事已經處置完了，不過她算著褚翌年前肯定會回來，就想著重新給他布置房子。「免得他老是賴在我的碧紗櫥裡。」喊了隨安等丫鬟隨行。「妳們也給出出主意，說不定啊，小將軍回來看了，一高興，人人有賞。」

之前老太爺發火，丫鬟們個個噤若寒蟬，現在好不容易老夫人有了心情，大家又都湊上來奉承，簇擁著老夫人去錦竹院。

隨安現在替褚翌管帳，自然也跟了過去。誰知老夫人興致上來，一口氣換了好多東西，隨安不得不回徵陽館拿冊子重新入帳，正好跟柳姨娘遇上。

柳姨娘的目光落在隨安身上，臉上帶出幾分有趣的笑意。若論這府裡的誰最討厭林家人，眼前這丫鬟能排進前十，只是她一時沒有想到什麼主意來坑林家人。

柳姨娘雖然不夠聰明，卻勝在有決斷力，她看見隨安瞬間有了個決定。「好丫頭，姨娘有個事想找妳拿個主意。」不由分說地攥著隨安的手腕，將她拉到一旁的遊廊旁。「今兒也是我多事了，這不八老爺要成親，老夫人給了個城南那邊的宅子，我還在猶豫要還是不要呢？結果被林家那丫頭聽了去，非要租，妳說我是租還是不租？」

隨安不是天真爛漫的小女孩，抿唇笑道：「既然是老夫人給八老爺的，姨娘何不去信問問八老爺？說不定八老爺另有安排呢！」

柳姨娘的眉頭挑了一下，臉上露出驚喜的笑容。「這丫頭，怪不得九老爺疼妳呢！」緊接著，她又皺起眉。「不過，八老爺遠在千里之外，回信頗有不便，我瞧著林姑娘又志在必得的樣子……妳再幫我想想，另拿個主意吧！」她拉著隨安坐在了遊廊的美人靠上，一副要深談的樣子。

隨安笑。「姨娘，這事我真沒什麼主意，只是聽您話裡的意思，反正這宅子八老爺不會去住，這樣想來，若是能租出去賺幾個花用，又可避免荒廢了宅子，算是一舉兩得呢！」

「哎喲，聽聽這話，真是說到了我的心坎上。教我說，妳可比那林家丫頭實在多了，妳知道我最不喜歡她那一點？裝模作樣也不裝全了。」

隨安心情變得微妙。她拿不准柳姨娘這話是說林頌鸞裝模作樣，還是借林頌鸞諷刺她在裝模作樣？但得益於褚翌多年的訓導，這點程度的諷刺，對她來說，只如春風拂面，水過無痕得很。

隨安站起來。「姨娘過獎了，我就是莊戶人家出身，眼中只盯著幾個小錢罷了，若是沒有旁的事，我還要去趟錦竹院。」

柳姨娘沒得到自己想要的結果，哪裡能輕輕鬆鬆放她走，連忙拉住她的胳膊道：「好丫頭，姨娘實話跟妳說了吧！我看那林家實在不像是想付租金的樣子，就怕他們說到老太爺或老夫人跟前。妳給我出個主意，要麼讓他們不打那宅子的主意，要麼讓他們老老實實地付租金。」

隨安想往回拽胳膊，卻無法，心中猶如千萬匹羊駝狂奔而過。她一個小丫鬟，何德何能得柳姨娘這麼看重啊！難道她的穿越女主角光環照耀大地了？

「我曉得妳跟著九老爺唸書，唸得比九老爺還好呢！老話說，人從書裡乖，妳快給我出個主意。」

這哪裡是覺得人從書裡乖，分明是覺得人從書裡壞。

她只好苦口婆心。「姨娘，婢子是覺得，就算您聽了老夫人的話給他們免了租金，老夫人也定然不會讓您跟八老爺吃虧的。」

「老夫人的主意，自然是打發他們住進去，我也知道老夫人不會虧待我，我這不是實在膩歪林家人嗎？瞧瞧他們說話行事，真教人看不上眼，我一想到他們竟然占九老爺的便宜，這心裡就心急火燎的，別說給他們房子住，我簡直恨不能撓花她們的臉！妳放心，我剛才那都是說氣話，妳就是給我出了主意，我也不會賣了妳的。」

隨安才不相信她說的。防人之心不可無，她相信柳姨娘還不如相信褚翌呢！當然，褚翌也不是多麼可信就是了。

「姨娘，我真沒主意，不過我聽說鎮顯侯夫人的娘家人要進京，正託了人在城南那邊找宅子，說是要住上一年半載的……想來城南那邊的房子應該很好往外租。」

柳姨娘臉上的笑容就盛開了，而隨安這回也終於能把自己的胳膊「贖」回來了。「姨娘，您忙著，我先去錦竹院了。」

老夫人不僅開了褚翌的庫房拿了不少東西，有些覺得不滿意的，還命人陸續從自己的庫房裡找了許多。這些東西自然就算到褚翌的帳上了，隨安忙著記錄這些直忙到天黑，等到腰痠背痛地回到徵陽館，紫玉幾乎是一臉興奮地撲上來。「妳這半日做什麼去了？錯過了好戲呢！」

隨安心塞。明明老夫人帶著紫玉離開的時候，紫玉還笑嘻嘻地拍著她的肩膀說：「妳好生上冊，瞧瞧以前她們記得什麼帳？」這才半天就把她去幹什麼給忘了。

「什麼事？姊姊給我講講？」

「妳不曉得，今兒下午林太太跟柳姨娘過來……」

老夫人給兒子重新布置了房子，心情好了許多，見到林太太還淺笑著打了聲招呼，只是沒等她們說話，便直接對柳姨娘說道：「我曉得妳發愁那宅子呢！這不今兒老路家的過來和我說了，鎮顯侯夫人正在到處找宅子，她娘家人要進京，恐要住上一、兩年，妳租給他們豈不正好？鎮顯侯夫人手頭寬，妳也不用擔心租不到好價錢了。」

林太太一聽這個，大吃一驚。柳姨娘臉上先是驚喜，而後猶豫，老夫人就不耐煩了，擱下茶杯。「妳還有什麼不放心的？」

柳姨娘看著林太太，然後慢吞吞地說：「鎮顯侯府富庶誰人不知，婢妾自然是不擔心的，只是……」

林太太原以為板上釘釘的事，誰知來了老夫人這裡反倒起了波瀾，頓時沒了主意，神情惶惶地看著閨女。

林頌鸞心裡暗恨柳姨娘造作，略一思量，蓮步輕移上前道：「好教老夫人知道，柳姨娘已經答應將宅子租給我家了。」

柳姨娘自覺不是個好人，可還是被她這一番話重新刷新了三觀，只是此事是老夫人主事，林頌鸞這樣說，豈不是表示她不經過主母就擅自做了決定？柳姨娘自來謹慎，怎麼肯留下這樣的話柄，張嘴就要解釋，卻被老夫人眼神止住。

老夫人問林太太。「林太太先前在府裡住得好好的，怎麼就想著搬出去了？」

按理，她作為主人，林家是客，客人半路要走，主人怎麼也應該問一句「是不是哪裡招待不周」或者「是不是丫鬟、婆子們怠慢了」之類；但林家人的臉皮之厚，說不定到時候真抱怨出一通話，讓人生氣，老夫人也不願意跟他們掰扯，就把這句客氣話省略了。

林頌鸞來之前已經想到老夫人會問，也告訴了林太太怎麼回答。

果然就聽林太太柔柔地道：「是我們打擾府裡太久了，心裡不安，又正好聽到柳姨娘有宅子要租，這才起了心思。」

老夫人以退為進。「我當何事呢！出去租宅子，租金不菲不說，這日常過日子，林太太也是知道的，柴米油鹽哪一樣都要花錢，哪比得上在府裡住著得好？這事不用說了，妳們回去多考慮考慮；再說林先生還是族學裡的先生呢，你們走了，這族學裡的學生該怎麼辦？」

林頌鸞之前就想過，為何褚家不另外安置他們？現在聽老夫人的口氣，分明是想讓林家為褚家所用，一副視林家為所有物的樣子。本來她還在心底存了一分猶豫，這會兒是一點也沒有了。

只是老夫人不放人，她之前的藉口就不中用了，想到這裡，林頌鸞微微一笑。「老夫人容稟，我母親跟宮裡李嬪娘娘乃是一母同胞，我外祖家並無其他人口，李嬪娘娘自小就是在林家長大，所以林家就是娘娘的娘家；如今娘娘成了皇家的人，我們不好繼續在睹府寄人籬下，給娘娘臉上抹黑。」

剛才是柳姨娘心塞，這會兒就換成老夫人心塞了。雖然將林家弄出去是她的心願，但聽林頌鸞這樣肆無忌憚地仗李嬪的勢說話，她仍舊氣得手抖，心裡同時對老太爺的恨意也添了一重。

林太太雖然沒有主意，但話裡的好歹還是能聽出來的，連忙替林頌鸞彌補。「老夫人，小孩子不會說話，她素日裡是個穩重的，只是怕老夫人生了誤會，心裡著急才說得有些過了。」

老夫人心裡燒得慌，十分不滿地瞪了柳姨娘一眼。她不想跟林家人直接打交道，原本的意思就是讓柳姨娘勾著，林家人能主動說了搬走就算好了；可柳姨娘眼皮子淺得只想要租金，非得巴巴地使了人過來找徐嬤嬤。

她與柳姨娘本是演一場雙簧，無奈林頌鸞的戰力著實強，老夫人層次高，少見她這種，大開眼界的同時也覺得實在受不了。

「林太太不用擔心，我犯不著跟個小孩子一般見識。剛才我也想了，你們搬出去也不是不行，可就林先生那點體己，倒不如在城西租套便宜的小院子……」

林頌鸞一聽「便宜」兩字，便覺得受到了侮辱。老夫人這種施捨以及看不起的口氣徹底激怒了她，她臉色脹得發紫。「這就不勞老夫人費心，我們就按市價付那宅子的租金就行了。」

柳姨娘的臉上閃過一絲極快的笑意。

老夫人嘆了口氣，帶了絲憐憫地看著林太太。「林太太是主母，如果這是妳的意思，那我就做主將宅子先賃給你們。剛才林姑娘說得也有道理，李嬪娘娘現在貴為皇帝嬪妃，說不定生了皇子後還要晉位分，到時候少不得要賞賜林家。你們雖說現在只是寄居，可萬一宮裡賜下宅子來，說不得也住不了多久。」

老夫人也是讀過《周書》的，深明「將欲取之，必姑與之」的道理，話鋒一轉，用輕蔑的口氣說道：「既是住不了多久，這租金的話就不用提了。」

換作往常，說不定林頌鸞就占了這個便宜，可偏偏此時她胸膛中似有火燒，恨不能自己立刻一飛沖天將褚家踩在腳下踫成粉末，又怎麼肯接受老夫人施捨般的建議？

「這倒不必了，我們林家雖然不富裕，卻也不缺那幾兩銀子。」

林太太也在一旁給閨女加油助威。「我們已經受了褚府不少照顧，就按孩子說的辦吧！」

老夫人這下臉上露出薄怒，指著柳姨娘。「宅子我已經交給妳替八老爺打理，既然如此，妳就跟林太太找了中人簽契書去吧！」

柳姨娘即便心裡高興，此時也不敢顯露出來，戰戰兢兢地跟著林太太告退出來，兩家很快地找了中人。

第四十三章

紫玉拉著隨安，顧不上口乾舌燥。「妳是沒看見，林太太一聽那中人說八老爺那宅子每個月能租一百八十兩銀子，臉色就白了，偏那中人不知道是柳姨娘從哪裡找來的，慣會說話，還與柳姨娘說了，要是她不著急往外租，等過兩個月，明年要參加春闈的舉子們就會大批進京，那宅子位置好又清幽，說不定能租到三、五百兩，林姑娘就咬牙簽了契紙，付了一個月的租金。」

隨安大吃一驚。「林姑娘跟林太太沒去看看宅子就訂下了？」究竟有無腦子啊？

紫玉鄙夷道：「妳不用替她們操心，那宅子我知道，修建得花團錦簇，從外面看再沒有不滿意的，就是裡面沒什麼家具。一般的公侯人家即便暫住幾日，那些日常家具、鋪蓋也是要自己備下的；林家家底一眼就看到底，我都懷疑他們那一百多兩銀子是哪裡來的，更不用說想到要添購家具了。這都得怪妳，要不是他們才來那會兒，妳給他們安排布置得那麼妥當，林太太跟林姑娘會連這點常識都沒有？」

紫玉說著就笑了起來。「估計啊，今天晚上他們一家還不得心疼得睡不著。」

「怎麼這租房子的事，林先生不出面，倒教林家女眷們這麼惶惶地折騰啊？」隨安抬手給紫玉倒了一杯茶。「我這兒沒什麼好茶葉，姊姊潤潤口。」

「聽說出去應酬去了，這些日子，跟宮裡劉貴妃娘娘的娘家從兄弟來往得勤著呢……」

紫玉是個忠僕，老夫人厭惡的，她絕對不會喜歡，現在連稱呼一聲先生都不大願意了。隨安也沒想著要做個聖人，聽了她的話笑著托起腮幫子。「總算要搬出去了，不過林太太他們來的時候只有兩只包袱，其餘的家具、物件可都是我從妳這裡領過去的，這可是有帳冊可查詢的……」

兩個人對視一眼，嘿嘿笑了起來。

林頌鸞確實正在生悶氣，她的心情要怎麼說呢，就如揀了個元寶卻又狠狠地摔了一跤一樣。

小李氏進宮時走得匆忙，好些東西來不及拿，其中不僅有首飾、衣料，還有她存在箱籠底下的私房銀票。林頌鸞嫌父親有好事先想到小李氏，大吵大鬧了一番，林先生跟林太太不敢多言，她就將小李氏的東西據為己有，自然就發現了那銀票，一數竟有數千兩之多。

當時林頌鸞的心情是既想著攀附小李氏獲得富貴，又恨小李氏明明有錢，卻不拿出來給他們用。

這時，林先生喝了不少酒回來，聽說他們已經將上午說的那處宅子租了下來，也沒問租金多少，點頭道：「我打聽了一嘴，劉兄說那邊確實好。」

林太太囁嚅著插嘴。「好是好，就是這租金太高了，姊兒命人拿了幾件首飾當了才先交了一個月的。」

林頌鸞當然沒當首飾，她不過是吩咐人出門走了一圈，騙騙林太太而已。她將小李氏的私房銀兩都收了起來，誰也沒有告訴。

林先生道：「我還想著找老太爺說說話，讓咱們直接住進去，提銀子實在是俗了。」

林頌鸞正是心裡一團火呢！她花了自己的錢，這會兒林先生還這麼說話，她先受不得了。「父親這話說錯了，依我看來，咱們家很該趁著現在跟豬家劃清界限。豬家是豬家，咱們家是咱們家，當初老太爺是看中父親高才，咱們才過來投奔的。」

林太太遲疑。「妳小姨跟過老太爺的事，府裡不是沒人知道。」

「所以咱們才要說是老太爺看中了父親才華，而不是想納小姨為妾！」林頌鸞乾脆將話說明白了，又看了在旁邊只管吃喝的林頌楓一眼。「小弟以後也要記得姊姊今日這話，你們要想著，小姨可是皇帝的人了，要是陛下聽到旁人說小姨的閒話，到時候會有小姨什麼好？小姨不好了，咱們又能得到什麼好？」

林先生點點頭。「這話說得很是。」

有了他這句，林頌鸞心情總算舒緩了一些，繼續道：「咱們跟豬家分開，以後林家就是李嬪娘娘的娘家，對外走動起來也好些。」

林頌鸞終是說服了林先生跟林太太，一家人去看城南的新宅子。林頌鸞多了個心眼，臨走時吩咐人叫上了中人。

那是處三進的宅子，後面還有供丫鬟、僕婦們住的後罩房，處處收拾得乾淨，可就是沒有家具。

林先生先考慮書房。「要張寬大平整的檀木案桌才好。」

林太太擔憂地道：「沒有床怎麼歇著？怎麼賃房子，房子裡不帶家具嗎？」

林頌鸞也奇怪，看向中人，中人笑道：「老爺、太太，這塊地矜貴著，以往也有往外賃房子的，但絕大多數都是住戶們自己帶了家具、鋪蓋。」

林頌鸞譏笑。「這麼說，大家出來一趟，還要把家搬過來不成？」

中人從柳姨娘那裡得了一份厚厚的賞錢，自然不會將這樁買賣弄黃了，便假裝沒有看出林頌鸞的譏笑，很是實在地說道：「姑娘說得是，但凡有點身分的女眷出行，就算不買新床，也是要用自家的鋪蓋的，慣用的鍋碗瓢盆那就更是要帶齊全；有那嬌養的，連喝的水也要自己帶著呢！咱們這賃房子，賃的是房子，並不是家具、物件，契紙上也寫了房子裡有的東西，童叟無欺的。」

當初立契的時候，林頌鸞見柳姨娘一副沒見識的樣子，拉著中人一個勁兒地問，就覺得她上不得檯面，因此自己看契紙便一目十行地看過來，以為只要銀錢數目對就沒有問題，誰知道竟是在這裡坑了他們。

「我們有沒有家具、物件，柳姨娘又不是不知道。不行，我們回去找她要個說法才行！」林頌鸞咬唇。

中人臉上一僵，待要說話卻又停住了。他曉得林家人的身分，知道這樣乍然富貴，或者說是將要富貴還未富貴起來的人家是最挑理的，他說一句，說不定林家就會說他向著褚家，鬧得大了，到時候褚家沒事，他這個中人卻被人壞了名聲。

可柳姨娘不在，坐著小車回了娘家。

林頌鸞越發覺得她這是坑人，不依不饒，拉著林太太到了徵陽館要說理。

徐嬤嬤皺著眉從內室出來。「老夫人正在禮佛，紫玉，妳去問問什麼事，快點打發了他們。」

紫玉出來看見林家人，自然是沒什麼好臉色，直接道：「契紙上明白寫著的，林姑娘現在過來鬧有什麼意思？這手印可是妳自個兒按的。」

林頌鸞從前還存了幾分討好她的心思，可現在變了，她的小姨母不再是老太爺的妾室，而是皇帝的嬪妃，自己的身分也跟著上了去，自然不需要看紫玉的臉色。「我如何是鬧了？是妳們柳姨娘欺人太甚！」

紫玉才不怕她。「白紙黑字寫了，這官司打到御前也是妳沒理。」兩人在徵陽館的門口就吵了起來。

老夫人從小佛堂出來，皺著眉問：「外面怎麼吵鬧不休？」

徐嬤嬤將林家的事說了，老夫人厭惡地擺手。「我不想看見他們，看一眼都噁心，妳也別去，免得髒了自己眼睛。紫玉光有一股蠻勁，恐怕說不過林頌鸞，讓隨安去，正好我再看看她。」

徐嬤嬤有些遲疑。「隨安先前跟林家鬧得就不大好，她要是去了，還不得鬧翻天啊！」

「所以才要看看她怎麼做，是把事情平息了，還是讓事情更糟糕？」老夫人淡淡說道。

徐嬤嬤道：「我這就叫人去喊她。」

「嗯，使喚個小丫鬟，別說妳叫她去的，只說紫玉跟林頌鸞吵了起來。」老夫人聽見外面嘈雜的聲音，放下手中的茶碗，把剛才放到桌上的念珠拿了起來。

隨安正在屋裡納鞋底。她答應給褚翌的鞋到現在也沒做成一雙，倒是納了不少鞋底子，讓紫玉跟棋佩她們用了。前兒她抽空學著做了一雙鞋面，棋佩說她快出師了，她琢磨著給褚秋水好生地做雙鞋。從外面買的鞋子不是大了就是小了，總沒有比照著腳量出來的適合。

小丫鬟心急火燎地來喊她。「隨安姊，妳快來，紫玉姊姊快跟林家人打起來了！」

隨安一聽打架，一下子直起身來，把針線往針線笸籮裡一放。「他們在哪裡呢？」

「就在咱們院子門口那邊。」

隨安腳步一頓。老夫人沒有出門，應該聽到了才是，倒是她因為下午不當值，在後罩房這邊沒聽見前面有什麼動靜。

她拍了拍身上的灰塵，假裝不經意地問：「誰打發妳來的？」

小丫鬟支支吾吾地道：「是我看著不好，跑過來告訴姊姊的。」

隨安扁嘴。這話一聽就假，可她能不去嗎？不能。

那就沒什麼好說的了，主子們擺明要看戲，她不登臺，就該挨收拾了。「走，咱們過去看看，別真的打起來啊，否則還是紫玉姊姊吃虧。」

小丫鬟鬆一口氣又皺皺鼻子。「咱們院子裡人多，才不會吃虧。」

隨安本來無奈，也笑了，伸手攬住她的肩膀。從前，階級只是課本中的一個名詞，而階級所帶來的殘酷，如果不是深處其中，根本無法體會。

紫玉固然能仗著徵陽館的丫鬟、婆子吵贏這一架，可林家不是褚府的家奴，他們現在又有李嬪做依仗，就是老夫人也不好太過薄待他們。若是林家人日後說起這次的事，少不得要說紫玉仗勢欺人，到時候，褚府很有可能將紫玉推出來受罰，就像她當日挨板子一樣。

隨安一路胡思亂想著，隨著小丫鬟到了前面。紫玉正跟林頌鸞吵到興頭上，就差捋袖子動手了。

林頌鸞氣勢洶洶，再也不是以前那副溫文賢淑的形象，紫玉卻也梗著脖子寸步不讓。

「林先生、林太太、林公子、林姑娘好。」隨安提了提聲音，快幾步上前，她面帶微笑，沒有絲毫迴避地看向林頌鸞。

隨安知道林頌鸞多了底氣，所以看著林頌鸞下巴微抬起來時，轉身面對林先生，先行禮，而後輕聲問道：「林先生，剛才我在後面聽說了這事，不知我能不能看看契紙？」

林先生早就想離開這裡，可苦於妻女都在，自己若是走了，不免教她們失了依仗，聽見隨安的話，點了點頭。

契紙在林頌鸞手裡，她站在那裡一動不動，打定主意等隨安上前來要，她就好好羞辱她一番。「妳是哪根蔥蒜，也配來管我們家的事？」

隨安微笑，她並不是想看林頌鸞手裡的那張。

一旁的中人剛才被林頌鸞跟紫玉扯來扯去，現在見來了個穿著不俗的丫鬟，又好聲好氣，聽見隨安的話，愣了一下忙道：「姑娘，契紙小人這裡也有。」說著雙手從懷裡摸出來，然後遞給隨安。

這契紙可比她當初的賣身契嚴整多了，密密麻麻的小楷足有數千字。

紫玉在旁邊哼道：「立了契，自然是按上面寫的行事，否則人人反悔，要這契約又有何用？」

隨安已經看完，就道：「姊姊說得對。」

林頌鸞怎麼肯聽。「妳們都是一夥的，自然是向著自己人。」

眼見又要吵嚷起來，隨安忙道：「林先生您看，這契紙上寫著，若是立了契約三日內不想賃了，且沒搬進去，是可以退了宅子的，只是中人的費用不能退回了……」

林先生仔細一看，連連點頭。上頭確實如此寫了，如此看來這契紙也算合理，不由得看了隨安一眼。

隨安又道：「柳姨娘為人一向寬和大方，想來若是您家不想租了，她也不會故意為難才是。」

林太太面容一鬆。能得回銀子，損失那一兩、半兩的也不要緊。

隨安見氣氛不像之前那樣緊張，心裡想著柳姨娘避出去，說不定就是不想與林家這樣正面對上，卻讓紫玉踩了這個雷。柳姨娘也是個愛惹事的，她就算拿老夫人扯大旗，以老夫人的脾氣、眼界，還沒把這點銀錢看在眼裡，便建議道：「林先生不方便出面，林太太也是見過柳姨娘的，等她回來跟她好好說說，將宅退了，另租一套不過是耽擱幾日工夫。」

林太太主要是覺得，一個月一百多兩銀子的房租實在太貴，現在能退回來，心裡是樂意的，於是看向林先生，指望林先生跟她結盟好說服閨女。

林頌鸞卻覺得隨安能有這麼好心？她腦子飛快地轉動起來，嘴下也不留情面。「妳能替柳姨娘做主？她要是不同意退，妳能把錢給我們？」

林先生皺眉。覺得女兒脾氣過大，再說，跟丫鬟們吵架實在太自降身分。

林頌鸞咄咄逼人，要是往常，隨安可能還會畏縮一下子，可她替褚翌管了幾個月的帳，不說錢財處處明白，卻知道許多尋常人都不知道的竅門。

「還是那句話，契紙上寫了的，不能說只讓一方遵守，另一方就不用遵守了；再者這宅子您家要是不租了，柳姨娘也可租給旁人，不過耽擱幾日，實在犯不著為了這個生閒氣，弄得大家心情都不好。」

隨安娓娓道來，紫玉聽得連連點頭，林頌鸞聽得心情卻更是不好了，嘴硬道：「誰說我們不租了？是柳姨娘欺人太甚，往外租房子，房子裡怎能沒有家具？她要是將家具送進去，我們自然無話可說。」

隨安看了一眼契紙，林頌鸞不等她說話就道：「妳不用看了，當時就是她夥同中人一起欺瞞了我們。」

林頌鸞的不好伺候，隨安早有領教，林家買來的兩個丫鬟從前看著還算水靈，現在腮幫子都瘦得沒了肉。

隨安這時也覺得麻煩。人家說，「寧可跟明白人吵架，也不跟糊塗人說話」，可事情已經走到這一步，若是後退，只會更助長林頌鸞的囂張氣焰。

「林姑娘這樣就是為難柳姨娘了。她租的是房子，並非家具，這契紙上已經寫了；再說當時姑娘不應該看清楚，有問題就問嗎？怎麼簽了名字、按了手印，卻來找碴？要說退宅的事，我覺得還有九成把握，可要給這麼一處大宅子添購家具，這也太為難人。」

隨安在心裡嘆了口氣，接下來的話說出來就不大好聽了。只是林頌鸞不依不饒，不跟她說明白了，她不知世情。

她轉過頭，輕聲細語地對林太太道：「因為聽說您家要搬走，我就把之前給您布置房子的冊子找了出來。那院子不大，家具也是用府裡庫房裡的，件件中等以上的質地，就這些家具、物件加起來的價格也有數千兩之多。那套牧童橫笛的青花茶具，世面上三十兩銀子一套，丟了一個，我們這等人半年的月錢也就沒了。城南那裡都是富貴人家，家具更不能次了，這宅子不小，家具要看得過眼，至少也得五、六百兩，柳姨娘不過才收了一百多兩銀子，她怎麼能花五百兩再買家具？」

林頌鸞的臉脹得通紅。褚隨安這是覺得他們家沒錢?!

第四十四章

林太太沒注意林頌鸞的異樣。她也覺得那宅子好，可沒家具是硬傷。「這樣啊……」

隨安看了林頌鸞一眼。

「中人大叔這邊有沒有價格適合，又帶著全套家具的宅子要租賃的？」

中人原以為生意要黃了，沒想到柳暗花明。他心裡琢磨開來，林家雖然之前拿出一百多兩銀子租房，可看現在的樣子，分明是沒有多少錢的。

「有是有，不過聽這位姊姊說話，您也是曉得行情的，城南那邊住的都是勛貴之家，地價也跟著炒了起來。城西那邊倒是有好宅子，假山、湖水也都有，又帶了家具，一個月才一百兩，只是房子在那裡，這貴氣上就降了等。」

林頌鸞的臉色已經快黑透了。

她最好的打算就是讓柳姨娘添購家具，如此他們搬進去，等跟宮裡的李嬪聯繫上了，到時候不管是李嬪貼補還是以勢壓人，讓柳姨娘不敢再要其餘的房租。

可柳姨娘會不會添購一些好家具？總算她還沒有失心瘋，不覺得柳姨娘一定會同意買新家具，反正換作是她，她是絕對不會做出這種傻事的。

家具普通，他們住這樣的宅子，就是請人來家裡做客都沒臉，可總不能光去別人家而不回請，要知道請客、送禮可是連在一塊兒的，她在家請一回客人，上門的總不會空手而來。

林先生跟林太太也開始左右為難。

隨安心裡既膩歪，又隱隱生了點同情。說實在的，在褚秋水未落第之前，她也曾做過褚秋水連中三元、狀元遊街的美夢。作夢不需要花錢，格外容易膨脹，她在夢中都夢見自己成了狀元家的小姐，十里紅妝，無數才子在自己腳下求下嫁、求下嫁、求下嫁……

當初小李氏的種種鑽營，老夫人不會放在眼裡，可現在小李氏進宮，投靠了劉貴妃，屬於跟皇后與太子對上的位置，皇后會無動於衷？何況皇后當日可是將她安排成宮女，並非讓她侍寢的，小李氏算是破壞了皇后的規矩。皇后能穩坐中宮，壓制陛下的其他子女，沒讓太子有其他有力的競爭者，足見其手段非凡了。而林頌鸞這種人，不真讓她跌到地上，她是不會覺出疼來的。

「昨天傍晚，老太爺得知林家要另居他處，連稱不必，老夫人也說了並未想趕走林家，林先生跟林太太何必心裡覺得過意不去，非要出府？要知道，李嬪娘娘可是從褚府進宮的，皇宮裡的人不知林家，只知褚府。」

林頌鸞一驚，很快地回神。是了，越是如此，他們才越要離開褚家，然後自立成為李嬪娘娘的娘家。

小姨這個人她很了解，林家可以為她所用，褚家也可以為她所用，要是她覺得褚家比林家更有用處，極有可能放棄林家……

她頓時一陣冷汗。自己怎麼險些因為幾件家具而誤了大事？可嘆父親、母親跟小弟竟然沒有一個明白人。

「不必了，林家本就是布衣平民、書香門第，住在哪裡也不會辱沒了身分，我們再看看他處的宅子就是。」林頌鸞僵硬地說道，不過臨走時，仍是深深看了一眼隨安。

紫玉在林家人身後做了個鬼臉，小聲嘀咕道：「不住褚家的宅子最好！稀罕妳住似的！」

隨安無奈。「姊姊明知這些人不講理，還與他們論理，有這工夫不如教我繡花……」

紫玉最聽不得人批評，可聽了隨安這幾句抱怨，卻沒有生氣，嘿嘿笑著。「我這不是怕他們擾了老夫人清靜嗎？」

隨安拉著她的手往回走，心裡嘟囔了柳姨娘幾句。不是柳姨娘故意留個坑，林頌鸞也不會麻溜地跳進去，可兩方都不是消停的性子，但願事情能和平解決。

屋裡，徐嬤嬤笑著跟老夫人道：「可見老夫人的眼光錯不了，隨安是個有主意的，說起事來頭頭是道，那話怎麼說得來著，叫什麼的放矢？」

「有的放矢。」老夫人點了點頭。「我稀罕她，就是因為她原本在差事上用心。要說這麼多丫鬟，女紅也好，待人處事也好，強過她的不知凡幾，可她除了識文斷字，還有一樣好處，就是不搗鬼，這就難得了，能入了九哥兒的眼，可是不容易。」

徐嬤嬤聽了，慢慢點頭。「從前只知道她讀過書、認識字，近日看起來，學著管事也索利。您看她看那契紙，就是旁的丫鬟比不了的，若是心裡對經濟物事沒有主意，哪裡能分說明白？這契紙是中人定的，定然是哪家都不肯得罪，卻又不敢不寫清楚的，也是林姑娘倨傲得過了，非要無理賴三分，可這三分，我瞧著隨安都寸步不讓呢！聽林姑娘的口氣，估計是要退了宅子，另租他處了。」

老夫人笑。「如此更好，我還不樂意教他們住咱家的宅子呢！總算柳氏沒有白折騰這一回。妳瞧瞧她這個不省心的，給我添了多少氣。」話雖如此說，卻也沒有真厭惡了柳氏。「柳氏也該回來了，妳替我傳句話，就說跟林家和和氣氣地把事解決了，給中人的銀子我來出了。」

徐嬤嬤應下，吩咐人端了梨水上來，親自服侍著老夫人用了一盅，又說起褚翌，笑道：「不知您還記不記得，去歲的時候，您跟老安人說將隨安給了九老爺，九老爺還不樂意呢！後面也不知道隨安哪裡來的福氣，又入了九老爺的心……」

說到這裡，徐嬤嬤心裡一突。入心這個詞，老夫人恐怕不太喜歡。

果見老夫人低頭，放下茶盅，嘆氣道：「九哥兒是個赤子心腸，見不得齷齪弄鬼，旁人若是當面維護他，他恐怕還不屑一顧，若是背後維護，又肯用心服侍的，他心裡自是記著了。隨安又有救命之恩，不管怎樣，現在看來，她品行還是好的，只是將來，誰也不敢說人就一成不變……」

當初她剛懷上老七的時候，也曾想過夫妻永遠恩愛過下去的，可沒等老七過周歲生辰，老太爺就納了柳氏，後來又生了老八……她曾經討厭過柳氏，也討厭過老八，可後來的後來，她對老太爺終於死了心，柳氏也好，老八也好，在她心裡、眼裡，就是普通人了。

她終於成了一個合格的主母。

沒兩日，隨安就聽說林家選定了一處離城南富貴居不遠的宅子，鬆了一口氣，不過緊接著又開始揪心了。老夫人明確表示，讓她看著收回當日領到林家小院的東西。

紫玉看她托著腮幫子發愁，笑道：「妳這也算有始有終了，不過是幾件擺設，怎麼就這樣作難？要不我陪妳去？」

隨安只好道：「姊姊還是饒了我，咱們私下裡說說啊！您覺得那些東西能全鬚全尾地收回來不？要是收不回來，我這一輩子光還債也還不起啊！」

紫玉伸出蔥白玉指點了一下的她的額頭。「妳就是個讀書讀多了的憨子，妳覺得老夫人會稀罕那些東西？林家用過的東西，老夫人沒準兒會叫人扔了、燒了。」

「那些可都是好東西，可值錢了。」跟人置氣犯不著浪費銀錢啊！

紫玉鄙視地瞥了她一眼，伸手捏她的眼皮。「來，我瞧瞧妳眼皮子淺到什麼程度。」

兩人正說著話，棋佩從外面進來，先搶過茶壺倒了一杯水，喝完才抱怨道：「我在外面忙得團團轉，妳們倆倒是在這裡躲閒。」

紫玉轉身從茶房的櫃子裡拿出一碟糕點，放到棋佩面前。「喏，妳最喜歡的，給妳留著呢！」

棋佩用帕子墊著捏了一塊，又喝了一杯茶，喘勻了氣息，卻是對隨安道：「老夫人要為這次陣亡的將士們繡一部經書，須得先把字寫出來。妳的字好，這事能做嗎？」

隨安正發愁林家小院那本帳呢，聞言就道：「做是能做，總歸是為那些將士們盡一份自己的心力，可我手頭還有個大活兒愁得不行呢！」

棋佩不解，紫玉就在旁邊將她的煩心事說給棋佩聽。

「這事在妳這裡還真是大事，可我有招啊，妳怎麼不知求人？」隨安的眼光一下子亮了，雙手扶著棋佩的腰，討好地道：「姊姊想讓我怎麼求妳？姊姊沐浴，我幫姊姊搓背，還是要我在一旁給妳撒花瓣？」

紫玉在一旁笑得東倒西歪，棋佩還算脾氣好，可也擰了一下隨安的耳朵。「妳怎麼跟街頭小混混似的？聽著，我正經地教妳一個主意，妳去求老夫人，討一個明確的說法，免得妳自己自作主張，得罪了那一家子，還討不了老夫人的好。」

隨安對對手指。「奴家哪裡有姊姊的底氣啊！要不我去描字，姊姊能者多勞，替我跟老夫人討個辦法？」

棋佩想了想點頭。「這不難，不過我還有個事要交代，妳可不許將那字寫得過大。」

紫玉又補充道：「是了，太大了，什麼時候才能繡好啊！」

棋佩先伸手合十對著空中道：「佛祖勿怪，紫玉她有口無心的。」又瞪紫玉。「就是有這樣的心思也別說出來，否則教旁人聽見了，還不得說妳？佛祖不會降罪，倒是要怕那些見不得妳受寵的小人嫉妒生事呢！」

紫玉知道她是為了自己好，連忙作揖。「我再不說了，再說妳拿針縫了我的嘴。」

棋佩也是老夫人的大丫鬟，卻不像紫玉那麼風頭強健，反而十分穩重，那穩重也不是隨安這種看似穩重、實則壓抑本性的假穩重，而是性格沈穩周密。

棋佩就真的代隨安去討老夫人的辦法，老夫人自是不在意那些東西，不過是個態度問題而已。她對林家成見已深，恨不能將那些東西砸了、燒了，說收回也不過是依規矩而已。「東西單獨收那院子裡，以後也不必入庫了，不過當初是隨安領的，她可不能躲懶，還得她去。」

棋佩抿唇笑，眼中盡是對隨安的同情。

「早死早超生。」隨安聽了棋佩傳的話，只得親自去這一趟。

走在迴廊上，她唉聲嘆氣，卻突然有了作詩的興致，張口吟了一句。「男人在外上陣殺敵，女人在家雞毛蒜皮。」說完自己先打了個寒顫。

自從知道自家院子用的東西都是上了冊後，林頌鸞一直如鯁在喉。她覺得自己不是稀罕那東西，而是覺得受到了侮辱，恨不能讓褚家抄家滅族，恨不能將褚隨安活活打死！

林太太卻跟丫鬟小杏說：「這可怎麼辦，我還挺喜歡這套茶具的；還有這對瓶子，看著就教人心裡歡喜，誰知竟這麼貴，都抵得上大半年的房租錢了……」

小杏看著下頭的落款，點頭小聲道：「外面打聽說是官窯的呢！有銀子也買不來的。外面那些我看著都差不多的樣子，才不到一兩銀子一對……」

林頌鸞的手一下子拍在案桌上。這個小杏一點記性都沒有，教了多久的規矩，還是在主子面前張口我、閉口的我！

她深吸一口氣，告訴自己暫且忍耐忍耐，吩咐林太太。「母親給小杏二兩銀子，讓她去買一對回來；還有這家裡用的其他的，也都買些，左右我們到了那邊也要用。」

林太太遲疑。「家裡用度已經不寬裕了，妳父親又沒了族學那邊的束脩銀子。」

林頌鸞咬了咬牙，將荷包裡的一塊碎銀子拿出來。「這是上次當首飾剩下的，快去買了來。」

林太太點頭接過，背過林頌鸞交代小杏。「撿那又便宜、又好看的買了來。」剛說著，林頌鸞匆匆從屋裡追了出來，叫住小杏。「妳去買東西，模樣可以差些，顏色卻要一樣。」

林太太一臉懵懂，林頌鸞就扶著她的胳膊往屋裡走，說道：「母親不是喜歡那些東西？我自有法子給母親弄來，還教褚家說不出一個不字。」

等到隨安過來對帳，林頌鸞就氣勢十足地坐在上首。「東西都在這裡了，妳查查吧！」地上是好幾堆的碎瓷器。

林太太神情畏縮，對林頌鸞道：「我有些不舒服，先回去躺躺。」

隨安將東西都記入帳冊。以後這院子裡的東西單獨一冊，至於東西的真假，能摔得那樣稀碎了，還用分辨嗎？

她帶來的兩個婆子將東西都鎖進小院裡一間不用的廂房，連那一堆堆碎瓷器也收了進去。

對完帳冊，隨安長舒一口氣。大件的東西林家搬不走，都是在的，其他容易損耗的，老夫人只要不在意，她也不願意跟林家這樣的無賴在這裡扯皮了，有那些工夫，還不如等他們走夜路的時候套麻袋打一頓。

隨安記完帳冊，去跟老夫人回稟。大家都心知肚明，老夫人連帳冊都沒看，點頭讓徐嬤嬤收起來了。

倒是隨安自己，雖說犯不著跟林家扯皮，可還是心裡悶了些火氣。正常人遇到無賴差不多都會如此，好在接下來，她開始一門心思地抄經，也就漸漸平靜下來。

沒幾日，有功將領回京受賞的日子定了下來。

可老太爺回來之後，人前還勉強有個笑臉，人後臉色就陰沈了。隨安隱約覺得老夫人的心情也不是多好，只是這回兩個人說話，常常屏退了其他人，由徐嬤嬤親自把門，因此他們倆為何不高興，隨安也不得而知。

第四十五章

到了歇息的日子，隨安天不亮就起來去找褚秋水。

「這天一日日地冷了，還是弄個炕，您睡著也暖和。白天看書就坐在炕上，也免得受凍。」她特意多帶了銀子，就想問問房東，看能不能找個會盤炕的人，儘量今天就弄完。「趁著現在天好，也好晾晾炕頭。」

褚秋水小聲地道：「震雲就會，可我想著先問問妳。」

隨安啃了一口秋梨，哼道：「您是一家之主，問我做什麼？我說不許盤，您就受凍啊？我早就跟您說過餿飯、餿水的不許吃，您還不是給人吃了？虧得人家腸胃好，沒吃出毛病來，否則要是吃壞了肚子，我看您怎麼辦！」

「都這麼長時間了，妳還沒忘記啊。」褚秋水嘀咕，一會兒自說自話。「我沒讓他吃，只是說那是我不吃的，他就吃了。」

隨安將梨核扔到門口盛垃圾的小筐裡，洗完手瞪他。「您還有理了！」

她一高聲，褚秋水就連忙擺手。「沒理、沒理、沒理。」頭也搖得像撥浪鼓。

「算了，您以後一定要記得，千萬別吃餿了、壞了的東西，誰吃都不好；您要是有多的，可以周濟別人，但別給人家不好的東西。」

她拿了一包帶來的點心去問房東老婦人。

老婦人聽她問盤炕的事，笑著道：「前些日子小宋問我能不能給褚老爺盤炕，我就說了能。這房子你們住，只要不把房子弄壞了，做什麼都行。」自從得知褚秋水去考縣試之後，兩個老人對他的稱呼就成了褚老爺。

隨安笑著道謝，老婦人又神秘兮兮地問：「聽說褚家的老爺們帶兵打退了蕃子，是真的嗎？」

「是真的，過兩個月就會回來了。」朝廷的公文已經下了。

告別了老婦人，再回屋裡，褚秋水又不見了。她出門，房東老大爺指了指隔壁。「去小宋家了。」

隨安又生出吊打親爹的心情。閨女好不容易回來一趟，自己不在家，卻跑到別家。

宋震雲家可謂家徒四壁，比褚秋水混得還不如。

大門沒關，她直接進去，褚秋水跟宋震雲就在院子裡說話。

「……我早就把土推家來了，這種紅褐色的沙土打土坯最好，光滑瓷實，這活我一個人也能幹了，不用另外花錢請人；這地墊也早就擋好了，放水浸透，過兩天就能打坯了。天氣正好，土坯晾乾就能盤炕，一點也不耽誤你過冬……」

隨安這才曉得，褚秋水是來跟宋震雲說盤炕的事，敢情還真是要等她拿主意。

宋震雲是背對門口，沒看見她，褚秋水卻看見了，也不管正在跟宋震雲說話，立即小跑過來。

宋震雲這才看見隨安，連忙低頭拱手行禮。

隨安點了點頭，等出了門又教訓褚秋水。「人家還要做工賺錢，您幹麼事事都麻煩人家？」

褚秋水辯解。「他不要工錢，我還要攢錢給妳置辦嫁妝呢！」

隨安踉蹌一下，差點摔倒，回到屋裡雙手抱胸，睥睨地看他。「我不用辦嫁妝，等我以後有錢了，招贅個小白臉跟您作伴。」

褚秋水傻笑。「真的啊？」

隨安氣結，齜著牙道：「是啊！」

沒想到褚秋水信以為真，也可能他心裡早就有這樣的打算，轉身嘟囔。「李松是老二，也不知他肯不肯？唉，他們家日子其實也還過得去……」

隨安在他身後陰森森地問：「您說什麼？」

褚秋水感覺到危險，連忙逃之夭夭。「沒什麼、沒什麼。」

隨安曉得他不敢自作主張，也就隨他嘀咕作夢，坐在桌前考慮家裡的事。

她原本以為一天就能將炕頭盤起來，聽了房東跟宋震雲的話，才曉得自己孤陋寡聞，要擋地墊、打土坯，沒有十天半個月的根本幹不完這活；而且和泥也是個累活，甭說別的，下雨天在泥地裡走路都費勁，拿著鐵鍬和泥更不輕鬆。

老婦人說雇人差不多也得一兩銀子，還得管飯，她想了想，還是叫褚秋水再去宋家。

她將銀子放在桌子上，對宋震雲道：「盤炕的事就都委託給您了，這是工錢，要是不夠您再跟我爹說。」

宋震雲忙道：「不用、不用，我……我……還欠了姑娘大恩，這就是出點力氣的事……」低頭不敢看人，卻將銀子退回隨安面前。

隨安給褚秋水使了個眼色，示意他說句話讓宋震雲收下。誰知褚秋水根本沒會意過來，還以為隨安是讓他把銀子收起來，於是他飛快將銀子收到自己懷裡。

褚隨安氣得雙目瞪圓。一佛出世，二佛涅槃，伸手抖啊抖地指了指褚秋水，好歹顧忌著這是在宋家，在宋震雲面前，才沒有揪著他的耳朵衝他大喊大叫。

「那我就不跟您客氣了，您忙著，我們先回去了。」隨安聽見自己僵硬的聲音說道，腳步虛浮地回褚秋水的房子。

宋震雲目送父女兩人出了院門，才笑著搖了搖頭，幹活去了。

「咱們中午出去吃吧！」褚秋水覺得銀子失而復得，就好似賺了錢一樣。

「也行，您去跟大娘說一聲，飯菜不讓她送了。」

「不用，我讓小宋過來吃，免得浪費。」

褚隨安心如死灰。她其實心裡真的很願意褚秋水交幾個知心朋友，可他這種心態，能夠交到好朋友嗎？她十分懷疑。

果然，她在宋家門口，聽見褚秋水喜孜孜地跟宋震雲說道：「你去我屋裡吃飯吧，我跟我姑娘要出去吃好吃的。」

隨安覺得沒臉見宋震雲，連忙走到街口。捫心自問，要是褚秋水跟她沒有關係，她是絕對絕對不會跟這樣的人做朋友的。忍不住為宋震雲掬一把同情之淚。

褚秋水這張嘴，說得好聽點叫赤子心腸，表裡如一，說得不好聽——還是算了，他是她爹。

再說，褚秋水這樣，總比那些表裡不一、不安好心的人強出許多。

自己真是越來越擅長安慰自己了！

今天她出門雖說穿得樸素，卻做姑娘打扮，跟褚秋水上酒樓要了一間雅間，兩個人要了五、六道菜，是平日裡都難得吃的大菜：魚丸湯、芙蓉筍乾炒肉、醬豬蹄、紅燒獅子頭等等。小二略一算價格就歡天喜地地下去報菜了，不一會兒送上來一小碟子薄薄的肉乾，還有一小碟花生鹹菜及一碟子白瓜子。

褚秋水起身開窗，笑道：「上次還是端午節跟妳出來吃了一回飯。」

隨安乾脆將桌子挪到窗戶旁邊，正要答話，聽見隔壁也打開窗戶說話。

她本不以為意，可那對話卻清清楚楚地傳到她耳朵裡。

「妳也隨妳們姑娘去林家了……對外說是書香門第、積善之家，那碟子淺得能照見人影了！招待姑娘們的東西，竟還不如咱們在府裡吃得好。」

另一個脆生生的聲音傳來。「可不是嗎？褚家雖然是泥腿子出身，可好歹與王家聯姻後，規矩上也有模有樣的；林家竟是個無賴貨的模樣，說什麼褚老夫人連送給他們的東西都要入冊查帳……」

「可不令人可笑？大凡是有家底的人家，哪家不好生入帳，她自個兒刻薄，便覺得人家入帳是刻薄了她。妳沒見到，我們姑娘立時就想走了，還是臨去的時候夫人交代了，說一定不可鬧事，壞了名聲，這才硬忍著的。」

「我們姑娘也是如此，回來說以後誰愛去誰去，她反正是不想與那家人打交道了，縱然李嬪娘娘飛上天呢！」

「可不是要上天嗎，妳聽過她那話沒有？」

「怎麼沒聽過？一說，陛下憐惜李嬪娘娘，說等胎穩了才讓武將們進京受封，免得這些殺了人的武將進京衝撞胎氣；又說什麼褚家幾個將軍，竟是受了李嬪娘娘這皇胎的福祉庇佑，才能退了東蕃強兵……難不成以後要是風調雨順的，都是她這胎的功勞了？那別的地要是下大雨、發洪澇，能不能也牽扯到她頭上？」

隨安聽得嘴巴大張。這些人說的分明是林家，看來是林頌鸞搬家後請客了，聽這兩個姑娘的口氣，再聽她們說話的內容，隨安強忍下胸口的嘔意。

唉，整個上京已經裝不下林頌鸞的無恥了，馬上就要突破天際，飛入外太空了……

不一會兒，小二送菜上來，她拿了銀子給他，笑嘻嘻地問：「隔壁是什麼人？像是哪個大戶人家裡侍奉貴人的姊姊……」

那小二不過八、九歲，長得白淨，看著很討人喜歡。「是運昌侯家的一位姊姊過生辰，她最喜歡本店的招牌菜，所以每年的今日總要特意來吃一回，其他府裡也有許多姊姊們過來替她慶生……」

隨安點了點頭。運昌侯這些年跟著太子，確實氣勢大盛。老太爺有太尉之名，聽上去像是最大的官了，可這官要是討不了皇上跟太子的好，也只是個有名無實的官。她有點知道為何老太爺跟老夫人近日心情不好了。

皇帝流連後宮，喜愛安逸，看不起武將，偏偏太子不懂藉此機會收攏人心，反而種種作態，毫無明君之相。

沒想到出來吃飯也能聽一耳朵八卦。

她津津有味地挾起一筷子筍乾，抬眼見褚秋水目光灼灼地看著自己，往嘴裡放的筷子只得轉了個方向，擱到他面前的碗裡。「爹喜歡吃什麼，自己挾。」

褚秋水小聲問：「妳認識那些人啊？」

「不認識。」隨安笑著搖頭。「就是她們說的那家人我認得。爹還記得當初進褚府找我，那個說我被壞人擄走沒活路的女人嗎？就是她家。」

本不想告訴褚秋水，但想想吃一塹、長一智，讓褚秋水知道什麼是好人、壞人，也免得他總是一派天真。

褚秋水立即做了個嫌惡的表情，要不是那個什麼林子鳥跟他說：「被人擄走了，就算回來也是沈塘的命，還不如直接死在外面，倒也乾淨……」自己也不至於哭得那麼慘，回去還給閨女找陰親，讓閨女大發雷霆。

唯恐隨安再想起之前他弄出來的事，連忙道：「他們不是好人，咱們不提，免得髒了自己的嘴，吃菜、吃菜。」將自己面前的魚丸湯端到隨安跟前。

他一站起來換菜，湯水灑了一路，其他菜裡也落了不少。隨安默唸了一句見怪不怪，其怪自敗，假裝沒看見地繼續低頭吃飯。

褚秋水方才大大鬆了一口氣。

等吃完這一頓飯，天都到了下午，褚秋水讓她回去。「盤炕的事我會處理好的，妳不用管啦！要不要我送妳回去呀？」

有的人說得再好聽，也不能指望，隨安領了他的情。「我自己回去就行，您有空多看看書，明年再考。」

「啊？」褚秋水的臉頓時成了涼拌苦瓜，結結巴巴地道：「還、還考啊？」

隨安幽幽掃他一眼，唇角掛著笑。「您說呢？」

大概她擠出來的笑容十分嚇人，褚秋水抖了兩抖，才心不甘、情不願地嘟囔。「考。」

隨安看著就發愁。褚秋水的這種心態不行，她不是讓他年年考，而是讓他好好考，努力考中，就算不能中舉人，考個秀才功名也好過現在。

她語氣沈重，寄予厚望地說道：「爹，您好好唸書，要是考中了秀才，到時候就能養活我了，這樣我也不用去褚府做活了……」

隨安為人有時候容易信實，在精明能幹這方面，她雖然不怎麼樣，但褚秋水更不怎麼樣，所以，她糊弄起褚秋水還是綽綽有餘的；起碼成功催眠褚秋水，讓他覺得只要好好讀書，就能得到許多銀子，不僅能養活閨女，還能給閨女攢嫁妝。

書中自有黃金屋，書中自有好女婿！褚秋水恨不能轉身就回去讀書。

隨安看見他的樣子，有點後悔，深怕褚秋水從不學無術滑向癡迷功名的深淵，追進門去囑咐。「夜裡就別看書了，免得傷了眼睛。」

褚秋水現在心思轉移，衝她揮手。「妳快回去吧，好生囉嗦。」

隨安見他興沖沖的樣子，不好直接潑冷水，便去尋房東夫婦，請他們多加看顧。

今日她不當值，回褚府後便想回屋歇著。

不料才走到徵陽館門口，就見紫玉慌裡慌張地從裡面出來，看見她一把拉住，惶惶地道：「妳去哪裡了，我找妳快找瘋了！快點，老太爺又發脾氣。」

這話沒頭沒尾的，不過重點也聽明白了，老太爺發脾氣，發脾氣就更不能湊上去了，她可沒有當炮灰的興致。

「姊姊，好姊姊，我今兒休息，就不過去了。」

紫玉掄起粉拳捶她。「都什麼時候了，還歇著，老夫人找妳過去呢！」

隨安心裡大呼倒楣，只覺得在徵陽館比書房小院還驚險一萬倍。

她幾乎是被紫玉踹進了屋裡。

老太爺正背對房門看著牆上的一副字喘氣，老夫人扶著額頭，支著胳膊在榻上，默不作聲。

宛如即將爆發的火山一樣，屋裡的氣氛沈悶而壓抑。

她進門的動靜驚動了老夫人，老夫人抬頭，聲音裡帶了疲憊，再不是往日那種追著老太爺吵嚷的模樣，似一夕之間老了十歲。「妳來了。」沒有問她先前去哪裡，而是指了指地上的一些碎紙屑，道：「這是九哥兒的信，妳把它們拼起來。」

隨安低聲應了個「是」，然後飛快將散落在屋裡各處的紙片都揀了起來。

她緊張的時候，渾身的細胞彷彿都被調動起來，拼得很快。

然後便看到褚翌寫的第一句話。「皇帝是老糊塗了吧！」

難怪老太爺生氣，就算皇帝真糊塗，當臣子的也不能說，這都是規矩跟本分。

看見第一句大逆不道的話後，她飛快地收回目光，等著老夫人繼續示意。

不過兩張紙的內容，老夫人看得飛快，大概先前生了悶氣，這會兒沒繼續發火，吩咐隨安道：「拿個炭盆來。」

隨安出門去小廚房要了一個炭盆，紫玉跟棋佩也在那裡。

隨安悄悄問了一句。「徐嬤嬤怎麼不在？」

棋佩指了指外面。「出去了，老夫人還好嗎？」

隨安搖了搖頭，低聲說了句。「姊姊看著給老夫人泡杯茶吧！」

不敢跟紫玉等人多說，她拿著火石跟炭盆就走。莫名其妙成了老夫人跟老太爺共同的「心腹」，她不僅壓力大，還覺得特別對不起紫玉跟棋佩。

當然，她心裡是極不情願成為這種「心腹」的，可在外人看來，卻是一種榮耀。

強壓下胸中那種豬八戒照鏡子，裡外不是人的悶氣，她將桌上的紙片都收起來，放到炭盆裡點了。

至於褚翌罵皇帝老糊塗的那句話，她完全不受影響，自然也體會不到老太爺的氣急敗壞跟老夫人的憂心忡忡。

待炭盆裡的信紙燒成灰，她又拿了一杯水潑上去，回頭看老夫人眼光木木，沒有神采，她只好自作主張，將炭盆又拿了出去。

紫玉端著一碗清茶遞給她，小聲道：「是六安茶。」隨安點頭示意明白。六安瓜片清心明目，最能消悶解乏。

照舊是她端進屋裡，老夫人接過來喝了一口，沈吟了一會兒，問道：「妳今日去見妳爹了，他還好？」

「嗯，很好。」隨安知道她並非關心褚秋水，只是拿這個當個話頭，所以回答地言簡意賅，靜候老夫人的下文。

「那就好。」老夫人深吸一口氣。「我這裡有一樁事，左思右想還是只有妳能辦了……」

第四十六章

老夫人說這句話的時候，老太爺總算轉過身，兩個人的目光都落在隨安身上——這就是不想去也得去的意思了。

「請老夫人吩咐。」

「嗯，妳九老爺在戰場上受了些傷，朝廷令他們兩個月後回來，我跟老太爺想著正好趁著這段時間，讓他在栗州好好將養將養；可那裡沒個可心可意的，咱們府裡這些人，要說伺候人，有比妳強的，但要說出門在外，我還就只信妳。妳是個好的，又一貫地穩重大方，妳替我跟老太爺去看看九老爺，好生伺候著他痊癒，同他一塊兒回京吧！

「他才立了功，風頭正健，這一趟妳得要悄悄地去。妳爹那裡妳好生安撫了，明日再給妳一日的工夫準備，後日一早出城。我會派人護送妳過去，路上的事妳不用操心，去了只管照顧好九老爺，讓他安生回來。」

突然被派了差事，她略遲疑，而後道：「是，婢子明白了。」

老夫人拿了一個銀元寶給她。「這一來一回也得兩個月，這些銀子是讓妳好生安置妳父親的。我知道妳是個孝順的，也不能讓妳擔心父親，妳便給他置辦些衣食柴炭，免得妳出門在外還要記掛著他。」

隨安沒有推辭。

老夫人今日主打親情牌。「我知妳是個忠心耿耿的，所以才打發妳去。」

隨安也表態。「婢子能有今日都是老夫人賜下的，不敢不盡心竭力。」

老夫人點頭。「妳回去收拾去吧，有什麼需要準備的，只管跟徐嬤嬤要。」

隨安回來便準備出遠門的事宜。

其實她倒是沒什麼，就是掛念褚秋水這邊，擔心了大半夜，第二日一大早就去了褚秋水的房子。

褚秋水還沒有起床，她方才覺得自己出來早了，在街上轉了轉，買了幾樣早點再回來，褚秋水也就開門了。

褚秋水看見她就笑。「今兒還休息嗎？我要在家看書，就不出去陪妳逛了。」

隨安扯了一個微笑。「您看書就是，我一會兒就走，只是別累了自己，看書時候長了，記得看看遠處。」

褚秋水打著哈欠點了點頭，舀了一瓢冷水，洗了洗臉才算精神了。父女倆吃了早飯，隨安便一個人出門。

她先去賣炭的地方，估算著訂了兩千斤中等質量的炭，也沒有講價，只要求賣主把炭運到她指定的地方。

先運了一千斤放到褚秋水門前的空地上，用油布蓋住，剩下的一千斤卻拉到了宋家門口。

宋震雲早早就起了，開門一看是隨安，忙低頭行禮。

「……您不要工錢，平日我又不能時時過來，我爹那裡多虧您照看著。我想過了，就是給他盤了炕頭跟爐子，他也不一定會用，少不得還要您多費費心。我買了兩千斤炭，他那裡一千斤，您這裡一千斤，是給你們過冬用的……」

宋震雲大為吃驚，急忙道：「我不用，這炭都給褚老爺用就行，姑娘也不用擔心，我一定時時看顧著。」

隨安搖了搖頭。「給您的您就收著。實話跟您說吧，我要出趟遠門，最快也得兩個月後才能回來，可這事又不能跟我爹說，所以還要您多多幫忙。人情歸人情，我不能總占您便宜；再說我爹這個人您也知道，就像碗清水，一眼望到底的，有時候說話不走心，您千萬別往心裡去。」

宋震雲點了點頭，又連忙搖頭，問道：「姑娘去哪裡？不是在褚家老夫人身邊伺候嗎，怎麼還要出門？要不我護送一程？」

「不用，是老夫人安排的差事，有人跟我一道，安全無虞的。我還有其他事，就先走了。」

宋震雲不敢多話，目送她走了，看著家門口的一堆炭，撓了撓頭，找了小推車過來，運到屋裡。

隨安拿著兩包袱衣裳、吃食再回來，宋震雲正在褚秋水這裡忙活。他將那些炭都挪進了屋裡一角，看見隨安，略有些不自在地解釋道：「免得人偷了去，也省得下雨、下雪用起來不方便。」

隨安點了點頭，拿了一個包袱往他面前推了推。「我估算著買的，您將就著穿吧！」是在成衣鋪子裡買的一件袍子。

既然要尊重，自然是一視同仁。褚秋水也有一件一模一樣的，不過尺寸略小了些，沒有宋震雲的大。

宋震雲活這麼多年，穿新衣的次數寥寥可數，看見這件衣袍，眼中竟是濕潤了。

而褚秋水一副兩耳不聞窗外事的模樣大聲讀書。

隨安看了看他，猶自不放心地囑咐道：「您好生唸書，我最近都不能休息，要過段日子再過來看您。」

褚秋水一聽這話，連忙放下書本，跑到她跟前，像小狗一樣地看著女兒。

宋震雲便上前。「褚姑娘放心，我一定好好照顧褚老爺。」

隨安露出一個淺笑。「嗯，以後有勞了。」褚家只有他們父女兩人，她其實並不介意多一個家人。

宋震雲低頭，掩飾眼中濕氣。

褚秋水看看宋震雲，再看看隨安，心頭突然湧上一種孤獨，好似隨安跟宋震雲有了秘密似的，而且還單獨將他撇開……

他伸手指著牆角，使喚宋震雲。「你把那地打掃乾淨。」又拉過隨安，討好地道：「爹送妳出門。」

隨安對他這種使喚人毫不留情的作風已經麻木，順從地被他牽著走到大門口，不想褚秋水卻沒放手，而是用「吾家有女初長成」的眼神，小心翼翼地試探道：「隨安啊，妳有沒有那個、那個意中人什麼的？」

隨安一歪頭，笑道：「沒有，我大概還沒到時候呢！」

褚秋水稍微鬆一口氣，可仍舊不放心，往後看了一眼正在忙碌的宋震雲，又繼續問道：「那妳中意什麼樣的人呢？」

隨安還以為他在盡父親的責任，認真想了想，努力描述心目中的種田漢子形象。「要能養家餬口，最好有門手藝，聰明些，笨點也無所謂，只要勤快。」轉頭看見褚秋水正一臉「期盼」地看著自己，立即頓悟，違心地加了一句。「像您這樣的就挺好，呵呵。」

閨女所說的話，褚秋水都堅定地信以為真，所以立即歡喜不已，剛才看見隨安跟宋震雲的互動而萌生的醋意，立即被他拋到九霄雲外。

隨安一步三回頭地回了褚府。

出門在外，東西要想準備齊全了，十輛馬車也不夠，所以她只打算準備那些必需品，譬如衣裳。

這一夜很快就過去，第二日寅時不到她便起床，直接換了小廝的衣裳，上衣、下褲一身青色，極為俐落地辭別老夫人，上了馬車。

在馬車裡顛簸了三日，她漸漸與同行的侍衛相熟起來。

這些人都是三十歲上下，看著十分老成，隨安雖說不是天生就世故，但待人處事有自己的原則，並不倨傲拿大，也沒把自己看作主子，將這些人看作下人。她路上不吵不鬧、不抱怨，大家看見她的時候都頷首示意，算是互相認可。

尤其是白日趕路遇上大雨，馬車陷入泥地，隨安堅持下車，好讓馬車更容易從泥地中出來，為她贏得了眾人不少好感。

除了隨安，隊伍裡的其他人都是慣於趕路的，如此過了七、八日後，隨安便在吃飯的時問其中一個叫老李的車伕。「李叔，你覺得是騎馬顛簸還是坐車顛簸？」

老李嘿笑著不答。

旁邊一個紅臉漢子、被眾人喚做老宋的就替他答道：「他可是賭錢輸了才來趕車的。」

隨安點頭，暗中摸了摸自己快顛散架的尾椎，商量道：「要不我也騎馬吧？就算我騎得慢，總比馬車快點吧！」

馬車是兩匹馬來拉的，馬車後面還繫了兩匹，正好夠她跟老李用。

看得出來，老李對這個提議很動心，隨安便攛掇他去跟領頭的李頭兒說。

李頭兒就來問她。「褚姑娘會騎馬嗎？」

隨安連忙扔掉手裡的草屑，站起身來回答。「是，騎過，但騎術不精。」

李頭兒沒有囉嗦，指著老李。「你帶褚姑娘先挑一匹溫順的母馬練習練習。」隊伍裡有馬車，眾人都走不快。

老李開始教隨安騎馬。

隨安打量著馬匹，深吸一口氣，按著老李說的，上馬腳尖內蹬，下馬時先左腳腳尖內蹬，然後鬆開右腳再下馬。反覆試了幾次，老李的臉上露出滿意的笑，他騎著馬在她旁邊跟著小跑了一段，再下馬時給隨安豎了豎大拇指。

隨安的眼睛彎彎的，心裡很是快樂，有一種被認同的感覺。

說實在的，這種感覺要比在府裡獲得讚美還要好，起碼她知道這裡沒有人會因為她會騎馬就嫉妒她。

老李顛顛地去向李頭兒彙報去了。

李頭兒聽了點點頭，沒有懷疑老李的話，只是對他說：「你騎術最好，這一路你帶著她，小心別讓她出事。」

隨安在不遠處聽了，歡喜不盡。夜裡睡了一覺，第二日跟隨眾人上馬，途中，李頭兒分出一個人手去附近的驛站寄放馬車，為了遷就隨安，早晚各提前兩刻鐘休息。

如此又過了許多日，望見華州高聳的城牆時，眾人都歡呼不已。

太尉府的手令使得這一路通行無虞，進了華州城門，眾人都沈浸在即將能夠休息的喜悅當中，誰知一打聽，褚翌竟然在栗州，並未回來華州。

隨安淚流滿面。這幾日她一直憋著一口勁，就在剛才，她以為到了地點，所以一下子散了。散了啊！

李頭兒看了看隊伍。他們這幾個人俱高頭大馬，在華州這樣杵著也不行，略一思忖就對隨安道：「褚姑娘，要不妳先在華州住下，我打發人去栗州見將軍，要是將軍讓我們過去，我們再過去。」

隨安點頭。這樣也好，給她點時間讓她歇一歇，她緩過氣來，再趕路也不是不行。

「我是不中用了，你安排吧！」她擺了擺手。

李頭兒笑。「我們一路都是護送妳的，自然不會這時叫妳去栗州問信。」

隨安不想去官衙，便選了一間客棧，幾個人各自要了房間。她等小二送進熱水之後就忙不迭地泡進浴桶裡，舒舒服服地呼出一口氣。

出京的時候還是鮮嫩水靈的小白菜，等到了華州，她已經被吹成了乾菜葉子，剛才都沒敢照鏡子。

洗浴之後舒服許多，但沒法立即歇著，她下了樓，在客棧後院跟人要了盆子，把衣裳都洗了、晾了，然後才回去，撲在床上睡著了。

華州軍府衙裡，褚翌正歪在炕上喝茶，炕頭燒得不是很熱，但很舒服。聽自己的親兵說家裡打發了人來，他哼了哼，故意將人晾了大半天，到了天黑才把人叫進來。

來人這時方才將信交出來。

褚翌一看就怒。「你他娘的早怎麼不把信拿出來！」這都天黑了，怎麼接人！

來人沒敢說是李頭兒的吩咐，只悶頭道：「是上頭的吩咐，說要親手交給將軍。」心中卻偷偷嘀咕，看來將軍對於他們護送來的這位姑娘還挺不一般的。

褚翌發了一通火，牽動傷口，又忍不住罵。「這個蠢貨！不會直接來栗州，難不成還等老子去接！」說話的口氣跟三、四十歲的老兵一般無二。

不過他模樣好看，容顏俊麗，雖然口中罵人，卻沒令人生出多少惡感。當然，這或許也跟褚翌罵的並非是眼前這些人有關。

反正隨安舒舒坦坦地睡了一場好覺，第二日醒過來，方覺得恢復了大半精力，此時才有勇氣去照鏡子。

鏡子中的人當然沒有真的醜成乾菜葉子，可也沒水靈得像剛摘下來的嫩黃瓜。想到黃瓜，她喃喃自語。「要是來片黃瓜貼貼也好……」

有人敲門打斷了她的話，她起身出去，來人是通知繼續趕路的。「將軍叫我們盡快趕過去。」

隨安點頭，收拾好自己晾曬了一夜的衣裳，就見李頭兒過來，面帶遲疑地道：「姑娘不換回女裝？」

隨安略訝異，旋即笑了。「不用，咱們接下來去軍府，我穿男裝比較方便。」

李頭兒一想也是，便帶頭往外走，客棧門口停著一輛大車。

隨安照舊去尋自己騎慣的馬匹，結果發現大家都在看她。

她一頭霧水地看向李頭兒，李頭兒張了張嘴，心道，妳這樣子，倒比我們這些漢子還漢子。將軍既是派了車來，想必也是在乎的，可將軍難不成就喜歡漢子作風的？

老李騎在馬上，高聲笑道：「姑娘上車。」

隨安「哦」了一聲，摸摸腦袋。「我還以為是給旁人準備的呢！」

眾人悶笑不已，被李頭兒瞪過一遍也沒止住。

隊伍裡就有人竊竊私語。「你說咱們小將軍就喜歡這樣的？那我家閨女比她還皮實呢！」

這些人都是彼此相處多年、知根知柢的，就有人揭他老底。「你閨女何止皮實，那是敦實行不行，要是找個書生女婿，沒得被——」話沒說完，那頭鞭子已經揮來，大家嘰嘰喳喳笑著，催馬前行。

隨安則撲在馬車裡打量這個車廂。這馬車很大，比雙人床也不差多少，有一股淡淡的松木清香；沒什麼機關，就是看著結實，要說好處，身下厚厚的褥子應該算一個，一點顛簸也沒。

要是一路上坐這樣的馬車，說不定她就不要求騎馬了，騎馬雖然不顛，可她一直劈跨，腿也受不了啊！

胡思亂想地琢磨著，厚厚的褥子起了作用，她打了個哈欠，漸漸地又進入了夢鄉。

至於褚翌，他並未留在栗州軍中，而是住進了府衙。

劉傾真之前失了栗州，收回後不知是不是因為羞愧，直接將栗州的管理權讓了出來，由褚家老六褚越跟老八褚琮接手。褚翌對這些都不感興趣，當然他脾氣跟爆炭似的，加上其實受傷頗重，因此無人敢惹，就連褚越跟褚琮來見他都得哆嗦一下。

自從收復栗州，京中的消息便源源不斷地傳來，褚翌自是關注宮中動向，因此聽了林家放出來的話更加生氣，是故才寫信回去質問。

老太爺跟老夫人送隨安過來，說是安撫他，其實就是讓他洩火的；至於怎麼洩火，用何種方式，那就看隨安跟褚翌兩人了。但一男一女，世人就是想法再正直，也不會覺得這兩人光談天說地的就行。

褚翌早就起了，軍醫親自熬了藥送來，聽見他嘟囔一句。「怎麼還沒到？就是磨蹭！」又過了小半個時辰，親兵送了早飯過來，他又在囉嗦。「女人就是麻煩！」

晌午沒到，府裡上上下下伺候的人都知道，將軍家裡的女人要來看望將軍了。

親兵們就指著上司的八卦過日子，頓時交頭接耳，互相交換著自己道聽塗說關於褚小將軍的事情。

大家很快就相信，當初將軍能拿出那麼多錢來，那都是攢的老婆本，這說明什麼？說明將軍的女人肯定是個絕世美女！如今這個絕世美女要來，就算來的不是絕世美女本人，肯定也是絕世美女派來的小美女！

親兵們的心瞬間蠢蠢欲動了，專門燒熱水的鍋爐房頓時熱鬧起來，一時間，不當值的人都彼此心照不宣地打算洗個熱水澡。

褚翌雖然沒洗澡，可他今天洗臉洗得格外認真，把脖子跟耳後都擦紅了。

然而，期望越大，失望越大，此乃不滅的真理。

第四十七章

親兵面上帶笑地過來稟報。「將軍，馬車到了。」

褚翌淡定地點了下頭，放下手裡的茶杯，吩咐。「直接讓他們進來。」

親兵索利地應下，退下後跑去傳話。

褚翌復又淡定地歪在炕上，認真地品了品茶。受傷以來，沒法喝酒，就只能喝茶，再濃的茶到了嘴裡也無滋味；可現在覺得這茶還不錯，苦中帶甘，喝一口甘甜可人，再喝一口還是甘甜可人，忍不住一抬手，直接灌進嘴裡，啪地放下茶杯站了起來。「老子就出去迎了，又怎麼樣？」

院子中，李頭兒沒聽見車裡隨安動靜，還以為她不好意思了，正打算掀開車簾，聽後面的老李飛快地低聲道：「將軍出來了。」沒準兒將軍更願意自己接褚姑娘下車呢！

李頭兒後退幾步，同其他人一樣躬身迎接褚翌。

褚翌披著外裳，暗罵了一句隨安拿喬，大手揮開車簾，往裡一看，只見一個黑衣人撲在車廂裡毫無動靜，而隨安不見人影，頓時大怒。「混帳！人呢?!」

他的話一出口，院子中氣氛頓時一滯。堂堂將軍府的人，光天化日之下被毫無聲息地劫走，雖然不是親兵們親自護衛，可這耳光也如打在自己臉上。

有個新入選的新兵甚至一下子將刀拔了出來。

李頭兒更是驚出一身冷汗，正要上前說話，就見馬車裡慢慢爬出一個人，不是隨安又是哪個？

隨安一路好睡，連進門的顛簸都沒將她顛醒，聽見說話的聲音，才揉著眼睛爬起來，嘴裡嘟囔著。「到了嗎？還挺快的……」

然後發現滿院子的人都在看自己，眼神好似她是莫名亂入的外太空生物一般，她不由得低叫了一聲。「啊——」驀然向左側望去，正好看見褚翌蹙著眉，看她像在看多年不見的一個白癡。

院中有人淡定地還刀入鞘。

那清脆的聲音令她迅速回神，跳下馬車給褚翌行禮。「隨安參見將軍。」麻溜的一個軍禮。

眾人的心情如豬八戒發現新娘子變成了孫悟空一般，萬念俱灰。

絕世美女沒來，來了個眉目清秀的小廝！怪不得將軍從前從來不逛花樓……

褚翌恨恨地瞪了隨安兩眼。這見面烏龍也忒丟人了，果然心急吃不了熱豆腐，早知道就在屋裡等著。

「妳跟我過來！」說罷，他便率先轉身往屋裡走。

隨安見他腳步尚有些踉蹌，知道他傷口還未好索利，連忙上前扶住他的胳膊。

褚翌怔了一下，到底沒有甩開。

院中諸人如注了水的豬肉，外表完好，內裡敗壞。

李頭兒等人面面相覷。將軍這是歡喜，還是不歡喜？是在乎還是不在乎？沒人明白，但大家明白一件事，將軍的心思果真是他們這等凡夫俗子不可捉摸的。

隨安一直到進了屋，腦子才算徹底清醒過來，至於院子裡的烏龍，完全沒注意到。她這段日子趕路累壞了，有時候坐在馬上都能睡著。

褚翌被她扶到炕上，瞥了一眼正低頭替他脫鞋的人，眉頭蹙得似山峰。

隨安將他的鞋子擺到一邊，直起身子，聽見他道：「也不是外人，不用拘禮了，妳坐吧！」

隨安點點頭，眼睛搜索著屋裡的圓凳、椅子之類的物件。她總不能上炕去坐吧，那多麼容易挨踹啊！

可找了一圈都沒有發現一把椅子，這屋子這麼大，除了這個炕頭，就是對面的床榻，再就是一架大大的八面屏風，竟然沒其他家具。難不成要她坐地上？

褚翌冷眼看她賣了一陣蠢，覺得自己胸中怒火又要燒了起來，聲音更冷。「過來坐！」

他目前十分惱火，惱火到想要動手揍她一頓。

什麼見鬼的情人見面方式，什麼無語凝噎的相見時難別亦難，他越想越難過，越想越憤懣，越想面部表情就越猙獰。

隨安見他彷彿整個人都不好了，連忙坐在炕桌對面，腦子飛快地運轉，嘴角露出溫順的笑。「您受傷了，嚴重嗎？都傷在哪裡了？軍醫怎麼說的，是不是要天天喝藥？」

褚翌聽她囉嗦，恨不能砸桌子，他也真的砸了，口氣十分暴躁憤怒。「妳怎麼穿這樣過來！」害得我以為妳被人綁走了！那會兒心都空了！

而他只要現在一想，那時的感覺又漫上心頭，像是要把心給捂死一樣。

隨安臉上的笑漸漸褪去，不知所措地站了起來，嘴巴張了張，想要解釋幾句，可不知道為什麼，卻好似在他憤怒的情緒裡聽出了委屈。這本來就很奇怪，所以她一下子將這種奇怪的感覺拍死了。

然後就聽到褚翌喃喃自語。「我這是第幾次想要活生生地將她掐死了？」

委屈什麼的，果然是她太過疲勞而生出的幻覺吧！

房間裡的兩個人都陷入各自的思緒當中，一個覺得，對方莫名其妙在抽瘋。她不穿這樣，難不成穿得花枝招展，到時候他很有可能炸毛好不好？

另一個覺得，對方簡直就是不解風情至極，千里迢迢地來探望他，竟然穿了一身灰不溜丟的小廝服飾，還有比這更糟心的嗎？男人的自尊簡直要被她削平了！他每次遇到她，總是在不斷地丟人、丟人！他還沒跟她算當初被迫穿女裝的帳，她這回又給他使了妖法！

隨安想了想就平靜下來，可褚翌卻越想越生氣，最後乾脆伸手拍桌子。「妳去把這身衣裳給我換了再過來說話。」

隨安總算知道哪裡惹到他了，可這樣炸毛的褚翌是如此難得，她其實並不想直接換女裝，那顯得自己多遷就他啊，還會助長他的囂張氣焰。

於是她學著褚秋水的樣子，小心翼翼地瞥他一眼。「可我這身衣裳是今天才穿上，是最乾淨的一件了。」

其實她剛剛又想到一個能惹他更生氣的主意——換下這身，再穿上另一身小廝服飾，到時候他說不定會火冒三丈。

此刻正是秋末冬初時分，陽光雖亮卻不熾烈，照得廳堂一片堂皇。屋裡半件裝飾都沒有，只有褚翌靠著的大紅織錦迎枕折射著陽光，卻是將倚靠其上的褚翌映襯得出奇明亮，面色如玉，容光冶豔，似有一種令人沈淪的魔力。

他正皺著眉頭，而她十分相信，他這會兒應該特別想將她的腦袋擰下來。

可她來，不是為了讓他氣成這樣，於是上前一步，服軟道：「我是來照顧您的，這府衙裡到處都是男人，我做男子打扮，在府衙裡行走也方便些啊！又不是來當嬌小姐讓眾人景仰的。」

褚翌特想呸她。就她這樣還被人景仰，她臉大啊！

他壓了壓燃燒得正旺的火氣，毒舌開始發功。「那妳也不用穿這麼醜！妳是來害我眼疼的吧？本就是個醜丫鬟，還怕人看啊？比好看，妳有我好看嗎？」

隨安垂著頭，只把眼前這人當成一隻哇哇亂叫的青蛙。

有人在敲門，隨安乘機過去開門。話說剛才他們兩人進來，也不知誰幫他們把門關上的？

一個清秀的青年兵將端了一碗藥站在門外。隨安歪頭看了他一眼，打了八十八分——顏值占了八十，面部和善的表情占了八分，扣了十二分是因為他脖子伸得老長，分明是一副八卦模樣。

褚翌則立即轉移怒火。「從前也沒見你他娘的進來之前先敲門，你以為本將在幹什麼見不得人的事啊！」

隨安撇了撇嘴。罵人難道是很見得人的事？

她接過藥碗，還問了一句。「這是要給將軍用的？飯前喝嗎？」

那親兵愣了一下才回神，連忙點頭道是。

隨安便端了藥碗往褚翌那邊過去，一邊走，一邊吹氣。「哎呀，好燙好燙。」

褚翌盯著她端碗的手，一時忘記現在要罵什麼，等他決定繼續的時候，就聽她說道：「您身上還帶著傷，火氣怎麼那麼大？快消消氣，將身體養好了才是正經。」

褚翌感到親兵八卦的目光，立即狠瞪過去。「看什麼看，還不快滾！」

親兵連忙退出房間，出門還「體貼」地把房門關上。

有人站在遠處衝他招手，他走過去，立刻被人圍住，都是平日裡相熟的兄弟。有人問：「怎麼樣、怎麼樣，是不是在屋裡……」

「顛鸞倒鳳」四個字雖然沒被那人說出口，可話中未盡的涵義，以及話尾那微微上挑的眉眼，簡直將這四個字的風流表現得淋漓盡致。

那人想著剛才聽到的那聲音，心中悵然若失，含糊著搖頭。「沒，將軍在罵人呢！」

眾人俱都一抖。將軍的毒舌可是非同凡響，不是一般人能承受的。

另一個青衣小將突然嘿笑。「來個伺候將軍的人也好，管他是男是女呢，將軍有人服侍，咱們兄弟也能鬆一口氣啦！」

這倒是真的，眾人一邊對新來的小子報以萬分同情，一邊哄然作鳥獸散。

屋裡的隨安無所覺，她一邊吹氣，一邊勸道：「您在上京不這樣，怎麼到了這邊，脾氣越發大了？無人約束，也不知自己管束一下自己……」

褚翌黑著臉聽她絮叨，正要再噴她一頓，就聽她繼續道：「……怒傷肝，您又有傷在身，到時候受痛的還不是自個兒？我也沒法替您痛啊！」末了來了一句。「這藥好苦，聞著就苦，要不要吃個蜜餞、果子之類的？裡面能不能放點冰糖啊？」

說著，拿嘴唇試了試溫度，點了點頭道：「可以喝了。」將藥碗放到他面前。

褚翌盯著她沾了一點湯藥的嘴唇看了一眼，沒有做聲，單手端起碗來一飲而盡。

「妳怎麼來了？」他放下碗，接過她遞上來的帕子擦了一下嘴角，卻發現她的唇角還有那藥汁的痕跡，便又多了一分心不在焉，恨不能將她抓過來按在身下，替她將藥汁擦去。

「您是不知道，林姑娘可算是一人得道，雞犬升天了，偏偏李嬪傳出身孕之前，她在錦竹院亂吠，被我罵了一頓，算是撕破了臉；後面我又借勢將她趕出褚府，把她得罪了個徹底。唉，誰想到李嬪娘娘肚子這麼爭氣，我也只能自愧自己人不如雞了，還望將軍收留庇佑一陣子。」我來是平息你的怨氣跟怒火，免得你繼續說些大逆不道的話，把老太爺跟老夫人給嚇死！

褚翌垂著眉，很久沒有做聲。就在隨安懷疑他或許已經睡著的時候，突然說了一句。

「妳是我什麼人，讓我庇護妳？」

心如死灰不過爾爾，萬箭穿心才是最痛的！一千句髒話都不能形容她的心情。他不庇護她，當初誰一個勁兒地拿一日為奴，終生為奴來要脅她的？

褚翌說完沒見她反駁，撩起眼皮瞥了她一下，見她垂著眼簾一動不動，臉上帶了一種類似茫然失措的東西，只覺得自己的心被狠狠撞了一下，生平第一次反思自己剛才是不是說得有點過分？

就在他胡思亂想，準備說句什麼挽回一下的時候，她上前走了一步，伸手去拿桌上的藥碗，輕聲道：「我把碗拿出去。」

猛然間，褚翌手比心快地抓住她的手腕，顧不得自己的語調不正常，用極快的語氣道：「既然來了，就好好住幾日，等我養好了再帶妳回去。」

隨安手已經抓到了碗，她不看他，只是低聲「嗯」了一聲，目光落在褚翌抓自己的手上。

褚翌悻悻地將手收了回去，看著她「蕭瑟」地轉身，出門。

我說那句話，是想惹妳生氣，不是惹妳傷心的。他默默想。

隨安一出門，剛才送藥的親兵就在門外不遠處，看見她立即走上前，笑著道：「把碗交給我就行了。」

隨安微微一笑。「我叫褚隨安，怎麼稱呼？」

親兵一聽她姓褚，立即將她想成褚家的家生子，聽她的聲音，只覺得心裡軟軟毛毛的，連忙道：「我是將軍的親兵，你叫我衛甲好了，還有個衛乙，他去廚房取中飯去了。」

隨安點頭表示知道，又問：「跟我一同過來的那些人……」

「哦，他們都安頓下來了，你要見他們嗎？」衛甲很熱心，雙眼巴巴地看著她，像是遇到一種奇怪的小動物。

隨安看了看褚翌的屋子，抿唇想了想道：「你能給我帶路嗎？或者找個人給我帶路也行，我想去看看他們。」她的行李還在李頭兒那裡，想著衛甲或許要片刻不離地伺候褚翌，她又道：「麻煩你給我找個人帶路吧，我一會兒就回來了。」

衛甲在軍中見慣了粗漢子，這會兒來了一個細膩得像姑娘一樣的清秀小廝，心都軟了，一點也不想讓別人跟隨安接觸，他想獨占這種感覺。

於是他笑著道：「既然用不了多久，我陪你去好了。」

發現手裡還拿著藥碗，連忙背到身後，空出另一隻手指著前面的路。「往這邊走。」

隨安見過了李頭兒等人，拿到了自己的包袱，又回去褚翌那邊。

衛甲從頭陪到尾，像最和善、最溫順的大哥哥一樣，弄得隨安極其不好意思。

其實她覺得衛甲更像一隻黏人的小狗，但恐怕他不會喜歡這個比喻，可這種自來熟，還有小心翼翼，都教她無所適從。

褚翌聽見開門聲，見她手裡拿著包袱，便將嘴邊那句「怎麼去了這麼久」給嚥了回去，沈了沈聲音道：「過來吃飯。」

他早就吃過她的豬食，現在恩賞她同自己一塊兒吃飯，她總該能明白自己的意思了吧？

隨安將包袱放到一旁，見桌子上擺了兩副碗筷，很顯然準備了她的。

其實對著他吃飯，還不如她端著碗蹲在門檻上吃呢！

褚翌見她眼珠子一轉，立即意識到她不生自己那句話的氣了，或者就算仍舊生氣，但此時也沒有跟他計較的意思，這好辦。他皺眉。「囉嗦什麼，趕緊過來，我等妳都等餓了！」

隨安嘆道：「我給您打水。」

褚翌笑了一下，連忙忍住，偏到一旁的下巴光潔如玉，眼中到底又慢慢露出笑意。

隨安失心瘋了才在這種情況下跟他嘔氣，不說他身體受傷，就是上京中那些事，說出來就夠他氣成一個熱氣球了。

這樣想著，一頓飯也就過去了。府衙廚子的手藝很好，她放鬆下來，吃得很飽，但相比褚翌的飯量，還是不夠看。

第四十八章

隨安來了後，近身伺候著，大戰之後的褚翌總算是過上了少爺生活。之前的衛甲、衛乙也不是不好，但到底是男子，再細心也比不上隨安這種在大宅門裡生存過的人；而且她近半年來在徵陽館伺候老夫人，又比在書房小院裡更會照顧人。

她打了熱水，備好帕子，讓褚翌躺在炕沿上，給他洗頭。

軍醫說傷口不能見水，褚翌自打受傷還沒好生沐浴一次，雖然衣裳天天換新，可身上到底不舒服；他一貫高傲，總不能跟衛甲等人說老子頭癢了，因此總是忍著。

現在隨安一雙爪子在他頭上抓來抓去，也不覺得被冒犯了。

殊不知隨安也在竭力思索，要創造一個什麼樣的環境，才能讓他不至於聽了她的詳細描述之後大發雷霆。

總之先將他伺候舒服了再說比較安全。

換了兩塊乾帕子，把他頭髮擦了個半乾，披散著晾開，她又去包袱那裡尋出老夫人交給自己的一些傷藥。這些都是宮中秘藥，非軍中的那些霸道傷藥可比。

褚翌現在頭皮舒服了，渾身的毛孔像是呼吸到新鮮空氣，見她弄了一堆瓶瓶罐罐，罕見得沒有皺眉，問道：「什麼東西？」

「老夫人知道您受傷，到處淘換的藥，對癒合傷口有好處。」

「吹牛，妳用過嗎？就說好。」才說一句，又要暴露本性，不過好在他這會兒心情好，口氣沒有先前惡劣。

隨安斜了他一眼。幸好褚翌也沒打算追問，她藉著倒水出去問了衛甲，見了一直治療褚翌的軍醫，不僅問清楚了用藥和飯食的忌諱，還將自己帶的藥都說了一遍，又問能不能清洗身體等等。

軍醫道：「將軍的傷將養得差不多了，用帕子擦拭、避開傷口應該沒問題。有一些痂皮太大不容易掉落，用熱帕子捂軟了，若是能揭下來最好……」這事本應該是他的活，但他說過一次，褚翌不許，他也不敢深勸。

隨安倒是知道一點。傳統的觀念認為傷口結痂就是好了，其實若是傷口過大，痂皮下的組織接觸不到氧氣，代謝不好會滋生細菌進而化膿，這樣的傷口看起來好了，其實患者較之從前更為疼痛難忍。

軍醫又提供了一些燒酒跟紗布給她，她便開始準備。先將銅盆用滾水洗過，又注入滾水加鹽，把帕子投進去浸足鹽水，用乾淨的筷子撈出來，放入另一個銅盆。

她做這些事，都是在屋裡忙忙碌碌，衛甲跟衛乙過來幫忙，卻只肯站在門外，不願意進來，她以為他們是怕褚翌發火，也不以為意。

褚翌一直閉目養神，直到她端了銅盆到他跟前。

隨安甩了甩手，上前去解釋。「我幫您擦擦傷口，問過軍醫了，說能擦。」

褚翌嗯了一聲，掀開眼皮。「妳又不是沒脫過我的衣裳，現在害羞晚了吧？」

隨安微笑，按下心中想向他扔磚頭的心思，幫他解開衣釦。

門外衛甲跟衛乙先是看到一直打開的窗戶被關上，然後又聽到屋裡傳出將軍的低低哼聲，互相看了一眼，又分別別過頭去。

褚翌傷口附近紅腫，一按就疼，隨安幾乎很確定這是發膿的徵兆，忍不住囉嗦道：「您這是諱疾忌醫，一個大男人，給人家看看身子又怎麼了？」

褚翌聽得眼皮子直跳，吐出嘴裡的軟木開罵。「妳怎麼不把妳身子給人看看！」

隨安本來有點害怕下手，聽他這麼說，冷笑一聲，用指甲挑開那些捂得濕潤發軟的痂皮。

背上最大的一塊傷口，看著肌膚還好，只是發紅，挑開後，裡面就不怎麼美妙了，已經有些潰爛。

她皺著眉，一點點清理，褚翌額頭的汗水密密麻麻地冒了出來。

把幾塊痂皮都弄起來，隨安覺得自己心腸變硬不少，走到門口喊衛甲，讓他把軍醫叫來。

軍醫看了急得團團轉，一個勁兒地說：「幸虧你來了，否則從內裡潰爛就麻煩了。將軍這些日子有點發熱……不行，我要換個藥方。」

隨安為了保險起見，將寫著名稱的藥瓶拿給他看。

軍醫拔開塞子聞了聞，又倒出一點來看，而後道：「先抹這個藥試試，若是沒有更嚴重，那就繼續抹它。」

敢情他也不敢確定效用，不過隨安仍舊點了點頭。這些藥不是毒藥，說白了就是輔助的，就算真的藥不對症也不會有太大的麻煩。

軍醫跑出去重新開藥方、熬藥去了。

自從軍醫進門，褚翌就不再說話，等軍醫走了，隨安幫他塗好藥汁，然後問他。「覺得怎麼樣？」一面拿帕子給他細細地擦汗。

褚翌哼了兩聲才開口。「妳重新打盆水，給我擦擦其他地方。」

他受傷這麼嚴重，隨安早就心軟了，要是尋常說不定還會害羞，現在則沒什麼好計較的。她將東西收拾了，重新換了兩盆熱水進來，幫他把褲子褪下，只留了短短的褻褲，不僅把腿給擦了，還把他的腳趾甲給修剪了，將他當成一個大號的寶寶照顧。

褚翌腿上也有傷，是早先留下的，現在只剩下粉紅的傷疤，趁著清理的機會，她打開一瓶祛疤的藥給他抹了抹，打算試驗一下這個藥管不管用？如果好用，就自己留著，女人永遠比男人更加需要祛疤產品。

在這個過程中，褚翌難得乖覺，既未出言調戲，也未吹毛求疵。

事實上，他一言未發。

到了最後收尾的時候，他突然開口。「隨安。」

隨安正垂著頭收拾東西，瓶瓶罐罐太多，使用起來還不能弄亂順序，她有點心不在焉地應了一聲，等著他的下文。

「抬起頭來。」褚翌的聲音有點變調地低沈。

她依言行事，這才發現他改躺為坐，現在兩人的距離不到二十公分，這令她稍微有些不自在。

然後，她就更不自在了，褚翌伸手按在她的脖子後面，親了上來。

她被他固定得不能動彈的時候，還有心思胡亂想。仗著長手長腳的也忒可惡，而且他的手勁比之上一次大了不少。

這是一個生澀的、貼面的吻。離開的時候，他伸出舌頭將她唇角的藥汁痕跡捲走了。他奇異地沒有覺得苦澀，反倒有種甜蜜從胸腔裡翻湧上來，他越發地茫然了。

其實，不單是他，隨安也有些茫然。

隨安僵硬地低頭，看了看自己身上的男裝，然後大煞風景地開口。「您可真重口，我穿這樣您都能下得了嘴。」

相比褚翌的毒舌，她這種不解風情的詰問，簡直就像是往熱水裡扔冰塊，降溫效果出奇得好。

褚翌抿著唇，用一張面癱臉陰沈地看著她。彼此不是頭一天才認識，她有多麼狡猾，他是深有感觸的，譬如現在，他手下按著的她脖子上的血管跳得可是很歡躍的。

戰爭雖然令他受傷，可也令他迅速成長，他掩飾心思的能力早就超過了她。

他放在她頸後的手一直沒有放開，這也方便了他將她再次拉近。這次他的嘴唇落到了她的脖子上，果然，那裡的溫度燙得他精神一震，內心的空虛彷彿因這滾燙的溫度迅速地被填滿了。

他滿意地鬆開手。

隨安的理智緊接著回來，她掩下心中那種說不清的感受，直接說事實。「能不能不要動手動腳的，這也太不尊重人了。」

褚翌聞言，立即反譏道：「是啊，夫妻敦倫前，是不是還要打拱作揖行周公之禮啊？」

隨安丟給他一個白眼。他們可不是夫妻，連男女朋友都算不上。

她端起茶碗，剛含了一口茶水，就聽褚翌哼道：「上次沒懷上孩子，說不定這次能呢！妳這兩日好生養著，別動了胎氣。」

「噗——」

褚翌唇角一挑，眼神邪魅地瞥著她。「不是妳說的嗎？同床共枕能懷孕，親嘴能懷孕，拉手也能懷孕，妳剛才對我摸來摸去的，要懷早懷上了。」

隨安這次是真無語了。

褚翌繼續道：「妳懷的是我的孩子，我得好生看著妳。這樣吧，以後就在這屋裡住下，睡床、睡炕都隨妳。」這才是他的目的。

最終還是她妥協。以前兩個人不是沒睡過，而且以他如今的傷情，想做什麼也不容易；當然，這些想多的東西都是藉口，其實她是怕他夜裡發燒……嗯，這也是藉口。

她收拾東西出門，端著銅盆在門前發呆，終於承認自己對他是有那麼一丁點的心動——真的只是一丁點，比針尖大不了多少的一點——不過是被個帥哥給親了，沒什麼大不了的。

從褚翌帶給她的魔咒裡清醒過來，隨安轉了一圈沒發現衛甲，偌大的府衙之前還有好多人，現在卻彷彿都回去午睡一般，連點說話聲都聽不到。

想撓撓頭，但手裡端著盆，實在不方便，她只好自己去尋找灶房。

等她忙活完了，再回褚翌的屋子，就發現屋裡西側冒出許多家具。有靠窗的桌子、椅子、書櫃、箱籠，還有一座屏風。

大屋子被分割成了三部分，有了一點過日子的樣子。

褚翌之前是露著胸膛的，大概因為叫了衛甲進來吩咐事情，所以又將中衣穿起來，並且在外面還披上一件外衣。有時候，他的某些堅持挺令人莞爾的。

搬家具的親兵很快撤走，但衛甲還留著，目光不時落在隨安身上。

軍醫正在苦口婆心地勸褚翌喝藥。「這是新開的，您那傷口都有些紅腫了，這藥裡有消除炎症的成分……」

隨安走過去，伸手摸了摸藥碗，然後往他身邊一推。「不熱了。」

褚翌拿起藥碗一飲而盡。

這一番折騰下來，天色漸漸暗了下去，褚翌看一眼隨安，實在覺得那身小廝服飾刺眼，叫過衛甲上前，低聲吩咐了幾句。

晚上，褚越跟褚琮結伴回來，與褚翌一同用飯，看見隨安，紛紛側目。

隨安笑著上前兩步行禮。「見過兩位將軍。」

褚越想起她是九哥兒的伴讀，率先回神，問：「京中現在如何了？」

隨安正要回話，褚翌在旁說道：「吃完飯再說，一直等你們回來呢！」

褚越跟褚琮便上了炕，隨安在下頭布箸，褚翌拿到筷子便道：「妳出去找衛甲吃飯，吃完再回來。」

隨安應下出來，衛甲帶她去了灶房，裡面支了兩張桌子，衛甲跟衛乙占了一張，隨安單坐了。衛甲跟衛乙吃得飛快，隨安看一眼，他們那桌上的菜幾乎瞬間少了三分之二，她這邊還沒怎麼動，於是道：「這些菜我一個人也吃不完，你們若是——」

話沒說完，衛甲就忙道：「不嫌、不嫌。」

隨安便起身，將自己沒動的一些菜給他們端過去，這一番互動下來，彼此多了幾分了解，衛甲吃了個八分飽就開始問她。「你也姓褚？是將軍的什麼人？」

「唔，我姓褚是因為我爹姓褚，跟將軍倒沒多大關係。」她慢吞吞地回答，然後乘機問他們關於之前那場大戰的事情。

衛甲跟衛乙都是親身經歷過的，頓時兩眼發光，你一言、我一語的，你方說完我馬上補充，把褚翌如何選兵、如何行賞、如何身先士卒、如何奮不顧身說了個天花亂墜；又說那東蕃如何可惡、如何殘暴、如何將栗州不事勞作的婦孺殺掉，只剩下青壯，為的是收了秋糧等等。

隨安不住地點頭，漸漸被他們說得熱血沸騰，心頭漸對東蕃的殘暴感到憤怒，也增添對褚翌這番作為的驕傲。

屋裡有人喊人，衛甲連忙竄出去，衛乙隨後，不一會兒，兩個人將碗筷都收拾了回來。

隨安回了屋子，褚翌吩咐她泡茶，她端了三杯過來，褚越跟褚琮兩人喝的是茶，褚翌卻是一杯白開水。

褚翌瞪她一眼，沒有在褚越跟褚琮面前訓斥她。

隨安略一抿唇，將來時老太爺跟老夫人的囑咐先說了，然後又說起京中諸事。

先說了李嬪有孕投靠劉貴妃一事，見褚越跟褚琮一臉懵，又給他們說了一下劉貴妃獨得聖寵這事實。

劉貴妃本身的發跡可以稱得上奇蹟。她是偶然進京，卻巧遇了更偶然出宮的皇帝，皇帝一見傾心。劉貴妃當年是退了祖上給訂下的親事進宮，然後一直獨寵至今，就是肚子不大爭氣，尋醫問藥五、六年了，也沒見動靜，劉貴妃若不是對自己死心，也不會分寵給李嬪。

皇后雖然無寵，卻有太子；賢妃有三皇子，淑妃有四皇子，皇帝也不算絕嗣，因此在劉貴妃這裡，皇帝是沒多少失落的，只是因為偏疼，便縱容劉貴妃蹦躂。

褚翌倚靠在大迎枕上，懶洋洋地問：「三皇子跟四皇子那裡可有消息了？」

隨安點了點頭。「老夫人近來與京中勛貴走動得多，賢妃跟淑妃娘家雖並未親自上門，卻都送了重禮。三皇子今年十三，八歲進書房開蒙，四皇子比三皇子還晚，今年九歲了，才剛開蒙，說淑妃娘娘還是趁著栗州收復這件事才求了皇上鬆口的……」

褚越想想自己當初開蒙，那真是聞雞起舞、夜半三更的，就道：「生在皇家也算是享福了。」

褚琮也在一旁點頭。隨安不知道說什麼好，只好繼續道：「太子當年是三歲啟蒙，且又天資聰穎，還一連換了五個上書房的師傅。三皇子好些，聽說聞一知十，十分聰慧，想來賢妃娘娘日常也是教過；四皇子就不愛唸書，聽說還連累了淑妃娘娘被皇后訓斥……」

褚翌點頭表示知道了，隨安便接著說起李玄印的事。「肅州節度使李玄印夫人進京後，與太子妃娘家接觸頗多，估計李姑娘的親事怕要落在太子妃娘家了……」

最後，她才說起林家。林家的事最多，聽了最讓人生氣，所以她開頭先說了局勢，為的是讓林家的事能有個緩衝，免得一下子氣得褚翌暴跳如雷。

她儘量將話說得簡潔，但事實就是事實，不可能篡改，就這簡短的話，也讓褚越跟褚琮氣得不得了，一個哼道：「我們流血流汗、拚死殺敵，反倒不如一個在娘胎裡的小崽子來得有用？照這麼說，咱們以後就不動彈，全憑那龍胎行事好了，看他能不能將東蕃滅了？」

另一個說道：「上京這些娘兒們，慣會貪人便宜，合該抓來邊境，教她們親臨戰場嚐嚐滋味。」

褚翌鄙夷地瞥了隨安一眼。她也是上京的娘們之一。

褚越跟褚琮並不住在這邊，說完話便辭別褚翌回去歇息。

不過兩人走的時候都不大高興。任誰辛辛苦苦打了勝仗卻被上頭嫌棄，也高興不起來。皇帝就算沒有完全老糊塗，也已經糊塗得令人心寒了。

如此，不回去，在這裡當個土皇帝倒是更好。褚翌心裡想，太子不是好鳥，剩下兩位皇子才具不顯，這個後宮可真是亂七八糟。

第四十九章

隨安出門捧了藥來，褚翌眼神不善地想了回正事後，心思轉回隨安身上，眼神更加不善。「膽子肥了啊，敢給老子上白開水！」

「飯後立即喝茶不利養生，再說您現在改成飯後喝藥，藥效會被茶水沖淡了。」她扁著嘴解釋，然後繼續道：「老太爺身體強健，您在這裡自稱老子，不大適合。」

「怎麼，妳都懷上了，老子馬上就當老子了！」

隨安特想將藥碗扣他腦袋上。「您能不能好好說話！」

褚翌哼一聲，方才不說了，喝了藥，覺得身上出汗，又吩咐她。「再打水給我擦擦。」

隨安知道他心裡有火，也不想跟他弄僵，打了水，一邊給他擦汗，一邊問道：「您之前身為一個奴婢，難道不應該主動摸摸他有沒有出汗嗎？

那場仗打得也忒凶險，一千人已經夠少了，怎麼想到只要五百的？」

褚翌良久都沒有說話。

她奇怪地抬眼，褚翌將目光轉到一旁，幽幽地道：「錢不夠分。」

隨安之前給他想了那麼多好聽的理由，譬如兵不在多而在精幹，譬如以弱勝強、以少勝多，方能顯軍威……

可她到底低著頭悶笑起來，且越笑聲音越大，到了最後差點背過氣去。

想起之前那封信裡他淡淡地寫「一鼓作氣爾」，這麼不可靠的起因跟過程，都能教他贏了，可見他確實不是草包。

直到躺在床上，她還在笑，聲音窸窣，褚翌忍不住在心裡罵她蠢貨，誰知才罵了一句，她立即打了個重重的噴嚏，心裡再罵，她再打。

直到她坐起來，褚翌才喝道：「滾過來睡！這裡夜裡冷，妳要是著涼生病，我就把妳丟出去餵狼！」

隨安吸了吸鼻子，真覺得頭有點發昏，顧不上面子，嘟囔著問：「那您睡床啊？」

褚翌真是氣不打一處來，待要說句「妳懷著身孕我不會動妳」，卻又覺得實在無甚意思，哼道：「這炕這麼大，妳睡那頭還不夠？」女人就是個蹬鼻子上臉的東西，他今日要真如她願睡床，明日她就能踩他頭上拉屎。想到這裡，他立即又在心裡罵她一句，結果不知是背地裡罵人格外靈驗，還是她確實受涼，反正她又重重地打了個噴嚏。

「唔，我可能真受涼了，這兒還有其他屋子嗎，別把您給傳染了。」她會不好意思的。

「其他屋子都不如這屋暖和，這裡十一月才開始燒炭，現在才十月，妳當人人都能睡上熱炕啊？愛睡不睡！」他冷冷說完，就扯過被子轉身背對著她，心裡繼續將她罵個半死。

隨安只覺得鼻子簡直像脫離了身體，止不住地想打噴嚏。她藉著月光摸索著倒了一杯溫水喝下，然後便抱著被褥放在炕尾，正好跟褚翌一東一西，躺到被窩裡立即暖了，鼻子也舒服很多。

雖然上午睡了一會兒，可她挨著枕頭還是很快地睡了過去。

然後第二日天不亮，她就被衛甲的鬼哭狼嚎給吵醒了。

睜開眼，褚翌已經醒了，正倚靠在迎枕上就著微微的日光看書。

她舒了一口氣，攏了攏有些散開的衣襟，起來尋自己的外衣，卻怎麼也找不到。好幾身呢，都憑空消失，那定是人為，只好無奈地轉向褚翌。「我的衣裳呢？」

褚翌與她對視了一會兒，見她果真無半分晨起懶梳妝的嬌弱，而是如同軍營中住大通鋪的糙漢子，早晨找不到自己衣裳一般地大刺刺，頓時胸中詭異難辨，神色忽地陰沈下來，冷著一張臉指了指炕邊的一疊衣裳。

隨安了然。這就是她的新衣裳了，反正是工作服，穿什麼不是穿，她穿得漂漂亮亮，即便不能悅人，悅己也很好啊！

可拿到屏風後一打開又有點傻眼。這是男裝的常服，不過大小尺寸是跟她身量差不多。男裝素淨了些，她腰細，穿出來卻難掩別致。褚翌看了兩眼，又覺得有些胸悶氣短，忍不住開口。「這裡到處都是男人，妳別亂跑。」

正好衛乙過來稟報。「將軍，衛甲的十板子已經打完了。」說著話，眼光不住往隨安身上瞥。

院子裡的衛甲還在嚎。「將軍，屬下冤枉啊……屬下真的什麼都沒看到啊！」

褚翌眉頭一皺。「這麼有生氣，再打十板子。」

衛甲哀號一聲，沒動靜了。

隨安看看衛乙，衛乙這會兒已經不敢亂看了，垂著腦袋應「是」。再看看褚翌，神色從陰沈變為更加陰沈，一時不敢造次，可轉念一想，這要是過往，他打就打了，偏偏這是在栗州，是他剛打了勝仗之後。衛甲是跟著他出生入死的親兵，她在這裡若是不求情，以後若是被他翻出來說嘴，又是她的不是，而且還得罪了衛甲。

但是她的面子有那麼好使嗎？算了，不管了，先求情再說，在他面前，沒有死豬不怕開水燙的精神是活不了三日的。

她衝著門外喊一聲。「先等等。」然後快快走到褚翌面前。「您的身子還沒好呢！這樣吵吵鬧鬧的也不利您休養呀，不如暫且將板子記下吧！」

褚翌聽見她關心自己，有片刻開心，可他很快便頭腦清醒過來。她說這麼一大通，分明是醉翁之意不在他，而在衛甲，想到這裡，他的語氣立即尖銳了。「妳心疼他啊？」

隨安是瘋了才會承認。「不是心疼，是看在他追隨您的分上。總是一起出生入死過，我是怕您現在在氣頭上打了他，往後心疼。」

褚翌一哼。

他要是這麼好說話，那就不是褚翌。

隨安見他拉開窗戶，就知道他要說繼續打，連忙上前拉住他的手，四下警惕地看了一眼，然後跺腳小聲道：「哎呀，這麼煩亂鬧騰，人家動了胎氣怎麼辦？」

褚翌被她撲上來一下子拉住，渾身一僵，接著聽見她的話，又一顫，到底沒有忍住，笑著「呸」了一聲，剛才的聲勢一下子洩了。

她總是這樣，前一刻讓他心跳加速，後一刻就教人哭笑不得。

「行了，叫他滾蛋，我今天一天都不想看見他。」他斜睨著她說道。

隨安嘀咕著。「怎麼惹著您啦？」往門外走。

結果看見衛甲剛說了一句。「好了，將軍不打了。你怎麼樣，要不要抬張凳子過來？」

衛甲一聽不打了，連忙爬起來跑了，跑得飛快，敢情真打得不重。

她又問衛乙。「衛甲為什麼挨揍啊？」

衛乙撓頭。「不知道，我去問問。」又道：「灶房裡熱水都備好了，要不你去取了吧！」

衛乙的八卦心占了上風，追上衛甲，死纏爛打。

衛甲躲在床上，臉色如喪考妣，咬著被角道：「你發誓不跟旁人說我就告訴你。」

衛乙。「我發誓。」發個毛誓。

衛甲畏畏縮縮地說道：「昨天將軍嫌我進門敲門，我今兒進去的時候，就沒敲門，結果發現將軍將隨安壓在身下……」他打了一個寒顫，十分哀怨地說道：「你說隨安是不是長得比我們好？」咱倆是安全的不？

衛乙本還有八卦的心，聽他這話，頓時萎了，磕磕絆絆地說道：「我覺得……好，比咱們都好！你瞧著他那嗓音，跟個小娘子一樣；還有走路那姿勢……還有、還有，將軍為何讓你給他買衣裳，還不是看重他？要不將軍就該讓人給咱們買衣裳了！」

衛甲深以為然，點了點頭，招呼衛乙。「過來給我揉揉，我屁股快被打爛了，狗崽子們下手可夠黑的。」

衛乙嘿笑著伸手，須臾，房裡傳來衛甲殺豬般的叫聲。

衛乙揉完，一邊打水洗手，一邊疑惑道：「照你說的，將軍是惱羞成怒才打你的，可為何將軍壓隨安，隨安會不知道？他還來問我你為什麼挨揍呢！」

衛甲剛出了一身汗，腦子昏昏沈沈，就道：「或許是沒醒著。我今兒早上進門，看見他睡在炕尾，而且將軍在他身上，他也沒動靜，估計是睡熟了。」

衛乙摸了摸下巴。「那他倆……」

兩個人齊聲。「將軍這是沒吃進肚裡所以才生氣！」

直到褚翌吃過早飯、喝了藥，衛乙都沒回來，隨安忙著幫褚翌重新換身上的藥，也把問衛乙的事給忘到了腦後。當然，她是不會傻到去問褚翌的。

雖然衛甲讓衛乙發了誓，但有關將軍好龍陽的傳聞還是不脛而走，並且隨著隨安一身男裝進進出出，有了越演越烈的趨勢。衛甲因挨板子瘸著走了兩日，也有幸成了其中的配角——將軍跟隨安還有衛甲玩三人行，結果把衛甲玩瘸了。

衛甲立即憂憤了，抓了衛乙暴揍一頓，此乃後話。

過了幾日，褚越特意派人過來說，栗州民眾於五日後自發辦了犒軍活動，想讓褚翌這個少年將軍也去。

隨安知道了，雙眼亮晶晶，十分想去的樣子。褚翌看著她如熱鍋上的螞蟻，偏什麼也不說。

「您到底去還是不去啊？」

褚翌斜睨她。「不養胎了？」話一說完，自己忍不住先笑了。

總之養胎這個話題快被他們兩人給玩壞了。

褚翌一直不鬆口，每天看隨安如熱鍋上的螞蟻團團轉，又如著急的猴孫一般抓耳撓腮，倒也別有一番趣味。

終於，明日就是犒軍的日子，隨安已經從心癢難耐變成心煩意亂，躺在炕頭輾轉反側。

褚翌忍著將她踹下去的衝動，勉強入睡，等一醒來，就見這貨目光灼灼地盯著自己。

褚翌一下子想到自己發火打衛甲的那日，兩個人差不多也是如今的姿勢，不過是他在上頭，她躺著睡熟而已。他只是想近距離瞅瞅，沒想到衛甲這個不開眼的推門就進來。

兩個人的呼吸交纏，他抿著唇看她準備發什麼昏招，就見她扁扁嘴。「今兒到底去還是不去？」

他伸出手，飛快地捏了一下她的鼻尖。「笨蛋，當然去，犒軍之後咱們就要啟程了，不去能行嗎？」

隨安這才笑了，伸手拉他起來。「那快點啊！」

結果兩人到得比褚越跟褚琮都早。

褚越跟褚琮看見褚翌竟帶了隨安過來，雙雙對視一眼，眼中各自飽含笑意。府衙中的謠言僅僅在府衙中流傳，是出不了府衙一句的。他倆整日來往，知道是肯定知道了，但也沒想著替褚翌正名。

如今隨安穿了一身近身校尉服飾，同褚翌身邊的親兵們一般無二，不看個頭的話，也是頗有些英武瀟灑的。

早晨還有些寒涼，太陽慢吞吞地爬出地平線。雖然打了勝仗，兵士們照舊出操不怠，五、六萬人同時出操，聲音威震四方，振奮人心。

「要是咱們走，這些兵馬也帶走嗎？」她看著望不到盡頭的隊伍，雙眼發光、發亮。

「不帶走全部。六萬兵馬分成四路，每一路一萬五千人，或者半年，或者一年換防一次，這裡總要留個三、五萬人的。」

隨安跟在他身邊，走在這些目不斜視的兵士中間，聽他們呼喝操練，只覺得胸前充滿豪氣，精神抖擻，恨不能也跑到隊伍裡成為其中一員。

褚翌自然發現她的變化，忍不住一笑。別的小娘子別說一身戎裝了，就是看見個兵士，都能嚇得跟看見流氓一樣，到了她這裡，他卻覺得她都快要撲了上去。

他直接帶她去了主帥所在的高臺，快到的時候小聲囑咐。「老實待在下頭，若是敢出么蛾子或者給老子丟人現眼，吊起來抽。」

隨安隨口道了聲「好」，跟在她身旁的衛甲跟衛乙頓時不好。實在沒想到，將軍跟隨安平日玩的這麼重口。

衛甲跟衛乙瑟瑟發抖，雙雙駐足。褚翌本應該帶著兩人上高臺的，結果他自己孤零零地一個人上去了。

隨安疑惑，問衛甲。「你們不應該也上去嗎？」其他幾位已經落坐的將軍身後都有自己的親兵。

衛甲一臉正義。「將軍一個人，氣勢完勝其他人。」用不著他們再上去了。

隨安便含笑看向臺上。褚翌的身量高，已經超過了臺上許多人，站則長身鶴立，坐則挺拔如鐘，又有天生傲氣，教人想起那句「宗之瀟灑美少年，皎如玉樹臨風前」，與四、五年前兩人初見時有了天壤之別。

那時，她心裡還把他想成一個性格桀驁的小屁孩，而現在，他已經是大梁最年輕的少年將軍了。

相比之下，她的成長則不怎麼令人感到快活。從前，她覺得替人抄書，有一技之長能賺錢養家，已經是開金手指了；可褚翌這樣的，才算是金手指吧！就算目前還不能說他事業有成，可壯志凌雲，那情懷卻不是她能追得上的。

說白了，她就是有點羨慕嫉妒了。

褚翌直到犒軍結束才從椅子上起來。果然如衛甲所說，他一個人的氣勢絕對比得上其他將領，在這一點上，連褚越跟褚琮這樣的老將都比不了。

當晚，他們幾人都留在軍營，犒軍的物資有些如豬牛羊肉等均被拿出來供將士們享用，褚翌也帶著隨安幾個圍著篝火坐下。

此時兩個人坐在一起，褚翌便道：「妳很喜歡軍中？」

隨安聞言眼中一亮，然而想到自己終是女子，在這個世道，這種情懷並不見容，便道：

「有一點。」

褚翌伸手用木棍撥弄眼前的篝火，笑道：「妳這一點應該是很大的一點。」

隨安一聽也忍不住笑。

褚越跟褚琮各自抱了兩罈酒過來，隨安連忙站起來讓位，衛甲、衛乙則將烤好的肥豬肉端了上來，乘機給隨安使眼色，叫她到一旁的一個小篝火那裡去。

那眼色正好使在褚翌眼前，褚翌看了一眼隨安，道：「別亂跑。」

隨安忙點頭，然後蹲在不遠處，看衛甲將篝火上烤著的肉拿下來，撒上調料跟鹽巴，然後切一塊放到她面前的盤子裡。

衛甲奸笑。「我藏了一小壺酒。」

衛乙說：「我也是。」

兩個人看著隨安。

「我不告狀，誰告密誰是小狗。」

三個人排成一排，正好背對褚翌等人，然後偷偷摸摸地將酒倒出來。兩小壺酒也才將將倒了三碗，衛甲傳授經驗。「咱們論理是不能喝酒的，免得將軍醉了，咱們也醉了，所以咱們就喝不醉人的桂花香，這酒不上頭，跟甜水似的。」

隨安先端起來喝一大口。

衛甲眼巴巴地瞅著她，隨安眨了眨眼，重複道：「跟甜水似的。」然後一咧嘴。「好喝！」仰起頭，咕嚕咕嚕喝了半碗。

衛甲跟衛乙高興了，讓著她吃肉。

第五十章

褚翌聽見三個人的笑聲，轉頭看了一眼，發現三個人排排坐，如同站在一根樹枝上的三隻小鳥，讓人看了就想拿彈弓啪啪啪打下來。

褚越拍了拍他的肩膀。「放心吧，衛甲跟衛乙都有數，她不會有事。」

褚翌翻了個白眼給他。「我跟八哥回去，六哥留在栗州。」

褚越一聽皺眉。「這是為何？」

褚翌嘆氣。「你留下自然是為了栗州軍權。從前栗州、華州一直被劉傾真把持，劉家勢大，不像咱們家，雖然父親戰功赫赫，祖上卻沒有根基。父親明明立了不世之功，可班師回朝後又得到多少待見，你們不是沒看到過，蓋因父親兵權帥印交得太快，這樣雖可博得陛下一時好感，然而強將手中沒了兵權，就如老虎被拔了獠牙，更令從前一直追隨父親的將官灰心。」

褚越此時方才明白，連連點頭，但想著家中妻子又忍不住開口。「讓老八留下，大不了過半年我來跟他換防。」

褚翌發現自己又想翻白眼，竭力忍住道：「八哥要回去成親，母親來信特意交代了，你不讓八哥回去，到時候你替八哥拜堂？」

褚越哆嗦。「不行，你六嫂會砍人的。」

褚翌就道：「你要是想六嫂，派人接六嫂過來不就成了？」

褚越不說話，只轉頭看褚琮，發現他已經喝多了在傻樂，頓時鬱悶。「還是不成，你六嫂害臊，是不會來的。」

褚翌立時就想呸他。難不成隨安就不害臊了？

「你只要答應，我自有辦法。」他仰起頭灌了一碗酒，覺得自己隱隱已經有些上頭，便將酒碗丟開到一旁。

褚越問：「你什麼辦法，說來聽聽。」

「這有什麼難的？就說你受了傷，這邊缺醫少藥無人照顧，到時候母親自然要打發人過來。旁的人哪裡有六嫂照顧得妥貼？自然要六嫂出馬。」

褚越點頭。「此計可成。」站起來拍了拍身上的草屑，又抓起褚琮。「天色不早了，你的傷才好得差不多，也早些回去歇著。」

褚翌叫了親兵，先將褚琮扶回營帳。褚越從懷裡摸出一只小酒囊，對褚翌伸了伸大拇指。「你很好，這個給你，以後家中咱們指望大哥，外面就指望你了！喏，這可是南邊的好酒，叫春日一醉，我自從得了，天天放在身上，沒捨得喝，給你了。」

褚越也跟著走了。褚翌拿著酒囊，見隨安搖擺著站起來，有些不喜，也不叫她，率先往自己的營帳走去。

營帳與營帳相連，他自然住了主帳，衛甲兩人則一左一右。隨安站在帳前，見褚翌一低頭就進去不見，也不知從哪裡鑽進去的，皺著眉嘟囔。「怎麼一眨眼就不見了？」分明是有些醉了。

衛甲此時方覺得怕，但他也不敢叫隨安住別處，連忙掀開帳子，招手示意她進去。

主帳中沒什麼動靜，衛甲跟衛乙擔心不已，生怕將軍怪罪他們將隨安給灌醉，藉口送熱水進去偷瞧，發現褚翌坐在案前看書，隨安則撲在不遠處的榻上呼呼大睡，方才放心。

褚翌則還在思索著自己對褚越說的那番話。他並不是貪戀軍權才那樣說，而是看《三國志》讀到曹操一生，有感而發。

曹操一生挾持漢室，參拜不名，劍履上殿，奉天子以令不臣，在許多士大夫眼中名聲是不大好的；然而他確實統一北方，擴屯田、興水利、獎農桑，令百姓安居，朝廷穩固，如此看來，他並非一個全然的好人，也非一個壞人，還是應了那句「功過後人評說」。

自己目前比之曹操尚有許多不及，又何必戰戰兢兢地非要做個忠臣？皇帝都能讓有功之臣為了一個不知男女的胎兒緩兩個月入京，不是老糊塗是什麼？

太子更是糊塗，聽了李玄印有反心，竟然不暗中查探，反而寫信直接質問；至於其他兩位皇子看不出優劣，其母族亦畏畏縮縮。

他就算沒有反心，也不想渾渾噩噩，隨波逐流。

褚家只有拿到兵權，才有可能在這一團亂流中，有長遠的立足之地。

他發呆的時間有點長了，眼睛一瞥，正好看到褚越送的春日一醉。聽褚越吹得那麼神奇，便拔開塞子仰頭喝了一口。

味道確實醇厚，但是他也沒覺出比從前喝的那些好到哪裡，只是聊勝於無，便接著喝了下去。

等他喝完起身，才發現頭有些暈了……

隨安是被舔醒的，感覺肚子那裡涼涼的、濕濕的，悚然一驚，聽見褚翌的醉語。「臉很大、很平，怎麼嘴變小了？」

她吃力地抬頭，只見褚翌正捧著她的腰，努力地親她的肚臍眼。

她忍不住屈膝，想將他踹開，然而他的手勁大得出奇，費了老大勁才坐起來，就見褚翌抬起頭，目光虛浮，面如春風，微微一笑。「何物比春風？歌唇一點紅……」

說著話就撲過來，重新將她壓在身下。

隨安抱頭掙扎了一會兒，發現他並沒有下一步行動，只是將她抱在懷裡，像抱著棉被或枕頭一樣，找了個舒服的姿勢，呼吸漸漸平穩下來。

隨安屏氣斂息，過了好一會兒才悄悄掙扎，想從他懷裡出來，沒想到他睡著了勁卻沒散，感受到她的動靜，立即將她箍得更緊了。

掙扎無果，又不能喚人進來幫忙，隨安心情漸漸淡定下來，身體也從剛才的僵硬變為柔軟。

再後來，她也模模糊糊地又睡了過去。

半夜裡，隨安感覺大腿那裡有點濕，弄得十分不舒服，又動彈不得，只好胡亂摸索了不知道什麼布料塞過去……

第二日，褚翌先醒，發現自己入睡前並未寬衣，懷裡塞著一床棉被，而隨安則縮在棉被裡呼呼大睡，他乾脆放開手，任她滾到一旁繼續睡。

可一起身，就發現褲子那裡又乾又硬……

他一咬牙，連惱羞成怒都省了，心裡將六哥罵了個半死。昨天他喝那什麼春日一醉，喝到最後口乾舌燥的，到處找水，後來只記得抓了個細皮嫩肉的女人親了一陣，然後就是一夜顛鸞倒鳳的春夢。

換了衣裳出營帳去找褚越，卻聽說他已經去了別處。褚翌怒火無處發，重回帳中，見隨安還在睡，抬腳待要踢，又悻悻收回，挑起被子將她蓋住，恨恨地罵了聲「豬」。

衛甲跟衛乙送了洗漱用水進來，兩個人目不斜視，褚翌洗漱完用了一點早飯，便坐在帳中看各處來往的公文。

衛甲跟衛乙出去立在帳外，彼此交換了個心照不宣的眼神。隨安昨夜肯定累著了，說不定根本一夜沒睡！

將軍跟隨安真是太、太、太、恩愛了！

褚翌伸手摸茶杯，觸手冰涼，才發現如此竟過了一個時辰，而隨安還沒醒。他立即起身，大步走到她面前，伸手去探她的鼻息。

竟然還在熟睡，擔憂一下子變成胸悶。

終於，太陽到了營帳頂上，隨安才慢悠悠地醒來，醒來就伸懶腰。「這一覺好舒服啊！」

褚翌眼神不善地看了她一眼，大步出了營帳。

隨安皺著眉摸了摸肚子，脹脹的，然後發覺親戚來訪。

這個她倒是有準備，但沒想著今天就來，東西都放到了府衙裡。

她的衣裳有限，撕了就沒得穿了，此時正好看見褚翌的中衣，想是昨天換下來的。她嘿嘿一笑，朝它伸過手去。

不知道是不是昨夜喝了酒的緣故，肚子脹脹的十分不舒服，等她也出了營帳，衛甲湊了上來，目光不敢落她身上地問：「是不是很難受？你想吃什麼飯嗎？」

隨安嘿笑，還有點不好意思。「你怎麼發現的？呵呵，給我一碗熱水就好了，要是有紅糖就放一點。」

衛甲臉一紅，嘟囔了一句。「我猜的。」說完就跑了。

隨安喝了紅糖水，也不敢亂走，好不容易等褚翌回來，她立即問：「咱們什麼時候回府衙？」

褚翌皺眉。「妳在營帳裡鼓搗什麼了？」

「沒、沒什麼啊！」以為撕他中衣的事被發現了，她結結巴巴地說道。

褚翌走了一圈，目光又落回她身上。「妳受傷了？」

隨安的臉一下子就紅透了。

她就是再大剌剌，跟別人討論這種問題也會害臊。

顯然褚翌比一般人都聰明，他見她的樣子，立即想到。

「我讓衛甲陪妳回去吧，我明天回去。」

隨安一直垂著頭，耳朵後面紅得滴血，低低地「哦」了一聲。

褚翌吩咐了衛甲去找輛車，車還沒來，天空突然傳來雷聲，緊接著就下起了雨。

「要不您再給我找頂營帳？」她小心翼翼對褚翌說。

褚翌用眼神鄙夷地瞥她。「下著大雨我讓人給妳支營帳？

褚翌這裡行不通，隨安便去找衛甲，想讓他幫忙。「我不舒服，害怕打攪了將軍歇息，你看我睡你的營帳，你去將軍的營帳睡一晚行嗎？」

衛甲的腦袋搖得跟撥浪鼓似的。他還想娶媳婦傳宗接代呢！更何況將軍英武乃當世人傑，而他只是個普通人，實在配不上將軍！

隨安也知道自己有點強人所難，褚翌之龜毛可不是正常人能消受得了的。

正跟衛甲磨叨著，就聽主帳中的褚翌叫她，她只好跑回去。外面雨還在下，雖是幾步路，可也濕了衣裳。

褚翌叫她卻是有些正事。「這是東蕃的輿圖，妳把它畫成一整幅。」

隨安應下，接到手裡一看，原來是些零零碎碎、並不完整的輿圖。當然或許拼起來就完整了，很顯然這個工作褚翌是打算讓她來做。

衛乙彎著腰送了一個炭盆進來，放到褚翌的案桌旁，營帳裡便多了些煙火氣。

「我在哪裡畫呢？」她轉了轉頭，發現褚翌面前的案桌已經滿是文書等物，實在攤展不開，倒是床榻夠大。

褚翌也看到了，便道：「將炭盆挪遠點，妳去榻上畫吧！」

他不要正好，她還覺得有個炭盆噼哩啪啦地在旁燒著舒服呢！她提著炭盆兩邊的提手，放到床榻旁邊，先將所有的圖都大略看過一遍，見紙張不一樣，筆跡也不一樣，分明不是同一人所畫，便一邊畫一邊問：「這是找誰弄來的圖？」

「是我花了重金從許多人手裡購得的。」他難得地同她好生說話。

隨安點點頭，暗忖這主意不錯，否則要是直來直去地弄這麼一整張，怕不得讓東蕃人追殺。

褚翌起身走到榻旁。她或許是不記得了，可是他記得清楚，這分別購買輿圖的主意，正是她在那一堆抄出來的紙張裡記載的。

這會兒她難得地安靜順從，跪趴在榻上，所有的頭髮都束起來，手裡握著一枝細狼毫，速度不快，優哉游哉的。

說她優哉游哉，也不是胡說，因為她雖然跪趴，卻並非兩隻腳都老實放在臀下，而是右腳壓在左邊小腿上，只露出一半的腳掌向上翻著。五隻大小不一的圓趾肚子，肉呼呼的，令他想起幼貓的肉墊，一動一動，不肯老實。

他靠過去，她的腳掌就正好戳在他的腰身上，挨得近了，像隻受驚的小老鼠一樣要往後縮，他強忍著才沒有抓在手裡，而是更往前湊一步，故意低聲道：「妳別動，我看看。」

隨安果真不敢再動，誰知褚翌並不做聲。

兩個人挨得極近，幾乎是靠在一起，這種近距離的接觸已經讓隨安快要炸毛，而褚翌卻在想著昨夜夢中旖旎……

他很快地直起身，將衣襬撣了撣，見有些遮掩不住，便匆忙站起來，重新走到一旁的桌案後面，藉著桌案遮擋住了。

隨安還以為他這一連串動作是因為想到什麼機密要事，也沒往深處想，一邊畫一邊說話。「這一張圖畫的東蕃的王廷倒是比較細緻，想來花費不少。」

褚翌哼道：「可不是？那人見要得急切，坐地漲價，我的人連馬都抵押出去。」

說到馬，兩個人同時想起一件事。當初褚翌受傷後，在富春的莊子上，隨安答應了要替褚翌的坐騎牽紅線。

「我說這次來營中，牠老往妳那邊看，我還當牠看妳騎的馬呢！原來是記住妳了。」

隨安欲哭無淚。「您就不會給牠多介紹幾個？您可是將軍，您發話了，哪匹母馬不得顛顛地過來？」

「滾！怎麼說話呢！」他喝道，卻是想起之前自己並非沒有替牠相親，只是牠似乎認定了當初的那一匹，死活不肯接受別的母馬，這種事就不要告訴她了。

「君子一言，快馬一鞭，妳當初既然答應了，就應該好好做到，毀諾可是要遭天打雷劈的。」

他才說完，老天爺就特給面子地降下一個大雷，差點沒把隨安嚇得爬到床底下，連忙大叫。「我沒說不做，這不是一直沒機會嘛！」

褚翌嘴角的笑意若有還無，斜靠在椅子上，看著她一點一點地描畫。

有點遺憾的是經過剛才的天雷，她將腳丫子縮了回去，還把被子也披到了身上。他情不自禁地暗罵一句「膽小鬼」，目光閃爍，不知道在想些什麼？

炭盆裡的炭都燒紅了，營帳裡溫度升高，她身上的被子漸漸滑了下來，可惜從他的方向，看不到她的腳丫。

想到剛才自己的窘況，他忍下走過去的渴望，起身步出帳外。

晚上吃的是羊肉鍋，隨安又流血、又流汗，還被雷嚇，五臟六腑餓得難受，揉著發麻的腿坐在一旁，只管埋頭狂吃。

衛甲上了一壺酒，褚翌看了看道：「拿下去，賞你們了。」

衛甲連忙道謝，喜孜孜地下去，跟衛乙分享不說，又偷偷說起褚翌的八卦。

衛乙道：「我看今兒將軍跟隨安定是鬧了彆扭，之前我進去的時候，隨安一個勁兒地揉膝蓋，將軍的臉色也不好看。」

衛甲道：「我覺得將軍還是對他多有寬仁體貼的，不過之前兩人定是鬧了一場，要不隨安怎麼會走？將軍也是，看來還是不會哄人。」

「你怎知將軍不會哄人？」

「嘖，要是將軍肯慣著他，他膽子會那麼小？從前我們鄉里里正家婆娘，個頭比隨安還小呢！嫁給里正就以為自己成太后了，恨不能把我們鄉里民眾都踩到腳底下……」

「如此說來，也有些道理。」衛乙抿了一口酒，忽地嘿笑道：「這酒可真好，比我們昨夜喝的那個強多了。」

衛甲挾了一筷子羊肉，一邊嚼一邊道：「可不是？所以說隨安沒走成，將軍就心情好，你看，還賞了我們酒喝，這可比賞我們錢還稀罕呢！而且你知道吧，我覺得將軍這是賞我識相，我要是當真應了隨安，把我的營帳讓出來，不知將軍還讓不讓我見到明天的太陽……」

第五十一章

隨安跟褚翌都不知衛甲跟衛乙已經給他們倆排了好幾齣戲。

到了晚上睡覺，卻又尷尬了。昨夜兩人一個先醉，一個後醉，睡了一宿，尚且算是湊合，可今夜兩人都未喝酒，加上隨安親戚又至，兩個人竟各自都有些不自在。

榻只有一張，外面仍舊下著雨，要是叫人此時加一張榻，大家不免會想到昨夜為何沒有加榻的問題。

隨安此時方想起昨夜的「櫻桃小嘴」事件，真是鬱卒個徹底。

褚翌比她有決斷，見她扭捏，就道：「要麼妳睡地上，要麼妳睡床裡。」

地上雖然沒濕透，那是因為鋪了青石板，可也夠涼的，她不要命了才會睡地上；再說她都親戚造訪了，就不信他重口到能直接目睹淋漓的鮮血。「我當然睡床上。」不知是說給褚翌聽還是自我打氣，說完就爬到床裡去了。

這張榻寬大，可那是相對一個人來說，兩個人躺下就有些擠了。

褚翌長手長腳很快就將她撈到懷裡，忍不住想起那個「下雨天留客天」的段子，覺得老天爺這是替他留她。

「就這一床厚被子，妳若是想著涼，就動吧！」褚翌要脅。

隨安老實了，結果他反倒不老實，將手伸進她的衣襬裡，她立即按住，皺眉。「幹麼？」

「別不知好人心，聽說女人來那個肚子都涼，我給妳暖暖。」他的呼吸噴在她耳旁。

隨安「呵呵」兩聲。「我謝謝您。」將他的手抓了出來。

近一年的軍中生活讓他的手粗糙不少，摩挲在身上確實溫暖乾燥，像帶了電流一樣，但她身下正洶湧澎湃，他一摸她就血液加快，她還怕自己失血過多呢！

大概她的口氣太不屑，兩人之間的曖昧消弭了不少，褚翌跟著呵呵笑道：「養了這許久的胎，看來是白養了。」

隨安沒忍住，噗哧一笑，復又道：「要不咱倆還是頭腳相對地睡好了。」

褚翌撇嘴。「妳沒洗腳。」下著雨一切從簡，只用了一點熱水擦了擦臉。

隨安不服。「您也沒洗。」

想一想兩個人互相抱著彼此的臭腳的樣子，她又打了個寒顫。

褚翌立即道：「妳給我過來些。」

隨安不肯，還要掙扎。「我那是——」

「行了。」他不聽她說完，伸出手重新將她圈到懷裡。「妳都這樣了，我不嫌棄妳，妳就感恩戴德吧！」說完又疑惑道：「對了，妳用的什麼東西？不會到處流吧？」

隨安閉上嘴，決定當沒聽見，反正她撕他衣裳的愧疚早就沒了。

褚翌捏了捏她的下巴。「不說話？」

隨安乾脆打起呼嚕。

褚翌微微一笑，鬆開手，重新將手放到她肚腹上，閉上眼，聽著外面的風雨聲也睡了過去。

第二日，褚翌醒得比隨安晚。睜開眼，只聽見她拿著一把劍在營帳裡比劃，還在嘴裡唸叨。「江湖兒女不拘小節，嘿嘿哈喲！」

褚翌無語，覺得這輩子想讓她當個嬌羞小娘是沒門了，所以說，他究竟喜歡她哪一點？他也不知道啊！

他們先回府衙待了幾日，決定大肆購買當地特產，然後再收拾行李，隨大軍一起班師回朝。

兩個人都穿著常服出門。

「買這些東西，既能表現心意，還便宜，能省銀子……」褚翌拉著她去買當地特產。

「我想回去躺著。」她這兩日都不想動彈。

「華州有好紙，栗州也有，栗州紙結實，妳沒見過吧，要去看看嗎？」

「好吧！」

褚翌伸手彈了她一個腦門。「呆子。」話雖如此，仍真的帶她買了不少她看中的筆墨紙張等物。

給親戚們的禮物足拉了兩車，隨安忙著包禮物、貼條子，又忙活了大半日，明日就要出發了。

褚翌找她說話。「一過華州，妳先帶人跟行李走水路回上京，我恐怕要比妳晚七、八日才到。」

隨安點頭，又問：「那老夫人跟老太爺那裡……」他的態度總要傳達到位。

褚翌讓她附耳過來，低聲囑咐了幾句。

每當他們兩人在一處，衛甲跟衛乙都閃得遠遠的，且私下對隨安都保持距離，不敢太過親近，唯恐被將軍視為情敵，然後冤死。

大軍從栗州出發，還要會合華州一部分返京將士，雖然留下了將近一半軍力，可走的人數目也十分可觀，尤其是還有一些跟在隊伍後面、行商、走親戚之類的普通民眾。

隨安的月事已走，又變得生龍活虎，騎在馬上，感覺英姿颯爽，威風八面。

因為大隊人馬都是步行，她騎著馬反倒快了不少，就拉著韁繩往回小跑一段，這一跑，卻遇到了一個久違的熟人，正是年前說來西北走鏢的李松。

說起來也是他時運不濟，本來往西北來回也就半年工夫，偏他們這一遭碰上了東蕃攻城占據栗州。他們先前一直被困在栗州，因為走鏢的隊伍大都是青壯，在栗州的時候死傷不大，只是人人都吃不飽，餓得體虛。東蕃人本是留著他們收糧的，要不是褚翌攻城，說不定等待他們的，只有被壓榨完體力後的一條死路了。

李松經過這一次，也有投軍的心思，只是因為走鏢要有始有終，才沒有對旁人說出口，但他的目光經常追隨著將士們，這一看便瞧見了隨安。

起初他還不大敢認，後來越看越覺得像，就走到路邊，等她又騎著馬過來的時候，試著喚了一聲。「隨安！」

隨安不防有人喚她，定睛一看，連忙下了馬。「松二哥，竟是你！」語氣驚喜。

李松見她男裝打扮，笑道：「我還以為是個跟妳模樣相似的，不料還真是妳。」

兩個人寒暄起來，彼此都說了自己的事。

隨安自是將她年後逃出褚府的事隱瞞了，只說她是奉老夫人跟老太爺之命過來給褚翌送藥，李松則把自己的遭遇說了一遍。

說著又不免慶幸。「虧得褚小將軍那一戰，否則我恐怕這輩子都要留在栗州了。」

李松問起褚秋水，隨安便把褚秋水的近況也說了。「想讓他讀讀書，也算有個事做，就將他接到上京，房子則託給了你家我嬸子照料，以後你成親，就在我家宅子住好了。」

李松苦笑。「這一路貨物也損了，我們回去還不知能拿到多少錢？本想著……」

「天無絕人之路，以後一定會否極泰來的。」她見他垂頭喪氣，心裡也難受。

李松從小做活，長吁短嘆過後問：「小將軍好說話嗎？妳說我去投軍，他會不會收？」

「這個我還真不知道，我見著他時問一問。不過你要是投軍，也得告訴李嬸子一聲吧？」

李松點頭。「是，也不急在一時。」

他出門的時候是兩身衣裳替換，現在上頭補丁貼著補丁，自己看了都消沈。他鄉遇故知本是喜事，這回卻怎麼也高興不起來。

隨安陪著他走了一段，牽著馬沒有回去，不一會兒，衛甲找來了。

見衛甲看李松，她想起衛甲到現在還不知她是女子的事，也不敢多說，只囑咐李松。「我晚上安營之後再來找你，回去看能不能幫你問問將軍？」

衛甲見她與李松熟稔，一直克制的八卦之火又熊熊燃燒起來。據他多年生活經驗分析，隨安跟眼前這小子應該是青梅竹馬。哇，有八成是將軍的情敵，就算不是情敵，也是潛在情敵。

李松回了隊伍，隨安就問衛甲。「找我有事嗎？」因為剛才感受到李松的鬱鬱，又見他一身狼狽，她心情也不是很好。

衛甲方才想起正事，連忙道：「將軍叫你過去。」

「知道是什麼事嗎？」

衛甲給了她一個「你覺得將軍會告訴我找你有什麼事」的眼神。

她跟著衛甲一同策馬去了中路軍處褚翌所在的位置。

褚翌一見她就皺眉。「又去哪裡野了？」

隨安本想開口說李松的事，但想著還是先問問褚翌這邊有什麼事？他要是打發她做事，她也好事後開口向褚翌討這個人情。

所以她沒有回答，而是直接問：「您找我什麼事啊？」

褚翌道：「去馬車裡磨墨。」

「您要寫信啊？幹麼不等晚上再寫？」雖是如此說，但她還是聽話地走向馬車，褚翌隨後也上了車。

褚琮正好經過看見，想起褚越之前說的「九弟的火大是需要這麼一個人」，微微淺笑，又見衛甲跟衛乙護衛在旁，分明了然。

這三人都把褚翌想歪了。

褚翌雖有睡了隨安的心，但此時不適合，他還怕她鬧將起來，讓大家都曉得了，到時候被人看笑話呢！

馬車裡，隨安一邊磨墨一邊嘀咕。「方才怎麼沒看到六老爺？難不成他這次不回去？」

褚翌雖說了要寫信，卻還沒動，而是倚在車廂上看著她，回話道：「是，他留下。」

隨安剛才本是隨口一問，現在聽到他的話，突然想到，褚越不可能無緣無故地留下，再一想這段日子裡他們經手的公文，頓時雙眼發亮。

褚翌輕聲一笑。他就知道她比一般人都聰明，且不同於其他人的渾渾噩噩，他坐到她身邊，提筆蘸墨寫信。

隨安見他沒打發自己走，剛開始還目不斜視，後來就忍不住伸頭過去看，發現他是寫給老太爺跟老夫人的，至於內容，說得是褚家不能與劉家為伍，還要擺明自己的立場，皇帝還活著，好好地做個忠臣就行了，雖然忠臣一般都襯托一些昏君。

他寫完，晾乾之後，命隨安收進信封，封口上了封泥。

送信的人已等在外面，隨安伸出頭去一看，竟是個熟人，原來是護送她到栗州的老李。

褚翌不著急下車，她縮回腦袋，正好想起李松的事，連忙同褚翌說了。「一個同鄉……想投軍，可沒有門路……」又將李松走鏢被圍困栗州的事也說了。「他對您非常感激、特別崇拜！也是因為這個所以才想投軍的。」

褚翌卻沒有一口應下，而是目光流轉，盯著她看了半晌，然後才慢吞吞地道：「妳倒是說說怎麼個崇拜感激法？」

隨安瞪眼。說到崇拜，她立即想到「人民英雄永垂不朽」，可用在這裡不適合，褚翌還活著呢，她要是敢說出來，估計見不到明天太陽的就是她了。

「嗯，就如長江之水滔滔不絕……」

她還在絞盡腦汁，褚翌卻突然生氣。「閉嘴！」

隨安不知哪裡說錯、做錯，肩膀一縮。

褚翌的臉色卻越來越難看，車廂裡的氣氛也跟著緊張起來。

他突然發火，隨安這回是真不知緣由，連救急的話也不知從何處下嘴。

褚翌卻不用她問，瞇著眼道：「妳早先看見我不說，這會兒卻來說，顯然是想等我心情好了，說不定就替妳安排了妳的小情郎是不是？」

隨安張口結舌，猛地抬頭，磕磕絆絆地重複道：「小、小情郎？」

褚翌卻陷入煩躁，自說自話地道：「對了，妳與他還是同鄉，那就是青梅竹馬了？」

隨安已經成了一隻只懂重複的鸚鵡。「青梅、竹馬?!」

褚翌則是越想越生氣，一抬手就將她抓小雞似地抓過來，兩個人面面相覷，距離不足十公分。

此刻的褚翌已經摘下頭盔，髮絲微亂，眉頭緊繃，彷彿一張嘴就能噴火的龍。

距離實在太近，她幾乎都能感受到他面上的怒氣，忍不住微微顫抖了一下。

或許是她臉上的表情太過茫然，褚翌手下一鬆。

她立即後退，將兩人的距離拉開，但不敢拉得太遠。褚翌向來睚眥必報，她這回一頭霧水，以後他要是想起來，說不定會怎麼收拾她，這也就罷了，他萬一將這怒氣撒到李松身上，李松可就真冤枉了。

想到這，她越發小心翼翼，輕聲問：「您這是怎麼了？」

褚翌皺著眉看著她，心裡正捶胸頓足。看她一臉懵懂，他便知道自己剛才的反應有些大了，近似於妒夫杞人憂天，整日擔心婆娘給自己戴綠帽子的那種。

因他的反應時間過長，隨安也很快地尋思過來。他先說了小情郎，又說了青梅竹馬，這是誤會她跟李松有那種關係……默默吐一口血。

「……因我娘生前跟他娘要好，所以論親戚我喊他一聲二哥，可要是按我爹那邊算，我正經該喊二叔的。我離家在外，他一向對我爹多加照顧……」

褚翌轉過頭去，傲嬌地道：「關我什麼事！」

隨安想起李松說過的替她贖身之事，暗忖難不成李松真對自己有那個意思？不過兩個人也沒打過幾次交道啊，她穿過來的時候，見他挺照顧她爹的，她誤會他們是親兄弟，跟著喊了一陣子叔叔，後面被李嬸子打趣，這才又重新喊二哥。

馬車停了下來，她覷了他一眼，見他臉色不再發黑，悄悄轉過身子掀開車簾，原來已經到了紫營的地方。

衛甲跟衛乙正在指揮其他人安置帳篷。

隨安再回頭瞅一眼褚翌，見他無甚指示，不想繼續待在車裡。

可她才打算往下跳，便被褚翌拉住腰帶，一下子又跌回車廂裡。

因是背對著，所以不免受驚，「哎喲」一聲聽在衛甲、衛乙耳朵裡就有些淒慘。

褚翌卻將隨安壓在身下，蹙著眉問：「妳真不喜歡他？」

隨安推了推他的肩膀。「能坐起來好好說話嗎？我又不會逃跑。」

褚翌不理，就看著她。

「就是平常鄉鄰，因走動得多，畢竟熟悉；再說確實對我爹照顧，跟喜不喜歡沒多大關係。」

說完又奇怪地看著他。「您怎麼糾結這個？」往常也沒看出褚翌對自己情根深種的模樣啊？

褚翌哼了一聲，心裡雖信了七、八分，可還是覺得不舒服，這可是隨安頭一回為了別的男人向自己討情。

他已經有了個主意，便是等回京，立即稟報母親，將她收房，到時候她乖覺的話，算她識相，他也會對她好些，可等她一等；若是她再敢偷偷跑了，正好打斷腿讓他試試霸王硬上弓。

想到這裡，他便略一鬆手，懶洋洋地看著隨安從他身下爬出去道：「看妳的面子，叫他吃完飯過來一趟，本將軍先瞧瞧。」

隨安高高興興地應下。

可褚翌看著她的笑臉，心裡終究不大舒服，便想著見了那個李松，該將他扔到哪個旮旯裡埋起來？

第五十二章

營帳紮好了，飯食也備妥端了上來。

隨安想著李松身上穿的補丁貼著補丁，尋了衛甲，問他借身衣裳。衛甲正有一身全新未上身的，就給了她。

隨安拿著衣裳也不吃晚飯，去找李松。

她跟李松則實話實說，絲毫沒有替褚翌掩飾。「將軍脾氣不好，自小又是嬌慣養大，眼睛都長在頭頂呢！這身衣裳是我同他身邊的一個親兵要來的，給你穿了去見他，免得他見你穿得不夠莊重，再治你個蔑視將軍的罪名。」

李松剛開始得知褚翌要見他，心裡本還緊張，可聽隨安說到最後，噗哧一樂。「妳不要亂說。」

隨安無語，擺手道：「反正你自己見了就知道了。」

李松堅持先去見過褚翌再回來吃飯，隨安一想這樣也行。有求於人，當然要把姿態擺得低一點。兩個人站在營帳外面，一邊等褚翌吃飯，一邊小聲絮叨了些別後閒話。

帳門未關，他們倆的聲音雖然不高，但在將軍主帳沒人敢高聲喧譁，是以便聽得格外清楚。

褚翌越聽越火大，恨不能現在就將隨安抓過來，坐在身子底下當坐墊。

他也沒囉嗦，吩咐衛甲撤下飯菜就喊隨安進來。

李松的閱歷跟膽氣都是有的，也一向沈穩，看見褚翌就率先行禮。褚翌見他面相方正、濃眉大眼，心情越發煩躁，不過面上倒是一直笑咪咪的，問了李松些經歷，然後就將人打發了。

隨安沒敢跟李松回去，送出十來公尺，把五兩銀子拿出來給他。「二哥，這一路還遠著呢，你身上帶些錢，有個事也好應急。」

李松不收。「我在鏢隊裡總有一口飯吃，這錢還是妳收著。」心裡還想著她贖身出來的事，不過此時卻沒說。

隨安笑道：「你同我爹一樣都是我的至親，我能孝敬他，自然也能給你，你儘管收著就是，若是沒地方花用，回家去後給李嬸，她看了也高興。再說還要給你準備娶親的事呢！多些銀子總是好的，你若是不好意思，到時候成親記得上京去給我跟爹一張帖子，我們去喝一頓喜酒。」

她說話的時候一直看著李松，見李松臉色尋常，便微微鬆一口氣，覺得他對她應該沒那種意思。

都是褚翌犯病，害她自作多情，於是堅定了聲音。「你若是將我當成親妹子，就好生拿著；若是不拿，難不成我還要跟你算算以往你照顧我爹的人情？」說著一笑。「好了，我現在的月錢漲了，這些都是我自己賺的，不是偷來的，也不是搶來的。」

李松見狀只得收下，又囑咐。「將軍那裡要是有信，妳記得找人給我捎句話。」

影。

隨安點頭應下，目送他離開，然後才回營帳。

她還沒有吃飯，現在饑腸轆轆，可營帳裡只有褚翌在拿著書信看，衛甲跟衛乙都不見蹤影。

褚翌看見她直接道：「我剛才琢磨了，現在倒是有兩個空位適合他……」

隨安只得忍下飢餓，打起精神聽他說話。

「……總之，一個好些，糧草這塊向來油水豐厚，另一個就是真刀真槍地去拚殺立功，這個就有生命危險……」

隨安「哦」一聲，然後一副坐等他下文的樣子。

褚翌一噎，只好繼續問：「妳想讓他去哪一個？若是後者，直接去報到就好，隨時都可以；若是前者，這麼好的一個位置，若然沒有好處給我，我還真有些不大捨得。」

隨安試探地問道：「您想要什麼好處？」

褚翌低咳。「妳過來親我兩下。」

隨安一聽，立即端正坐姿，大義凜然。「那還是直接去兵營好了，我們的交情還沒好到為了他就要犧牲色相的地步。」

褚翌見她不肯親，本要發火，繼而一想，隨安不親自己，就真如她所說，是對李松不夠在乎，反而要是真親了自己，那也是為了李松才親的，還不夠讓他噁心的呢！他這個要求提得真是搬石頭砸自己的腳。

他暗哼一聲。「好了，早些歇息吧！」

隨安嘆氣，認命地起身去鋪床。

行軍自然無法天天洗漱，能有口乾淨的熱水喝就不錯，所以他們今日都沒有洗漱，直接躺到了榻上。

本以為躺下睡著就感覺不到餓了，誰知夢裡餓得狠了，聞著一陣陣烤雞的香味，饞得她口水流得歡暢不說，肚子也開始難受起來。她轉過身，蜷縮起來，按住肚子。

身後的褚翌目光閃爍，陰陰一笑，低聲咳嗽一句，然後道：「大晚上的妳不好生睡覺，亂動彈什麼？」

隨安都快餓哭了，賭氣道：「我餓了。」

褚翌的聲音便帶著「恍然」。「餓了怎麼不早說？」

「早說有什麼用？飯菜都撤了，難道要跑到灶兵那裡要啊？」那不是給人添麻煩嗎？

褚翌的耐心卻似乎出奇地好。他輕笑出聲，沒理會她的埋怨，而是說道：「今晚他們給我送了一隻燒雞過來，我嫌膩沒吃，還放在食盒裡呢。」

他不說還好，一說，隨安頓時餓得更厲害，胃酸都要化成眼淚流出來。

褚翌似笑非笑。「妳想吃嗎？吃也不是不行，不過這燒雞是我的，吃我的東西，不給好處可是不行。」

隨安閉上眼睛。她知道他的意思了，不就是一夜嗎，她就當野外潛伏，堅持到天明再吃早飯就好了。

可褚翌卻不打算這麼放過她，繼續道：「妳怎麼不問我要什麼好處？說不定妳很容易就能做到呢？」一會兒又自言自語。「我擔心那燒雞變涼不好吃，還叫他們在食盒裡放了個小小的炭爐溫著，妳有沒有聞到燒雞的香味？」一會兒又道：「算了，妳既然不吃，我拿出去好了。」

他假裝起身，隨安被他說得不停地吞嚥口水，心中天人交戰，終是轉身可憐兮兮地問：「您要什麼好處？」

褚翌卻拿起了喬。「妳不是不吃嗎？我還以為妳在修習辟穀之術，打算以後幾日的飯食也不給妳吃了。妳若是餓得受不了，我少不得要做個惡人，把妳綁起來。」

隨安使勁吸了吸鼻子，果然聞到燒雞香味，她匆匆下了床榻，挑著燈到處去找食盒，就不信褚翌真要餓死她。

誰知那食盒竟然被掛在帳頂，要是褚翌，伸手就能搆到，可換了她，得踩一張凳子，偏他們營帳中並沒有凳子。

她看著那食盒，在底下轉來轉去，跳了幾次都搆不著，急紅了眼。

褚翌終於覺得夠了，起身走過去，攬著她的肩膀道：「我要的好處很簡單，妳親我兩下就好。」她不肯為了李松親他，他沒話說，現在總可以親了吧！

隨安無語地將看著食盒的眼神分給他。「將軍您長得比我好看，地位比我崇高，本領高強，讓我親您，是我占您的便宜。」

褚翌幾乎恨她的理智，恨她不合時宜的「逗趣」，因為實在太敗興了；但他打定了主意要將這好處落實，自然不會這麼輕易地放過她。

他的態度由霸道轉成溫柔，湊近她的耳邊低聲說著。「沒關係，我讓妳占我的便宜。」可褚翌如此精明能幹，他的便宜是那麼好占的？她親他兩下不要緊，可親完之後容不容易脫身啊？

實在不是她自視甚高，而是褚翌的性子是他啃了兩口的蘋果，寧可扔掉也不會給別人吃。

未及多想，褚翌便將她扳正，兩個人臉對臉。

隨安略略恍神的工夫，他的面容已經完全落進眼底。

當真是膚白如玉、神情俊爽，眉眼、鼻梁無不精緻……她說是自己占便宜，其實不是吹捧他，實在是他有這個本錢啊！

這麼看著他，就有些腎上腺素瘋狂分泌，一顆心飄飄蕩蕩，神魂彷彿被泡進甜蜜的空氣中。

她漸漸被迷惑，神魂失守，喃喃自語道：「我說我占便宜是實話……」

褚翌眼底滑過一抹笑意，低下頭卻道：「我讓妳占。」

他微微俯身，將她拉得更近，接著兩人唇上一軟，營帳裡徹底地安靜了。

甜蜜而安靜。

兩個人都沒經歷過這種感覺，不同於前幾次動物似地互碰，這次溫暖的氣息彼此交纏，從他們周身往外蔓延……

營帳外面突然傳來衛甲的聲音。「小將軍稍待，將軍已經歇下了。」

接著，王子瑜疑惑的聲音響起。「這麼早就睡了？」

褚翌先聽到動靜，卻裝作沒聽到，順著她的肩膀往下，用手感受她隱藏在寬大衣袍下的曲線。

隨安則渾身一顫，很快地從迷濛中清醒過來，張嘴就道：「我的雞。」

三個字威力無窮，剛才好不容易才結成的幻境瞬間破滅。

這事要是擱在旁人身上，褚翌能拍著大腿嘲笑一番，可若是擱自己身上，只能說這會兒是心痛只有自己知。

不光他的心，還有他前一刻鬥志昂揚、積極往上的小弟，此刻也一敗塗地、一蹶不振。

他抿唇，伸手將食盒拿下來塞到她的懷裡，眼神陰鷙地想：下次，一定要先把她那張破嘴堵上。

營帳裡重新挑亮了燈。

王子瑜上下打量褚翌。「你沒事吧？受的傷好索利了嗎？」緊接著皺眉。「我該早點過去看你的。」

褚翌叫人倒了茶來，請他坐下，淡淡道：「我沒事，只是想明日早些趕路，今日才決定早睡的。」

王子瑜點頭，看了一眼正側身在啃雞腿的隨安，嘴角笑意一閃。「隨安什麼時候來的？今晚這是沒吃飯嗎？」

聽到表弟親切地稱呼隨安的名字，褚翌心中莫名不爽，他放下茶杯，聲音沈了一分。

「吃飯的時候跑出去野，回來沒飯吃了，餓得團團轉。記吃不記打的東西，還不給我出去！弄得營帳裡到處都是雞味！」

濃香撲鼻的燒雞目前是隨安的真愛，跟燒雞一比，什麼甜蜜的吻也拍馬不及，她聽見褚翌的話，起身麻溜地行了個禮出去了。

營帳被掀開，一陣風進來，王子瑜轉頭看了一眼，再回神，悵然若失。

先有個青梅竹馬的李松，後有個對她心心念念的子瑜，褚翌神色越加不滿，就像自己的寶貝被人整日惦記、覬覦一樣，令他這個當主人的心裡憋悶。

終於，半途而廢的挫敗以及被人打擾的不滿占了上風，他態度冷淡地道：「明日我們就到華州了，你怎麼今夜趕了過來？」

王子瑜意識到他的態度不大正常，但沒有多想，只笑道：「早就想來看你，偏被劉帥的姪子劉全給纏住。」

劉傾真這次先失了栗州，因為還在華州堅持拒敵，所以皇帝沒有當即治罪；現在栗州收復，面上還是算他的功勞最大，可內裡是什麼情況，人人俱都知曉。王子瑜算是跟褚家一個隊的，他又分管著糧草，劉家的人自然會巴結他。

而隨安出門又遇到熟人小順，不禁感嘆自己今日有「他鄉遇故知」的運氣。

因手裡還抱著食盒，她便多問一句。「你們吃飯了嗎？」

「還沒呢！」

隨安左右看看，找了衛甲過來。「小將軍還有這位侍衛大人都沒吃飯。」

衛甲便要帶著小順去吃飯，跟隨安說：「要不你也跟著，正好給小將軍拿一份飯菜過來。」

隨安道：「還是你拿回來好了，我正好陪著小順吃飯。」褚翌跟王子瑜她目前都不想見，只想靜靜。

衛甲心道，這樣可不行，也忒花心了。

灶火倒是還沒關。隨安暗忖，早知道她就跑過來烤個饃饃吃算了，現在倒好，被褚翌揩了油不說，自己還鬼迷心竅地說是占他便宜。

衛甲給了灶頭兵一塊碎銀子，一口氣點了七、八道菜。「將軍今晚吃得也不多。」偏偏點的都是隨安平日愛吃的，害得她抱著燒雞又流了半缸口水。

衛甲提了兩個食盒回去，又帶了一壺燒酒。褚翌沒說什麼，王子瑜道：「我還有個侍衛在外面，煩勞你帶他吃點東西。」

衛甲道：「隨安正陪著吃飯呢！」

他話一說完，褚翌跟王子瑜的目光都落在他身上，令他陡然感到壓力山大。

王子瑜先收回目光，笑著道：「如此也好。」

褚翌則伸手取了筷子，直接吃菜。

衛甲出了營帳，才發現後背剛才竟然出了汗，現在被夜風一吹，涼颼颼的。

他摸了摸後腦勺，往隨安所在的方向看過去，正好看見隨安撕了一隻雞腿給小順，並笑著對他說什麼，小順也對她笑。

八成，不，九成，小順是王小將軍的愛寵，隨安則是將軍的，現在好了，這兩隻愛寵勾搭在一起，隱約有私奔的架勢。怪不得剛才將軍跟王小將軍都看他呢，原是他那句「陪著吃飯」惹來的。可他那話也是學著隨安的話說的，實在算不得造假。

衛甲站得筆挺，目光直直，不過片刻工夫，便編了一齣愛恨情仇的驚世大戲。

隨安其實是跟小順說：「這燒雞我也是才吃，你若是不嫌棄，就分你一隻雞腿……」

小順當然不嫌。「無甚講究，有時候能吃口熱的就挺好了。」

兩個人其實還挺處得來。隨安越發覺得，小順這種就算不能讓人猛然間荷爾蒙上升，可居家過日子也盡夠了；要是沒錢還可以劫富濟貧，要是天下大亂，也能落草為寇，簡直堪稱完美。

她於是當作閒聊地問起他的家事。「家裡還有什麼人？成親了吧？幾個孩子？」

小順臉上露出淺笑。「我們這種人，居無定所的，想成親哪裡找去？除非主子開恩，說不定能賞個二等、三等的丫鬟做婆娘，就算是運氣好的了。」

隨安沒想到他還有這種煩憂，不過自己也沒好主意給他，只好嘿笑著安慰。「你也別這麼說，你不知道那內宅裡，多少女子想投生成男子而不能，你們能天南地北地到處去，她們卻只能在那四方小院裡活動。」

小順聞言笑道：「妳莫不是在說妳自己吧？不過話說回來，要我整日待在家裡，我也待不住，就覺得渾身不自在。」

這一夜，自然是褚翌跟王子瑜共用一個營帳，不過不曾同床。褚翌能勉強忍受得了隨安，是因為隨安小巧纖柔，而王子瑜再瘦也是個男子，褚翌命衛甲給他另尋了一張榻，隨安則睡在馬車上。

第二日，王子瑜天不亮就走了，與褚翌約好了中午在華州見。

大軍開拔，隨安還在呼呼大睡，褚翌進車廂看她，再伸出頭去看看天色，便也脫去外衣，重新將她擁在懷裡又睡了過去。結果兩個人睡到日上三竿，直到探馬來報，說華州回京的軍隊已經等在前方三十里處。

這一路直到出了華州，褚翌都沒對隨安再做什麼。

這日，褚翌在馬車裡換了一身校尉服，然後戴上頭盔躬身出來，跟隨安上了另一輛小車。

駕車的人換了一個生面孔，隨安本以為褚翌是直接送她去江邊乘船，沒想到走了一陣子突然聽到喧譁聲，她掀開車窗簾一看，才發現已經進了一個城鎮，正走在街上。

褚翌丟給她一身衣裳。「把這個換了。」他剛才已經換過，現在就是尋常布衣打扮。

隨安拿在手裡，有心叫他別看，但沒膽子，只好將外衣脫下來，穿上他方才給的女裝，又將頭髮散開，梳了兩條麻花辮。

車子直接進了一家客棧後院。

褚翌先下車，回身剛要扶她，就見她一手提著裙襬，一手扶著車框跳了下來。

褚翌抿了抿唇，對迎過來的婆子道：「前面帶路。」

隨安小聲嘀咕。「這是做什麼？這麼神秘。」

做什麼？洗澡！

泡在浴桶裡，她長長地發出一聲舒服的喟嘆，直到聽到隔壁的褚翌起身帶起的水聲，才戀戀不捨地從浴桶裡爬出來。

先前引路的婆子送了新衣過來，她低頭瞧了瞧幾乎發育不良的胸部，終於將束胸收到一旁。

剛穿上外衣，褚翌就推門進來了。

來不及反應，她就被他按住，然後聽他低沈著嗓音道：「不許說話、不許反抗，妳只要回答是要被我打量讓我親，還是清醒著讓我親？」

她無法拒絕，也想不出說服他的法子。兩個人若是在人群中還好，可只要單獨在一處，那種曖昧總是隱隱浮動，若即若離。

褚翌的手順著她的背部往下，扶到她的腰身上，然後微微往自己身前一帶，兩個人便緊緊地貼合在一處；空出的另一隻手則捏起她的下頷，微一用力，她便張開嘴，被他攻城掠地。

她的氣息令褚翌迷醉，隨安同樣昏頭昏腦，不知今夕何夕。

褚翌的手像有了自我意識一般，順著她的衣襬往上，火熱得像拿了一塊烙鐵一樣。

她明亮的目光漸漸變得恍惚迷離，像溢滿了水氣，心卻像放在了鼓上，被震得咚咚地響個不停，連什麼時候褚翌將她按在床上都不知道。

不知過了多久，溫熱的肌膚突然接觸到冰涼的空氣，她一下子清醒過來，發現衣襟大開，連忙去推他。

褚翌感受到她的推拒，抬起頭看她，無論是紅豔欲滴的嘴唇，如狼似虎的目光，還是起伏不定的胸口，無一不證實著他已經動情。

他低頭看著她的鎖骨，隨著她的呼吸若隱若現，醉人心弦；而鎖骨下，微微隆起的那處他已瞥了一眼，只覺得彷彿雪地裡一抹桃花花瓣，粉得教人心顫，當真是嫵媚入骨。

樓下的街上突然傳來幾聲清晰的話音，她趁他愣神的工夫連忙起身，顫抖著雙手繫釦子，兩頰緋紅，幾近發燒。

房間內再度安靜，漸漸地，連呼吸也變淺。

褚翌看著眼前如桃花花苞一般的小女子，轉身出門，拿了一頂帷帽進來。

兩個人再無話語，卻默契十足地收拾了自己，隨即下樓，重回車裡。

第五十三章

馬車再次飛快跑起來，到了江邊，隨安戴著帷帽看他一眼，而後行禮。「隨安先行一步，將軍一路保重。」

「嗯，到了上京，好生老實地等著我。」

褚翌要在路上走一個半月，隨安大概半個月的工夫就能到上京，一路雖有關卡，可他們所乘的是軍船，沒人敢招惹。

此時，褚翌快馬傳回的信已經到了老太爺手裡。

老太爺看了哈哈大笑，拍著桌案對老夫人道：「褚家要中興了！」

老夫人一目十行地看過，挑老太爺的刺。「孩子說得對，我就納悶了，你從前在軍中這麼多年竟是白待的，要兵沒人，要錢沒銀……只換了個假大空的頭銜有什麼用？」

老太爺嘆氣。「妳不知道，我從前沒跟妳說，是怕妳笑話。老大、老六和老八幾個，都隨了他們親生的娘，一根筋得很，不會轉彎，只能在戰場上硬打硬拚，更看不懂形勢；我雖然看得懂，可又不會教，只好讓他們這麼蠢著。老七看著倒是聰明，可這個兒子竟像是給平郡王生的，妳是沒看見，老七對老丈人那是一個貼心……」說著說著就歪了樓，開始嫉妒起平郡王來。

得了老夫人一個白眼，才轉回先前的話題。「當時九哥兒年紀小，妳又偏疼他，我心裡想著，憑老子攢下的人脈，幾個孩子平安長大是沒問題了；可斂得多了，教人盯上，萬一我死了，兒子們守不住家業，反而因此受害就不好了。」

老夫人繼續諷刺。「喲，你想得還挺全面的。」

老太爺嘿笑。「沒想到九哥兒成了最出息的一個。」

老夫人先回神，冷靜地道：「他既然在信中這樣寫了，可見已有了主意，你打算怎麼辦？」

「怎麼辦？還能怎麼辦，自然是按著他的意思去辦。我老了，以後也該頤養天年，給孩子們看看家，帶帶孫子嘍……」

在褚翌寫這封信之前，劉家對褚府的示好已經很明顯，但老太爺並無心跟劉家勾搭。別看劉家看不起褚家這等武夫之家，老太爺也很是瞧不上劉家這種，靠著女人往上攀爬的家族，正好乘機做個決斷，一刀兩散。

劉貴妃的母親做壽，老夫人便稱病沒有去。

誰知第二日，劉老夫人帶著孫女上門探病來了，一同來的還有林太太和林頌鸞母女。

當夫人們外交，極少有撕破臉的，見了面總是臉上帶笑，親親熱熱的，處處一團和氣，當然背後捅刀子也是不吝力氣的。

因為褚府並沒有姑娘，所以來褚府做客的人家一般也不把姑娘帶來，避免沒有小姊妹招待而生尷尬。

劉老夫人這樣頭一遭進門就帶著孫女，便不尋常了，可老夫人還以為是劉老夫人偏愛這個孫女，連出門也需要她服侍才特意帶來。

誰知劉老夫人笑咪咪地喝了一盅茶，低低咳嗽一聲，林太太那邊就開口了。「九老爺這次回京，也該成親了。」

老夫人險些沒把茶碗扔到林太太臉上，林太太以為她自己是褚翌的爹還是娘啊，這話說得也忒大言不慚。

她正要反駁，眼光掠過劉家小姐的一臉嬌羞，心念一轉，立即笑道：「先給老八娶回家來，九哥兒的已經訂下，我就不著急了，左右這訂親到成親，沒個兩、三年工夫不成體統。」

劉老夫人的臉色一下子難看起來，問：「不知貴家九老爺說的是哪家？」

老夫人一笑。「他們年輕人臉皮薄，早說出來沒得羞臊了，左右到時候少不了您一杯水酒！」這話一出，她的眼光就盯住了劉小姐，果然見她臉色發白，搖搖欲墜，心裡頓時大恨。就這般上不得檯面的東西，也敢肖想她的九哥兒！

論理，她說得這般明顯，明眼人就不會再繼續說，誰知林太太是個不長眼的，聽了心中失望，乾巴巴地笑道：「九老爺我是見過的，當真氣宇軒昂、一表人才，今兒看見劉小姐，見劉小姐貞雅賢淑，想著這才是天賦良緣……」

林頌鸞也聽出不妥，連忙扯了扯林太太的衣袖。

林太太連忙住嘴，可心裡是委屈的。這些話都是她琢磨又琢磨才想出來，誰知褚翌竟然有了親事，林太太實在不想浪費自己苦心想的詞句，便以為那詞句好到能說服老夫人，讓老夫人改變主意，瞧上對面的劉小姐。

話到了這般地步，劉老夫人也不能多待了，勉強露出一個微笑。「林太太說笑了，我這孫女一向孝順，女孩子矜貴，還要在家多留兩年才好。」又對老夫人道：「昨日聽說妳病了，我這心裡放不下才想著過來瞧瞧，今日見妳倒是還好，也就放心了。」到底還是刺了老夫人一句。

不過這樣的話對老夫人來說簡直小菜一碟，她慢條斯理地啜了一口茶水，道：「是呢！昨兒是不大好，今兒倒好索利了，只是我比起老夫人還有所不如，老夫人的腿腳向來勤快。」

老夫人說完這句後，劉老夫人沒管林家人，就徑直上車走了。

林頌鸞出去住了一段日子，反而知曉了不少道理，落在後面，輕聲細語地對老夫人道：「以前年輕，不懂事，老夫人且看著我父親與九老爺師生一場的分上，原諒我一二……」

老夫人是連對她說句客氣話都覺得犯噁心。「林姑娘這話客氣了，我們家九老爺不學無術，可不敢稱是妳父親的學生，沒得削了妳父親的名聲。」說完高聲喊了紫玉送客。

林頌鸞早就跟紫玉交惡，此時聽了也不等紫玉來請，一甩帕子率先走了。

她今兒服軟，實則是因為林家離開褚家之後，境況並沒有變好，反而因為一應物品都要自己掏腰包購買，花銷更是緊張，林先生又沒了正經差事，出門在外也是多受人奚落。

本想拿李嬪的龍胎說事，可那些人不見棺材不掉淚，說什麼：「是男是女尚且還不知道，就將眼睛擱到頭頂上……」又說：「縱然是位皇子，難不成能越過三皇子、四皇子？就算能越過三皇子、四皇子，能越過太子去，李嬪娘娘亦能越過皇后娘娘去？」

林家自立之後，本以為從此海闊憑魚躍、天高任鳥飛，沒想到打擊接二連三，竟是一瓢涼水又一瓢涼水地落到自家心裡。

林頌鸞厚著臉皮去了劉家幾次，一開始還說褚家對待林家如何不好，後來見劉家人並不待見自己，使了幾次銀子才打聽出來，原來劉家竟想拉攏褚家。

她這才後悔，假若自家仍舊住在褚家，便沒有這麼許多煩難，又悔自己當初怎麼那般鬼迷心竅，非要搬出去不可？

氣餒了一陣，才重新打起精神想辦法。既然劉家想拉攏褚家，莫過於結親，褚家沒有女兒，劉家的女兒卻多，林頌鸞想著若是能將婚事撮合了，便是一舉數得，誰知在褚家老夫人這裡碰了釘子。

林頌鸞跟林太太都不高興，回了家，林先生也不大開心。

晚上吃了飯，一家人說話。因現在家裡的一應開銷都是林頌鸞當了首飾拿出來的，所以林先生跟林太太對林頌鸞也是言聽計從。

「我想過了，當下最要緊的便是見小姨，給父親討個正經的差事，如此咱們家業才有振興的希望。」

林先生如今在家無所事事，聞言先點頭。

林太太猶豫道：「可怎麼才能見著妳小姨呢？」

「這就是我要說的。此時還須咱們繼續交好劉家，我打聽了，咱們要見李嬪，非得皇宮裡先同意了，然後宣召才行。這宣召，要麼皇后同意，要麼皇帝同意。皇后娘娘那裡咱們說不上話，陛下更是見不到，可劉貴妃能見到陛下，到時候討一個示下更是容易得很。」

褚府只要擺出一個態度，就惹起一連串的連鎖反應，但確確實實，這個態度是很關鍵的。

首先是林頌鸞，她先在劉家人面前詆毀褚家，後面發現劉家拉攏褚家，又主動擔當溝通橋樑。現在褚家拒絕劉家，證實了這橋樑實在是豆腐渣工程，不堪重任得很，林頌鸞在劉家人面前沒了用處，自然也就沒什麼面子可言。

不過凡事也有例外，劉家的一位姨娘就十分關注林頌鸞。

她主動示好，林頌鸞病急亂投醫，兩個人很快就走到了一處。劉家姨娘的能力不小，沒幾日宮裡傳來消息，李嬪娘娘思念一母同胞的姊姊，劉貴妃娘娘說合，皇帝允准李嬪娘娘見一見家人。

林太太帶著林頌鸞挑揀進宮的衣裳。「可得穿得華貴些，免得給妳小姨丟臉。」

林頌鸞笑著選了一身，穿在身上，打量著鏡中那個跟小李氏有三、四分相似的容顏，眼睛餘光瞥見，丫鬟正在偷偷試戴自己的一只玉鐲，立即眉頭一皺，鏡中的容顏瞬間跟小李氏有了七、八分相似，那不喜歡別人碰觸自己東西的情緒漫出眼角。

她想到小李氏當初過來，這些衣料、首飾都是自己霸占，只空口許了她一些諸如「等妳嫁人了，小姨給妳添妝」這樣的空話，從未給過她一件衣裳、一件首飾，反而是在看到她借戴首飾的時候露出不喜的表情。

這些東西可都是小李氏的。

「娘，咱們家現在沒什麼家底，穿華貴了沒得教人笑話，不如等爹爹有了差事，掙了錢，再給我買一些好衣裳。我想，咱們進宮還是穿些素淨的，劉貴妃看在眼裡，才知道我們本分。」

林太太點頭。「妳說得有理。」

兩個人進宮當日就各自穿得素淡了。

或許應了那句「惡人自有惡人磨」，如今的林頌鸞心裡對小李氏有幾分發怵。

小李氏現在住在劉貴妃的榮華宮偏殿裡。見面契闊一番，也都灑了幾滴淚，林太太對妹妹有感情，勸著道：「妳懷了身子，這是喜事，可不能哭。」

林頌鸞則理智得多，將家裡的情況揀著能說的說了，又表達了為父親求官的意圖。

李嬪笑著攏了攏林頌鸞的鬢角，目含親近與慈愛，輕聲細語道：「姑娘大了，懂事了，姊姊好福氣，一兒一女俱都出色，姊夫又一向沈穩，我若是有姊姊一半福氣，也知足了。」

林太太忙道：「娘娘的福氣大著呢，此次定能一舉得男。咱們家裡也是一日三炷香地供奉著菩薩，好教菩薩保佑娘娘平安生產。」

不料說起平安生產，卻惹了李嬪的眼淚出來。「姊姊不曉得，我又是個沒見過世面的，聽他們說生產時候那些九死一生，每每怕得要死……」她輕輕撫著肚子，臉上布滿了濃濃的擔憂。

沒等林太太說話，就連忙道：「看我該打，當著姑娘的面說這個。」叫了身邊伺候的萱蘭領著林頌鸞去西梢間吃點心。

林頌鸞臨走給了林太太一個眼神，叫她別忘記說林先生求官的事。

林太太便跟李嬪在屋裡說私密話。

過了半個時辰，李嬪坐累了躺下歇息，林太太便去找林頌鸞。

宮裡的點心乃是御製，就算放涼了，味道也是好的。林頌鸞吃了一些，瞧著萱蘭的眼神，洗了手不再吃了；看見林太太過來，連忙對萱蘭說：「姊姊去服侍娘娘吧，我與母親在這裡坐坐。」

萱蘭走後，林頌鸞迫不及待地問林太太。「小姨應下沒有？」

「我的兒，這是在宮裡，要稱呼娘娘。方才娘娘跟我說了，這兒一言一行都有規矩拘著呢……」見林頌鸞眉頭已經皺了起來，連忙道：「我已經向娘娘將家裡的境況說得清楚了，她曉得家裡的難處，只是娘娘也只是後宮一員，她往哪裡去認識那些官員職位去，又哪裡曉得什麼地方缺少辦差的人手？」

林頌鸞一下子甩開林太太的手，聲音帶了一絲尖利。「藉口！都是藉口！她這是忘恩負義！還有您跟父親，從不想著自己兒女，卻為了外人讓我們受苦！是誰得知陛下去褚府，把機會讓給了外人？」

嚇得林太太臉色蒼白地去摀她的唇。「妳小聲些，這是在宮裡，不是在家裡，妳小姨沒說不幫忙！」

林頌鸞胸口起伏不定，雙手握拳，手背的青筋都冒了出來，一下子將林太太推到一邊，壓低聲音吼道：「我是為了誰？難道是為了我自己？你們辛辛苦苦地將她送進宮享福，她可曾記得你們一絲一毫？」

「自是記得的。」林太太虛弱道。

「哼，若是記得，緣何這麼長時間不見她召見我們入宮？若是記得，怎麼不想想家裡有多困難？」

「她也為難，也是迫不得已……」林太太顫道。

「呵呵，迫不得已，好個迫不得已，那妳問問她，要她跟我換了，讓她見我三跪六叩，喊我娘娘，她可願意？是迫不得已還是忘恩負義？」林頌鸞氣得頭頂冒煙。

林太太冷汗淋漓，等她喘息定了些，終於將她按住。「妳這孩子怎麼性子這麼急，難不成妳小姨立時答應了，妳父親就能立刻得了差事？總要好好籌謀打聽清楚吧？若是、若是那差事看上去有面子，實則內裡一點好處都沒有，到時候妳父親受苦受累，妳又忍心了？」她也是絞盡腦汁地勸說。

在外面聽壁腳的李嬪將她們母女的對話從頭聽到尾，面無表情地捧著肚子走回榻上。

第五十四章

萱蘭從外面端了兩碗燕窩粥進來，這是李嬪早就吩咐下去，從自己的分例裡拿出二兩來熬，是給林家母女的。

李嬪眼神微瞇，淡淡道：「這燕窩粥涼了就不好吃了，姊姊還在歇著，妳端出去吃了吧！」

萱蘭能到李嬪身邊，自然不是傻的，聞言忙行禮低聲謝過李嬪，然後又端著燕窩粥退了出去。

李嬪看著自己戴了黃金護甲的秀美手指，低低呢喃。「我在宮裡受苦受累的時候，妳在哪裡？有一口肉，你們父子、母女分吃的時候，我又在哪裡？不是靠著我，你們能在上京立住腳跟？」

她雖然在宮裡待的時間不長，但人情冷暖早經歷了遍，論心計，是林頌鸞比不上的。

等林太太帶著林頌鸞回來，看到林頌鸞眼角紅腫，她連眼睛都沒眨，只對林太太道：「姊姊，妳方才歇著的時候，我仔細斟酌了一下，此事還要去求貴妃娘娘。貴妃娘娘家有不少人都做官，她又一向在陛下面前得寵，說句話，比我們這種兩眼一摸黑地抓瞎強多了。」

她的話鋒轉了，林太太不知多高興，連連點頭，還看了一眼林頌鸞，彷彿在說「妳小姨還是向著我們的」。

可林頌鸞並不領情。她方才握拳的時候，指甲刺進肉裡，現在手心火辣辣地疼，口氣便十分惡劣。「娘娘懷了龍胎，都能說動陛下讓邊關得了勝仗的將士緩兩個月入京，給父親謀個小差事就這麼難嗎？」

小李氏承諾的離自己的預期相差太遠，所以她的狠意也起來了。別說頂撞小李氏，這會兒就是讓她勾引皇上，她也敢的。

李嬪沒有動怒，只挪動了下身子，輕聲笑道：「虧得是我們娘仨都是至親血脈，妳要是在大庭廣眾之下說這話，我只怕要臊死了。讓大軍緩兩個月入京，是貴妃娘娘向褚家示意，讓褚家看看她在陛下面前的力量究竟有多大，我這肚子裡的孩子，不過是個藉口而已。妳可知道，這宮裡上上下下，每年有多少人承寵，又有多少人小產嗎？我若是不求得庇護，早就屍骨無存了，就是現在，睡覺也睜著一隻眼。」

李嬪說得林太太淚眼汪汪，可林頌鸞心裡認定了便很難轉過彎來。她看了一眼穿著華麗，動靜有無數人伺候的李嬪，心裡還是嫉妒，還是認為她虧待了自家。

李嬪也知道她的性格，不打算再同她浪費時間，就對林太太道：「姊姊進宮一趟，我沒什麼好給姊姊的，當初存在姊姊家裡的那些衣裳、首飾，自然是姊姊跟鸞姊兒分了，那裡還有三千七百兩銀票，姊姊找出來且先補貼家用，我想著總能夠讓林家先應應急。」

林頌鸞的臉一下子全白了。

李嬪只淡淡一掃，便知自己的私房已經被這個好外甥女獨吞，心裡對她越發不齒。

林太太歡喜不盡，還知道說句好話。「妳在這宮裡也難，要不我託人給妳捎些來？」

「這倒不必，我有了身子，宮裡一應都是齊全的。」

等林太太跟林頌鸞出了宮門，林太太便喜孜孜地道：「妳小姨的私房這麼豐厚，拿出一千兩來做妳的嫁妝，再拿兩千兩給妳弟弟做聘禮，剩下七百兩也夠我們家生活十來年了吧！」

林頌鸞的臉還是沒多少血色。她太大意了，把那些銀票據為己有做得太乾脆，心裡一點負擔都沒有，進宮時也只是想著不能穿小李氏的衣裳，教她不喜，可沒想到小李氏竟然那麼坦然就揭了開來。

但她能跟小李氏鬥，卻不能真跟父母鬧翻，這下，恐怕她是真的要當首飾了。

林太太有了錢，添了不少底氣，沒注意到她的蒼白，還在絮叨。「妳說咱們怎麼沒想起翻翻妳小姨的箱籠？對了，妳找衣裳的時候就沒發現嗎？」

林頌鸞強笑。「我要是發現了，能不告訴您跟父親嗎？」她很快就想到一個主意。「正好，找出這些銀票來，把我的首飾贖回來。」

好幾千兩銀票，她打定主意至少要藏五百兩做私房銀子。

李嬪等林太太走了，自己端坐了一會兒，才慢吞吞地扶著萱蘭的手去見劉貴妃。

劉貴妃是真正的美人，嬌氣嫵媚，皇帝的心總是偏到她那裡。李嬪自詡也是個美人，可跟劉貴妃一比，連她都承認自己硬生生被襯托成了魚目。

李嬪是來回事的。「娘娘說的事，妾身已經交代了姊姊，只是林家因得罪了褚家，現在生計艱難。聽姊姊跟外甥女的意思，是想為妾身的姊夫找個差事……」

劉貴妃懶怠管這些閒事，不過是看在李嬪的肚子的分上，給她兩分面子。

她玩弄著手中的帕子。「這個好說。妳姊夫原是教書先生，正好前幾日淑妃求了皇上，說要給四皇子換個先生，現在這個先生不中用得很，我看皇上也挺苦惱的，妳覺得妳姊夫可能勝任？」

李嬪笑道：「這次為先鋒、打了個東蕃措手不及的褚翌小將軍，便是我姊夫的學生，他性子倨傲，不也被我姊夫扳正過來，妾身覺得姊夫定然能夠勝任。」

劉貴妃懶懶地道：「那本宮就同陛下說說，總是替陛下分憂。」

李嬪躬身。「娘娘心疼陛下，是妾身等人所不及的，妾身只有盡心竭力，為娘娘分憂，便是妾身的福分了。」

劉貴妃的話果真好使，過了幾日，宮裡就出了一道旨意，將林先生的履歷拿到了吏部，讓他在國子監掛了個名號，教授四皇子。

林先生躊躇滿志。

又過了幾日，就有官媒上林家門，為劉家的一個嫡子提親，林太太大喜過望，幾乎沒有猶豫地便交換了庚帖。

林頌鸞也歡喜。回來後，她細細回味李嬪的話，也覺得劉家是該好好巴結，現在能嫁到劉家未嘗不是一件好事。

只是她經歷了這些事，行事就帶了幾分謹慎，吩咐人打聽這位嫡子的消息，卻沒聽到多少有用的。

這就有點不對勁了，她連忙叫了林太太，讓她直接問官媒。

「這位爺因為出生時身體弱了些，聽了寺廟裡方丈的話，一向是寄養在鄉下，不過確實是位嫡子……」

林太太的喜悅就像牛乳裡點了一粒芝麻。「寄養在鄉下啊？」

官媒心裡譏諷，林家原來也是鄉下人家，現在倒是看不上旁人了，怪不得褚家將他們轟了出來。

「雖寄養在鄉下，卻是正經的官家嫡子，配府上的大姑娘是綽綽有餘了。」庚帖已經換了，李嬸又依附劉家，官媒也不怕林家能翻起什麼大風浪，何況這事就是李嬸的主意。

據官媒說，劉家那位嫡子年紀不小了，以前是高不成、低不就的，一直沒相到適合的人家；林姑娘模樣好、主意正，做事也穩當，常往劉府走動，彼此都熟知了，劉家才動了這心思。可不是天賦良緣？

官媒一張嘴，石頭比玉貴。

「說句實在話，就林姑娘這人品才貌，過去讓夫人帶幾年，這管家的事少不得還要林姑娘接在手裡。」

林太太猶豫。「可這上京，一般人家訂親到成親，沒個兩、三年下不來……」

「哎喲，我的夫人，那都是那些年紀小的能等得了的。您想想，要是姑娘十六歲才訂親，再等兩年，豈不成了十八？都耽誤您做外祖母了。」

林頌鸞的婚事就這樣匆匆訂下了，成親的日子訂在一個月後，對外說男方年紀大了，急於求娶，好成家立業。

不過總體來說，雖然日子訂得緊了些，可提親、說媒、訂親、納采、問名、納吉、納征、請期，都是一件不少的；聘禮下得也豐厚，這些都是林頌鸞的要求，劉家也都大度地同意了。

林先生有了差事，林家總算是有了正經收入，雖然不多，卻比從前坐吃山空得強；至於李嬪的私房，林家經過協商，認為林家在很久一段時間都還要求著劉家，便拿出一千五百兩給林頌鸞置辦嫁妝，這在南邊是壓根兒想都不敢想的。

足足六十四抬嫁妝，林頌鸞心裡也是滿意，然而心裡雖然不再怪罪李嬪，卻仍覺李嬪做得不足。媒人也說了，她能被劉家挑中，乃是因為她本身才貌非凡，並非李嬪的功勞。

論理，李嬪靠著劉貴妃，她嫁的是劉家人，便應該多賞她一些東西，也好結個善緣。

林頌鸞這樣想，便也這樣同林太太說了。林太太覺得，成親是人生頭等大事，有宮裡娘娘們的賞賜，做了這頭一抬嫁妝，姑娘將來嫁到劉家，臉上也好看體面，便應了下來。

林太太再打發人與劉家那位姨娘遞話，又過了兩日，宮裡果真再次宣召。

李嬪倒也大方，賞了好幾件內造的東西。

林家這一番熱鬧，隨安只趕上末梢。

她從前未曾長時間坐船，是以並不清楚原來走水路不只顛簸，還晃晃悠悠，坐上一日，整個人都頭暈腦脹，沒幾日就牙齦腫脹、全身痠痛。當然這也不是什麼大毛病，可她卻迅速地瘦了下去。

隨行的人也有不少同她一般毛病，大家雖然每日海鮮、魚肉地吃著，可人人都瘦了足有七、八斤。

隊伍裡最胖的老周連小肚腩都看不到了，惹了眾人笑話。「這一趟出門，你倒是將孩子生下來了啊！」

隨安想起跟褚翌說的養胎的笑話，臉上也不由得露出笑容。這種無傷大雅地玩笑著相處，倒比膩在一處卿卿我我地更教她自在。

當然，在外面，她也是有些放縱了，若回褚府，如同栗州那邊同衾共枕是決計不行了。

這般同眾人說說笑笑，路上一日一日地熬著，也到了上京。

他們進京的時候，正好趕上劉貴妃娘家的大喜事。鑼鼓喧天，鞭炮齊鳴，晴空萬里，本是極好的一日，可不知怎地，突然平地一聲雷，嚇了眾人一跳，喜娘更是跌在地上，好不容易起來，想著自己職責所在，便連忙悄悄問一聲新娘可受驚了？

新娘倒是坐得牢穩。「並未受驚。」

街上眾人不免指指點點，這喜事便蒙上一絲陰影。

其實同一日還有另一樁婚事，便是李玄印之女終究嫁入東宮，成為太子的嬪妃之一。

隨安進了褚府，正好趕上柳姨娘穿著茜紅小襖打發小廝去街上買瓜子。「各樣給我秤上半斤，剩的錢便都賞你了。」

小廝眉開眼笑，收下錢轉身跑了。

紫玉正好聽見，笑著道了一句。「姨娘好大方，下次有這種好事，您儘可使喚我，我得了姨娘的好，又得了銀子，估計用不了多久就能賺個盆滿缽滿。」

「小蹄子，妳又在這裡打趣我！」柳姨娘笑著罵道。

隨安老遠聽見，轉過遊廊更是直接遇上，避無可避，笑著行禮。「柳姨娘好，紫玉姊姊好。」

柳姨娘看見她，親熱地一把抱住，對著紫玉道：「真真兒我這眼光比不了九老爺，更比不了老夫人，妳說我怎麼就沒這麼個機靈的丫鬟，可把我喜歡死了！」

紫玉也笑，不過心裡想的卻是柳姨娘平白得了一座好宅子，還不用林家住進去添噁心，這都得謝謝當日隨安解圍，卻是自己上趕著差點下不來臺。

想到這裡，她笑著對柳姨娘道：「您歡喜誰不好，偏喜歡這個。旁的二等、三等的丫鬟，我還能做得了主撥給您使喚，就是我自個兒，那也是恨不能成天地看著姨娘……」又轉頭對著隨安說：「妳這一去，院子裡少了許多樂趣，看妳這樣子，著實辛苦了。」

隨安艱難地從柳姨娘的懷抱裡抽出一隻手，苦哈哈地道：「十斤，我足足瘦了十斤！」

沒出門的柳姨娘跟紫玉便都哈哈笑了起來，一個說：「在家千日好，出門一時難。」一個說：「老夫人一早就曉得妳進城，唸叨了好幾回，想知道九老爺的消息，妳快隨我去吧！」

隨安便辭了柳姨娘，隨著紫玉進了徵陽館院門。

雖已入冬，可徵陽館院子裡十分熱鬧，到處是穿紅戴綠的小丫鬟。紫玉見隨安在看，便在旁解釋道：「是老夫人說家裡欠些熱鬧，才進來這些年紀還小的三等丫鬟。對了，妳曉得不，林姑娘嫁人了呢！正是今日出嫁。」

「在路上碰見來著，看上去很熱鬧。」

紫玉看了眼四周，悄聲道：「還有妳不曉得的大事呢，等晚上妳上我屋裡來睡，我跟妳詳說。」

隨安詫異道：「難不成林姑娘這婚事還有些隱秘的內情？」

說話間，就到了正房門口，小丫鬟道：「老夫人叫隨安姊姊進去。」

兩人停了話，隨安跟著小丫鬟進屋，給老夫人請安。

老夫人道：「眼瞧著瘦了，可見吃了苦。妳回去且先歇息，等老太爺回來，說不定還要傳妳問話。」賞了隨安十兩銀子。

「婢子是不慣水路，說受苦，還是將軍他們受苦受累，若是沒有他們馳騁沙場、浴血奮戰保住天下太平，婢子們說不定還要受比如今千倍、百倍的苦楚。」

一句話說得老夫人眼淚汪汪，徐嬤嬤道：「您真是沒有白疼她，難得她這份明白。」

隨安繼續道：「若是九老爺不嫌棄，婢子都願意去軍中做一員小將，守衛疆土，保家衛國！」話語鏗鏘有力。

老夫人破涕為笑。

徐嬤嬤見狀笑道：「前面說得絕好，後面一句出來，咱們的眼淚是白流了。」

隨安行了禮告辭，回了屋子，先燃起炭盆，烤著火惦記著褚秋水。不知道他的炕怎麼樣了？今冬保不定是個大冷冬，琢磨盡快去看看。

親爹怎麼都好說，麻煩事還在後面。就分別的時候來看，褚翌顯然是不打算放過她了，她還得為自己謀條出路。

「出路、出路……」她喃喃地撥著水，靈機一動。「就說在軍中見識了生死，往後都開始吃素。嗯，一開始的名義嘛，可以打著給褚翌祈福保佑他平安，等褚翌成了親，再漸漸流露出想自梳的念頭；若是有必要，就暗示徐嬤嬤自己喜歡女人……」

想到這裡，一個大大的激靈。她方才被柳姨娘抱住，柳姨娘胸前那兩大塊差點沒讓她上天。

到時候若是需要表現出喜歡女人，她真怕自己過不去自己這一關；可這算是比較萬全的法子了，就不信褚翌能跟她死磕上！

再看看自己胸前，未免捶胸頓足地哀怨道：「老天爺祢為何不乾脆一點，讓我穿成個漢子！」憤憤地砸水面，結果洗澡水都落進自己嘴裡。

從浴桶裡爬出來，頭髮沒有擦乾，隨安就鑽進了被窩，抱著熱滾滾的湯婆子舒服地喟嘆一聲，很快就睡了過去。

第五十五章

這一覺睡得酣甜，紫玉過來推醒了她。

「老太爺回來了，在徵陽館等著呢！」

隨安起來，迅速地穿衣挽髮。「這就走吧！」

「行，妳睡了這許多，晚上正好讓我跟妳說妳走了之後林家的事！」紫玉心心念念的便是八卦。

隨安的回答則是伸懶腰，打了個大大的哈欠。

老太爺已經接了褚翌的信，此次見隨安不過是再確認一下，問了問褚翌的身體、劉傾真的態度等等，就打發隨安下去。

隨安臨走時跟老夫人告假。「婢子外出許久，想請半日假去看看父親。」

老夫人道：「准妳一日。」聲音十分和藹。

徐嬤嬤道：「聽說今日紫玉幾個準備了酒席為隨安接風，奴婢也自請去湊個熱鬧。」

「婢子不敢。」隨安受寵若驚，連連擺手，卻被徐嬤嬤跟紫玉笑著拉了出去。

老太爺則跟老夫人說起宮裡的事。「太子不顧體面納了李氏，我看這位李姑娘也是半推半就，與太子妃娘家那位其實也沒什麼情誼。」

「什麼情誼，命都要沒了。李玄印病得這樣重，卻還牢牢把持著肅州，東蕃這才繞了遠路，對肅州秋毫無犯。哼，他一旦病死，肅州說不定立時就自立出去！」

肅州因為緊鄰東蕃，朝廷跟皇帝憐惜那裡的百姓，稅收都是免了的；可就是如此，養大了李家的野心，在肅州處處設立名目斂財，財富多了，人的妄念也跟著多了起來。

「聽說李玄印的一個孫子進京給姑姑送成親的禮了？」

「嗯，不知又有什麼事呢！」

老太爺心裡嘆氣。太子愚鈍，實在不堪儲君之位，他是認同褚翌的觀點的，手裡握著兵權，不管將來如何，總是有條出路；若是子孫平庸，做個普普通通的富家翁當然好，可若是子孫有那樣的才華本事，當然應該出去闖蕩一番。

「等九哥兒大軍一到，咱們只低調些也還罷了，府裡賞一個月月例便好，至於慶賀，不如等到老八成親，妳說呢？」

老夫人點了點頭。「如此也好。」

隨安真的被紫玉拉去喝酒。

眾人盤腿坐在廚房的炕頭上，隨安講一路見聞，說得乾巴巴的，很快就講完了，紫玉早已躍躍欲試，將自己打聽出來的林家八卦說了。

「林姑娘的性子，我不說大家也都知道，最是個不肯吃虧的，連嘴上的虧都不肯吃，我估計呀，今夜還有得鬧騰……」

隨安托著腮幫子聽了，這才知道原來林頌鸞的婚事果真有許多波折。

「這麼說來，劉家這位嫡子確實不大好了？」

「好什麼好？原來也是好的，可自從他親娘去世，他一下子從蜜罐子掉進了鹽窩裡，連穿衣、吃飯都不會了；一大把年紀，慣會自說自話、自吹自擂，早些年好些人都說他得了失心瘋，我瞧著他恐怕是一直做著被娘親疼愛的美夢，不肯醒過來呢！」

「說不定林姑娘能將他扳正了。」有人道。

「哼，難說得很，若是能扳正，難道劉家竟不想法子？林姑娘又不是大羅神仙。」紫玉哼哼，沒見隨安動靜，一歪頭，正好看見棋佩起了促狹心，蘸了辣椒醬餵到打盹的隨安嘴裡。

眾人第二日還要當值，玩鬧了一會兒便各自散了，隨安回去，沒脫衣裳就撲回床上，繼續睡了過去。

翌日起了個大早，拿出買的禮物便出了角門，先在街上吃了火燒跟豆腐腦，又買了兩份火燒才去找褚秋水。

一見面，褚秋水的眼淚便湧了出來，隨安抬手招呼他。「過來看看我給爹帶的東西喜不喜歡？」哄一個哭泣的孩子，最好的法子自然是轉移他的注意。

褚秋水用帕子擦乾眼淚，從炕上下來，嘴裡抱怨道：「妳怎麼這麼許久都不來看我？我還以為妳生爹的氣呢！」

隨安隨便嗯了一聲，叫他自己去看那些東西，她則伸手摸了摸褥子下頭，發現熱呼呼的，既不燙手也不算涼，十分滿意。

褚秋水看過了東西，收起來後坐下吃飯，吃完飯才想起閨女回家，自己也沒倒碗水，轉頭卻見隨安已經泡了茶端在手裡，表情就帶了幾分尷尬。

隨安翻了翻他在看的書，感受到他的目光，笑道：「那肉火燒太膩了，爹爹過來喝杯茶。」拿起茶壺給他沏了一杯。

父女倆剛在炕上重新坐下，宋震雲就在外面說話。「是褚姑娘回來了？」

隨安連忙下炕。「是宋叔過來了？您吃過早飯了嗎？我買了兩份。」

褚秋水緊跟著道：「他在這裡吃不自在，拿回去吃吧！」前一句是對著隨安說話，後一句是對宋震雲吩咐。

宋震雲目不斜視地點頭，將八仙桌上的飯食收拾得乾淨。

隨安只能追出來送到門口，給了他一個「我爹就是這樣人」的抱歉眼神。

宋震雲沒收到，竄回了自家院子。

隨安只想仰天長嘆。換成她，恐怕會將那些剩菜、剩飯扔到褚秋水臉上。

「爹，您以後說話能不能委婉點？」

「他又不識字，或許認得幾個，還不會寫，我說得委婉了他聽不懂。」褚秋水抱怨道：「我是妳爹還是他是妳爹，妳怎麼為了旁人來數落我？」

隨安只得投降。「好、好，總是您有理。」說了一陣子閒話，想起自己的打算，就問：「爹您出來好幾個月了，有沒有想家？」

「不想，這裡比鄉下好多了。」褚秋水想也不想地回答。

「對了，我碰上李松了，他給人走鏢，不料陷在栗州，困了好幾個月。」隨安想起李松，就對褚秋水說道。

褚秋水對李松的好感肯定比宋震雲多，畢竟李松代替隨安照顧了他許多年，情分非比尋常，在他心裡，李松大概是僅次於隨安的存在。

「他回到家了嗎？那我得回去一趟看看他，這孩子吃苦頭了。」

「跟著班師的大軍，這會兒才走了不到一半路，估計臘月裡能到家就不錯了，他想投軍呢！」

褚秋水立即道：「投軍不好，有性命危險。」

隨安聽了，實在沒啥好說的。

可過了一會兒，說不清是賭氣，還是為那些浴血沙場的兵士叫屈，她高聲道：「將士保家衛國，在沙場上流血流汗，才有後方安穩，我沒覺得投軍有什麼不好，我也想去上陣殺敵！」

褚秋水當成是她賭氣，連忙隨意地回道：「對，妳說得對。」

隨安反而更上了脾氣，一拍桌子。「我說我要去投軍，您覺得怎麼樣？」

「挺、挺好的，呵呵！」褚秋水陪笑。「妳可以去試試，就是恐怕人家不會要妳；再說我聽說那些兵士常常一年半載地不洗澡，身上還有蝨子……」剩下的話在隨安的瞪視之下，漸漸吞回肚子裡。

褚秋水有時候糊塗，可要是精明起來也挺一針見血。

父女倆對坐說了許多閒話，等過了午，才辭別褚秋水出來。

褚府裡，老夫人跟七老爺說話。

「老八回來就要成親，你這段日子就不要往外面跑了，德榮若是想娘家，好生打發了人伺候著她回去，可你得為家裡出出力；還有你九弟的親事，我瞧中了幾家，你在外面認識的人多，幫我悄悄打聽了。」

褚鈺一一應下，又道：「兒子的上峰閔大人的父親要過六十大壽，打聽到他從來喜歡吳先生的花鳥畫，兒子淘換了許久，沒有折騰到手，彷彿記得母親這裡有一幅來著。」

老夫人聽了點頭。「這是正經事，你該早些來回我，便是我這裡沒有，回你外祖家找找或許能找出來。」喊了紫玉跟棋佩去查自己的庫房單子。

不一會兒，棋佩來回。「老夫人早些年倒是有一幅，不過後面給了九老爺。」

老夫人略一沈吟。「看看隨安回來沒有？若回來了，叫她找出來拿到我這裡來。」

隨安恰好回來，聽了棋佩傳話，就去錦竹院找武英、武傑開褚翌的庫房，翻出這幅畫，帶到了徵陽館。

褚鈺看了笑道：「不錯，這應該是吳先生最為得意的一幅，不想竟在母親這裡。」心裡卻想，自己在外面折騰許久，幸虧妻子給自己出主意，母親這裡的好東西竟都便宜了九哥兒，便道：「等九弟回來，我可得尋他好好地翻翻他的庫房，這些東西他都不稀罕，白放著可惜。」

老夫人當著隨安的面啐他。「你是兄長，眼睛盯著弟弟的一點東西，羞也不羞？你先翻翻你岳父的庫房不遲。」

褚鈺臉上不好意思，目光瞥見隨安在偷笑，連忙問道：「隨安回來了？九弟可還好？」

隨安想著剛才褚鈺說的話，為褚翌有點抱屈，道：「九老爺的身上頗多傷口，軍中傷藥多以霸道見長，好了外面，內裡卻一直欠調養，因此九老爺臥床休養了許久才能起得來；當初在戰場上，也是六老爺、八老爺合力將他抱回去的……」

褚鈺聽了果真汗顏，連忙對老夫人道：「九弟這次真真辛苦了，我這就為他去打聽那幾家女兒如何，定給他找一個溫柔賢淑，夫妻倆能夠琴瑟和鳴的好媳婦！」

老夫人點頭，打發他走了。隨安沒等她開口就連忙行禮道：「稟老夫人，剛才奴婢的話未說完。九老爺臨行前已經大好，多虧了老夫人準備的藥，婢子拿給軍醫看過，軍醫也都說好，內服、外敷皆是上品。分別的時候，婢子已經教給了九老爺的兩個親兵用法，內服的藥是早就停了的，外敷的藥倒是日日用著。九老爺不耐煩，婢子便道老夫人看了要心疼，他便……應下了。」

老夫人點頭。「嗯，起來吧，我不怪妳，這也是妳的忠心。」

隨安想著，現在這機會也是難得，不如自己說幾句心裡話。「老夫人，婢子這一遭確實開了眼界，不光如此，婢子在栗州還遇上了自己的一個同鄉，他是到栗州走鏢的，不幸遇到東蕃擄掠，被困在栗州不說，若是九老爺沒有接下戰書，一舉攻下栗州，說不定奴婢的同鄉就死在那裡了。奴婢瘦是因為不習慣水路，可他瘦骨嶙峋，則是因為東蕃將糧食都搶走了，每日只給他們一口食物，留著性命是想讓他們將秋糧收了……

「奴婢的同鄉便想要投軍，對九老爺更是感激不盡。婢子只恨自己怎沒投生為男，若是男兒，做個給九老爺牽馬墜蹬的小卒子，也是甘心了；可惜婢子生而為女，只好在心中日日禱告、保佑九老爺能平平安安。不光婢子如此，聽說那栗州老幼也有畫了九老爺的畫像，供奉在家裡的。婢子就想著，自己沒有大本事，可管住自己的嘴，吃了全素，總應該能夠做到。」

老夫人不料她竟是真有那般心思，現在聽了她的話，心裡雖動容，卻也一時為難。剛才褚鈺臨走那句替褚翌打聽未來妻子的話，說出來未嘗不是想刺刺隨安，可誰想到隨安竟是真無意做通房姨娘。

老夫人嘆了口氣，打量著她一身的素淡衣裳，形容雖然清瘦許多，可精神看著倒是還好，想了想便親自下榻，將她扶了起來，輕聲道：「妳是個明白人，我也一向喜歡，就是九哥兒，待妳也與旁人不同。妳有這份心思，可見難得是個忠僕、義僕，然而上天既然教咱們做了女子，便有自身的擔負責任。主持中饋這些妳雖接觸不到，但伺候好夫君，生兒育女，卻是身為一個女人的正途。」

隨安心涼了半截，知道再說旁的，自己便成了離經叛道。離經叛道，那可是會要命的，便點頭囁嚅著聲音道：「是婢子想岔了。」

老夫人笑道：「妳年紀還小，難免有這樣的時候。今兒既然知道妳有這番心意，我也同妳交個底。九哥兒是我的命根子，只有盼著他好的時候，可他的性子便如他爹，實在是頭強軀，一旦認定的，九頭牛也拉不回來。我想著妳是自小伺候慣了的，又熟悉規矩，便是將來，我也定會許妳一個名分，不教妳委委屈屈地跟了他的。」

隨安立即跪下，垂著頭。「老夫人明鑑，婢子再無這樣齷齪心思。」後背立即出了一身冷汗。「九老爺天之驕子，常說一日為奴、終生為奴，婢子雖拿回賣身契，但也從不敢褻瀆九老爺神威。」

老夫人疑惑。她是從送信的人口中知道，褚翌與隨安坐臥都在一處，聽隨安一說，卻有些拿不准。難不成兩個人並未成事？

褚翌那邊她不是不敢問，是怕問躁了他，畢竟他可是早早就出了精的，年輕人火氣旺盛，就怕問得多了，敗了他的心神。

不能問褚翌，那就只能問隨安了，想到這裡，她溫和地將隨安拉起來，叫隨安坐在一個圓凳上，而後細問道：「聽說在栗州這些日子，妳都是在屋裡伺候九哥兒，難不成九哥兒沒有同妳……」

這個問題可就大了，在老夫人或者褚翌，不過是多個房裡伺候的通房丫鬟，可在她，那可是沒翻身之地。

顧不得臉頰微熱，她豎起寒毛，一本正經地道：「婢子從前並未伺候過九老爺，只知道錦竹院的姊姊們都是在屋裡值夜的，加上當時九老爺渾身是傷，雖然表面結了痂皮，內裡卻有火毒，軍醫怕他夜裡發燒，因此奴婢就硬賴著留了下來。九老爺倒是不曾說什麼，旁的……也不知道老夫人問的是什麼？」

老夫人信以為真，嘆了口氣，想起當初讓人教導褚翌人事時不耐煩的模樣，暗暗思忖。難道兒子現在還是不懂？這可怎麼辦？要不等他回來，讓老七去教導教導他？老七剛從這裡訛了一幅畫，出點力也算是回報了。

老夫人還是比較傾向褚翌不懂這個的，因為之前錦竹院的兩個通房也是名存實亡。而隨安想了許久的茹素以明哲保身的法子夭折了，心中也是鬱鬱。

老太爺進來就發現這主僕倆臉上透著古怪，但沒細思量，反而呵呵地對老夫人道：「妳知道嗎，今兒劉家可出了大熱鬧！林氏可真是個厲害的，將劉家一個姨娘打得下不來床了，哈哈……」

隨安一下子就想到了林頌鸞，不禁奇怪。林頌鸞那樣驕傲的性子，怎麼沒在婚前好好打聽一番新郎是個什麼樣的人？

卻不知道林頌鸞雖然說是打聽了，卻沒有使了銀子叫人悄悄去，反而叫人在官媒那裡問了一通。

老夫人對林頌鸞一點好感都沒有，聞言就白了老太爺一眼。「這種女子娶進門，非興家之兆，不提也罷。」

隨安乘機退了出去。

第五十六章

林頌鸞根本不怕劉家的事傳出來。

劉琦鶴便是林頌鸞所嫁的丈夫，頭一眼看還算清秀挺拔，可出不了半個時辰，這個人的毛病便非要發出來不可，眼角、嘴角一耷拉，露出個猥瑣的笑，丫鬟、婆子們沒有一個肯上前應付的。

這種人根本就是個不中用的賴子，就像莊稼地裡的莊稼，空長了個頭、不結糧食一樣，不要說林頌鸞現在一門心思想要高攀個好的，便是她原來不曾來上京，也沒想過要找個這樣的。

林頌鸞心裡的恨就不用提了，等劉家的姨娘被揍，說出這親事是宮裡的李嬪也准了的，她的恨更是頂破了天。

她想了許多報復的法子，恨得最厲害的時候，是希望劉家跟李嬪一起去死。

女人嫁人，好比第二次投胎，她嫁了這麼一個東西，旁人瞧不起他，就更瞧不起她，她以後縱然嫁入宮中，也不能殺盡這麼多知道內情的人吧？

林頌鸞已經不怕當寡婦，她殺李嬪跟殺劉家一時半刻地做不到，但殺劉琦鶴還是有把握的。

褚家老夫人雖然跟老太爺說不要談論林頌鸞，但她可對林頌鸞從來沒放鬆過警惕。

包括林頌鸞當天夜裡就沒讓劉琦鶴上身，至今還是處子，以及林頌鸞從老夫人的藥堂裡買了砒霜。買砒霜是林太太身邊的一個丫鬟的娘買的，要不是老夫人一直嚴密關注，還發現不了。

「從前只覺得她蠢，不知天高地厚，沒想到她狠起來更厲害。」

可老夫人能嚴密地監視林頌鸞在家裡的情況，林頌鸞進宮，老夫人就鞭長莫及了。

劉老夫人氣不過，她一個二品的誥命婦人，真放不下架子跟林頌鸞吵架，連見也不想見，直接將林頌鸞推給了李嬪。

林頌鸞算是進宮的熟人，宮門那裡查得不嚴，再說女眷進宮，也沒有搜身的，她便把打算弄死劉琦鶴的砒霜偷偷藏到了身上。

她當初有多麼指望李嬪能帶給自己富貴榮華，這會兒就有多希望李嬪不得好死。

李嬪並不是個好相與的，她自來就心思細，知道自己這個外甥女吃了這一虧，定要鬧騰一陣，接了林頌鸞進來，先說好話。「這嫁了人就是不一樣，看著就水靈了……」

林頌鸞直笑。「那人就是個不中用的，我們並沒有一處。」明晃晃地表示自己的不屑。

李嬪笑容一收，很快又放出來隱晦的表示。「妳的福氣在後面呢！這姓劉的擔得起、擔不起還不一定。」

林頌鸞道：「我進來不是跟小姨敘舊的，是聽了一樁密聞，來救小姨一命的。劉家老夫人前兒看見劉貴妃身邊的太監，是在晚上，兩個人屏退了眾人說了好一會兒話，我身邊沒什麼服侍的人，獨來獨往的，有幸聽了回牆腳。」

說到這裡便不再往下說了。

李嬪心裡一驚。若是林頌鸞只說前半段，她自然不信，她能活著，不是不遭人算計，而是她都小心翼翼地躲了過去；可劉貴妃打發了太監去劉家，李嬪是知道，她不知道的是，劉貴妃是因為什麼事而叫人回去？保不定就真讓林頌鸞知道了。

「看我，妳這是新婚後頭一回見，跟以往不一樣了，得把妳當成大人看待。我前幾日得了寶貝，正好是給妳的。」也不吩咐宮女，自己親手拿了出來。

是一尊金佛，保守估計也得十五、六斤，可比單純的金子值錢，這尊佛怎麼也值三、四千兩銀子。

可林頌鸞並不滿足，她想要銀票，相比東西，還是銀票保險安全又乾淨俐落，就像她頭一次從李嬪箱籠裡翻出的銀票，那種據為己有的感覺實在太好了。

「多謝娘娘賞賜。」她笑著接了過來，對那金佛的重量倒是還算滿意，隨口輕飄飄地說了一句。「貴妃娘娘讓劉家老夫人準備些大黃，瞧著是為了將來對妳去母留子做打算的。」

李嬪本是不信的。「不、不可能。」

林頌鸞雖然是胡說的，但聽李嬪這樣說出來，眉頭還是一皺。「大黃有什麼用處，也不必我說了，等小姨生了孩子，產後體虛，普通人用一碗沒事，可產婦用上一碗就會大出血。那太監還說了不著急，左右還有五、六個月的工夫，讓老夫人尋些效用好的；若是正經要用，宮裡什麼藥沒有？要不直接去問問劉貴妃娘娘，看她要大黃做什麼用？」

李嬪當然不會去問，她隱隱有點相信林頌鸞的話了，但還是決定親自去試探劉貴妃。

「那我就去問問。」

林頌鸞眉頭一蹙，心裡冷嘲。小姨進了宮，腦子反倒不頂事了，就算這事是真的，也斷沒有直接去問的道理。

不過話是剛才自己說出來的，再收回去只會惹李嬪懷疑，她只淡淡道：「妳去吧！」不僅不稱呼小姨，還不用敬稱，直接把李嬪氣了個仰倒。

她果真就出去，不一會兒，萱蘭端了兩碗燕窩粥過來，林頌鸞就將李嬪去找劉貴妃的事說了。萱蘭放下托盤，本不想去，林頌鸞便道：「娘娘是自己過去的，也沒帶個得力人。」這麼一來，萱蘭倒有些不放心了。在劉貴妃的宮裡，也不能不防著皇后安插的小人。

萱蘭一走，林頌鸞就揭開那燕窩的盅蓋。兩碗燕窩並不一樣，林頌鸞雖然沒吃過血燕，但見過劉老夫人吃，是以很快認出來。她飛快地拿出藥包，抖了抖倒進去一些，看見另一碗乃是普通的燕窩，大概是給她準備的，心中微嘲，也倒進去一些，手指攪和了下，鎮定地用帕子擦手，原樣將盅碗復原後，便走了出去。

李嬪回來，正好聽見林頌鸞吩咐一個宮婢，幫她將那尊佛像拿到宮門口等她。

劉貴妃並沒有見李嬪，她小日子又按時來了，這情況正是不舒服的時候，自然沒心情應酬李嬪這個能夠懷孕的女人。

李嬪吃了個閉門羹，心裡對林頌鸞的話又多了兩分信。人都是靠交情的，劉貴妃不願意多見她，兩個人沒了交情，等到她生完孩子被處置時，自然可以毫無負擔跟愧疚地下手。

換作李嬪自己，她也會是同樣的做法，只是被犧牲的人成了自己，心裡覺得屈了。

林頌鸞就道：「娘娘多保重身子，我先走了。」她故意等在外面，就是想教眾人都看見，她走的時候，李嬪還好好的；若是她走之後，李嬪出了事，可就不能賴在她身上了。

傍晚不到，宮裡傳出李嬪小產的消息。

劉貴妃是竭力保這一胎的，聽到李嬪小產的消息，自是先將矛頭指向皇后。

皇后早有弄掉李嬪這一胎的打算，聽到李嬪小產，先是心虛，然後仔細一查，自己這邊的人還沒動手呢……

皇后萬分不服。這邊還沒動手呢，因此不肯揹鍋。

貴妃更不服，她自己生不出來，好不容易弄了個懷孕的養著，這唯一的希望都沒了，就格外希望將這黑鍋扣到皇后頭上，大有魚死網破之勢。

小產而虛弱得半死的李嬪被兩方人馬拉扯，皇帝也左右為難。一邊是母儀天下的皇后，一邊是心愛的寵妃，流了的還是自己的骨肉，皇帝只覺得自己成了天底下最為難的人。

李嬪的心一面痛心失去的皇子，一面被皇宮裡的冰冷無情再次衝擊，強撐著精神思索對自己最為有利的局勢。

她沒了依仗，貴妃就不能得罪；可皇后更不能得罪，否則等貴妃將她趕出去後，被皇后隨便往哪個深宮一塞，她這輩子就沒戲了。

進宮前，李嬪設想過自己成為皇帝的真愛，然後寵冠六宮來著；可進了宮才曉得，宮裡的美人比她想像得多、比她想像得漂亮，皇帝雖有真愛，可惜不是她，她只有替皇帝將眼前的亂麻解開，皇帝才能垂憐她一、二分，將來，她也才能有再次承寵、生下皇子的可能。

所以當有人問她小產前吃過什麼東西時，她便將林頌鸞進宮的事說了出來，只是隱瞞了大黃那一段。

出來個林頌鸞，皇后跟貴妃都鬆一口氣，不出意外，這個鍋終於有人接手了。

只有淑妃心裡不大舒服。要真是林頌鸞，那四皇子現在跟著林先生讀書，肯定會受影響。

至於林頌鸞在路上就想好了對策，皇后有成年的太子，劉貴妃自己生不出來，她只有投靠皇后才能保住自家榮華富貴，而不是依賴李嬪。

她更要讓李嬪看看，她不依靠李嬪，能讓林家更上一層樓，到時候就是李嬪求著她了。

林頌鸞一進宮，求救的目光便落到了皇后身上，跪地道：「皇后娘娘是萬民之母，也是民女的母親，民女求皇后娘娘為民女做主。民女著實冤枉，李嬪是民女的小姨母，民女怎會害她？」

李嬪的宮女萱蘭道：「就是妳害了娘娘！我端了兩碗燕窩粥進屋，當時只有妳在裡面，妳又將我支使出去，說不定就是妳下藥害了龍胎，虧娘娘對妳那麼好，將金佛都給了妳。」

貴妃在上首聽了，忍不住嗤笑一聲。

皇后更是慢條斯理地道：「妳既然覺得自己有冤屈，便好好講一講，本宮定然會仔細斟酌。」另外找人去查李嬪之前吃過的燕窩。

林頌鸞只是磕頭。「民女在宮裡不敢多行一步路，萱蘭出去後，民女緊跟著就出去了，有那些廊下的小宮女作證。再說，民女離開的時候，李嬪的龍胎還好好的，民女不明白，這小產怎麼就扯到民女頭上？明明是伺候的人不經心。民女的母親早就說過，民女的外祖母就是虛弱的身子，流了許多次，才保住民女的母親跟小姨……」

皇后點頭，心裡覺得這個藉口倒是不錯。

貴妃卻盼著能查出點什麼來，一併將林頌鸞這個攪家精給除了才好。

林頌鸞又道：「更何況，班師大軍不日進京，那些人身上揹負了人命，殺氣又重，李嬪的龍胎不穩，龍氣及不上太子跟三皇子、四皇子足，被殺氣一沖，就消散了也未可知。」

她這一句，雖然處處說的是李嬪的胎不穩，可卻為宮鬥開闢了一個新戰場，一條新思路。

這班師大軍可是褚家人領頭，身為太尉的褚元雄油鹽不進，不肯站位，早就讓皇后跟劉貴妃各自不滿，在這種情況下，藉由此事殺一殺褚家的威風是很有必要。

當然，除了打壓，拉攏也是有必要的。

皇后說話了。「本宮是婦道人家，不懂朝廷的事，可也知道民貴君輕的道理。那班師大軍是救了栗州多少平民百姓的性命，怎麼可以說他們的殺氣衝撞了龍胎？倒是李嬪的體弱是真的。自打懷上胎，成天地太醫候著，就這樣了還不好，也是她沒這福氣承受這龍運罷了。」說著就看向劉貴妃。

自然，李嬪沒有福氣，好歹還懷孕過，可劉貴妃連摸都沒摸到過龍胎的邊邊……

皇后心情真是大好，正如閻王爺看著底下小鬼們再蹦躂也頂不破天一樣。

劉貴妃此時恨極了皇后，更恨極了不爭氣的李嬪與吃裡扒外的林頌鸞。她拽著皇帝的衣袖，哭得雙眼通紅，好似失去孩子的是她一樣。「這個孩子自打一懷上，臣妾便是日日照管，再精心不過，盼著十個月後生出個肖似陛下的皇子，誰知就這麼不明不白地沒了，臣妾直如心肝被人挖去一樣……別的臣妾不管，可這事沒完，不給臣妾一個交代，臣妾就活不了了。」

皇后心裡暗啐了一口。活不了，怎麼不去死？

可皇帝心疼啊！要不是皇后在這裡，估計就哄上了，摟著劉貴妃便道：「妳心地這麼軟、這麼善，以後定然會有自己的孩子。別哭了，就算沒有旁的孩子，妳也是太子、三皇子、四皇子他們幾個的母妃，他們不敢不孝順妳。」

皇后聽了這話，讓皇帝去死的心都有了。

本來太子近來想進獻個道士給皇帝，她還攔著，說提防一些心術不正的人害人，可現在想來，皇帝如此糊塗，嫡庶不分，倒不如早死了，給太子騰出位置還好些。

再者，皇帝修道後，估計劉貴妃那頭就顧不上，她也有機會好好收拾劉貴妃。

在外面察看李嬪吃食、刑訊宮人、太監的錦林衛統領，進來稟報審訊結果。

他叫查驗吃食的御醫先說。

「李嬪娘娘所食用的燕窩粥裡放了大黃，另一碗宮女吃完了，那裡面應該也有，不過因為宮女沒有懷孕，只是腹瀉，不比李嬪娘娘，雖然只吃了一口，可因為懷孕，胎氣本就虛弱，李嬪娘娘向來又有憂思之症，很難保住孩子……」

御醫的話，自然又引起不少人驚異。

皇后娘娘想著，這是哪位替本宮出了一口氣啊！這藥簡直下得太好了。

劉貴妃則想，這必定是皇后的人幹的，她使勁拉了拉皇帝的袖子，衝他朝皇后那邊使了個眼色——皇后的臉上有喜色。

林頌鸞則心中暗驚。她明明下的是砒霜，怎麼在御醫這裡變成了大黃？不過是大黃更好，大黃可跟她完全沒關係，她連忙呼冤。「皇后娘娘明鑑，民女並沒有買過大黃！」

林頌鸞一直將「孺慕」的目光投向皇后，皇后終於發現這林姑娘雖然嫁給了劉家人，可並非是劉貴妃的助攻，反而極有可能是「真心」想投靠自己。

李嬪一聽自己喝的燕窩粥裡有大黃，立即意識到極有可能是林頌鸞下的毒手，她千防萬防，誰知竟然被自家人給坑了。當初她喝之前也問過萱蘭，萱蘭說過有段時間是林頌鸞自己在殿內的。萱蘭與她是一條船上的人，絕對不會害她，害她的人就是林頌鸞無疑。

她心裡越發恨極了，拚了一口氣沒有與林頌鸞同歸於盡，也是因為太醫說的，她這次雖然失去了胎兒，可身體受的損傷並不大，養一養還能再生孩子，也幸虧那燕窩粥自己也只喝了兩口。

萱蘭先是被訊問，後面又拉肚子，現在在李嬪身邊伺候的是，另一個還算得力的宮女織文，李嬪便叫了織文去請皇后娘娘，說自己有話要說。

李嬪篤定皇后娘娘是後宮之主，就是為了面子也會過來走一趟。

皇后果然來了，李嬪便跪地道：「臣妾還求皇后娘娘救臣妾一命……」將林頌鸞說的劉貴妃打算去母留子的話說了一遍，最後又道：「皇后娘娘最是慈和大度，臣妾早就是聽說的了。娘娘大度，才饒得劉貴妃娘娘越發驕矜，臣妾經過這事，不敢求一個公道，只求自保，能在宮中安度餘生，日夜為皇后娘娘祈福祝禱……」

李嬪的分量自是比林頌鸞重，何況李嬪現在失去了依仗，以後能不能懷上更是兩說，皇后便道：「妳既然如此乖覺，本宮也不能教妳吃了虧去，雖然失去了孩子，可好歹畢竟承過龍嗣，這位分倒可以升上一升。」

喜得李嬪連連磕頭，皇后對她的態度還算滿意。

皇后回到皇帝身邊，便道：「陛下也消消氣，李嬪在後面說了，還是她不經心所致，自請受罰，我看了倒是不忍心了。」說著對皇帝眨了眨眼。

皇帝一愣，不一會兒便跟著皇后走了。

皇后把李嬪的話對皇帝說了，接著又道：「當娘的都稀罕孩子，這是人之常情，以劉妹妹的心境，她首先是想不到這樣的主意，頂多以後讓李嬪遠著孩子就罷了，但管不住那些小人作祟，這話傳了出去，竟然被林家丫頭聽到了。唉，無事生非，我看李嬪這孩子就是嚇得沒了的。」

皇后將劉貴妃的面子全了回來，皇帝倒有些不好意思了，蓋因這去母留子的話，在他這裡也是悄悄同劉貴妃許諾過的，可沒料到，這事竟被洩漏了出去。

林頌鸞是踩了狗屎運，撒了謊，卻是皇帝先心虛了。

第五十七章

老太爺聽到消息，仍穩坐府裡，因為褚翌想到邊關屯田的法子以保存褚家實力。大梁以前的武將戍邊，靠的是國家養活，雖不到舉國之力的地步，但也差不多，國庫的銀子有一大部分是給了軍隊的。

這次東蕃進犯，栗州百姓死傷頗多，許多土地無人耕種，這些無主之地看似零散，計算下來，供養邊關數萬人竟是一點問題也沒有，前提是得有人種糧，還要不時打退東蕃的進攻。

褚翌這一番算計，並沒有對褚家老六跟老八細說。一是因為他懶得解釋，最不耐煩跟笨人打交道；二是這事還須機密行事，因此只有老太爺收到的隨安帶回的信中有說，而隨安能知道，則是緣於褚翌最近看的書，都是隨安給他整理出來的。

褚翌並不覺得屯田就是兵法，可這事，總是個解決養兵的法子不是？何況，若是做得好，便有對抗李玄印的兵力，也就不跟隨安斤斤計較，讓她略得意了一回。

最終，李嬪小產的事，由於皇帝還是想護著劉貴妃，便做了個葫蘆案，只拿幾個太監跟宮女開刀，算是為小皇子報了仇；李嬪得了點補償升了一等，成為李貴嬪。至於林頌鸞，竟然也從宮裡脫身，又因為李嬪升等的緣故，回到劉家，氣焰也跟著升了一等。

最倒楣的反倒成了皇帝，他竟是因為心虛，病了一場。

皇后之前傳了消息給老太爺，誰料他竟然不領情，這可把皇后跟太子惹得生氣了。

太子乾脆道：「母后何必只看重褚家？兒子看李玄印在肅州倒是比褚太尉強得多，由他守著北疆，劉傾真輔佐，北疆安穩無虞。」

皇后皺眉。「李玄印病重，讓他接下三州節度使，能行嗎？」

「左右不過是個名頭，他不是有好幾個能幹的兒子嗎？分一分他們的權，也便於咱們將他們握在手裡。」太子淡淡地說道。

太子性子隨了皇上，喜愛安逸，不喜打打殺殺，這一點比皇上更厲害，曾經在上書房說過：「既然東蕃那麼貧窮，大梁又富庶，不如每年撥給他們一些糧食，也免得打打殺殺，花費更多的軍費。」

當年的太子太傅就是先教了太子這個糊塗蟲，辭官後又教了褚翌這個紈袴子弟，幾乎飲恨終生，差點死不瞑目。

皇后狹長的鳳眼微微瞇起。「如此也罷，你心中有數就行。你父皇這病來得正是時候，放出風聲去，說這班師大軍煞氣太重，沖了龍氣，先沖沒了龍子，現在又損了陛下龍軀，叫他們原地休整，等陛下龍體康復再說。還有，你準備的那道人，也可適時地送進宮來了。」

太子雖然經常犯蠢，可他是嫡子，又是太子，朝堂上自有一群替他的各種行徑自圓其說的大臣。

是以當他提出由李玄印暫代栗州、華州節度使之職後，有不少人附和。幸虧宰相韓遠錚立場堅定，堅決要等皇帝病好之後，上奏皇帝再議。

而老太爺藉口傷病不再上朝，可對朝堂的事比從前關注得更多，朝會上的事沒等退朝他就知道了，頓時氣得差點吐血。

太子明明都知道李家有不臣之心，還敢接受慫恿，讓李玄印任三州節度使，他是不是不想當皇帝了？

於是派了人日夜兼程去給褚翌送信。

褚翌的馬車其實已經進了雅州，他拆了信，當即回覆一句。「李大人身體虛弱，恐怕承受不起太子這樣的龍恩浩蕩。」

老太爺拿著信，有點琢磨不定，遞給隨安看，又問：「他這是什麼意思？」

隨安不敢亂說，小心翼翼地道：「將軍的意思無人能懂。」

就在皇帝病癒後第一次上朝，邊關八百里告急，肅州節度使李玄印病亡。

眾人正議論李玄印這三州節度使是暫代，還是永久地當下去呢？有大臣估計是看不慣太子的提議，悠悠地來了一句。「李大人恁的福氣薄了些啊……」

前面都有班師大軍的煞氣沖了龍氣的說法，這會兒就有人說龍恩浩蕩，將李玄印的命都給浩蕩沒了。

太子的臉色極其不好。

皇帝瞧了一眼眾臣，讓宰相拿個主意，宰相琢磨著皇帝的意思，道：「原來栗州、華州節度使劉傾真雖然一失栗州，可能在之後率軍保住華州，又在最後當機立斷，重新收復栗州，可見也是不失忠義。臣以為，劉大人雖然有過，可亦有功，將功補過，又有對敵經驗，尚有可用之處；至於其他，還須陛下聖心獨裁。」

宰相的意思，其實就是老太爺令人向他傳遞的褚翌的意思。明面上的好處，褚翌可以分出去，只要劉傾真老老實實的，他並不介意頭頂上有個上司。他是看中了栗州的兵權，以及戰役最多的現狀——別人都是怕上戰場打打殺殺，他不同，更喜歡以武力解決問題。

宰相的聰明之處是指出劉傾真的作用，卻又沒有直說劉傾真仍舊可為栗州、華州節度使，而是將裁決權留給了皇帝。

天子聖裁，比律法還要更加權威。

皇帝龍心大悅，命班師大軍擇日回京，劉傾真將功補過，仍令其為兩州節度使，又特意召見，說的卻是對褚翌的安排。

老太爺道：「臣妻是個慈母，這孩子在外面打仗，她在家裡整宿整宿地不睡，她不睡也就罷了，還不教臣睡。臣想著，褚翌年紀也不小了，他跟兄長們都該成親的成親，該生子的生子，免得他母親日夜擔憂。陛下要是賞他官職，還不如賞他點銀子，讓他多點聘禮娶個好媳婦。」

皇帝大笑。「朕知道你的意思，不就是他在華州花了銀子？這銀子花得好，朕早就想著賞了，銀子要賞，官也要做，褚家九郎一表人才，就做個金吾衛右指揮使。」

老太爺連忙推辭，誠懇地道：「臣是個粗人，蒙陛下看重，忝為上臣，已頗覺力不從心。褚翌他脾氣急，心高氣傲，金吾衛中都是貴家子弟，才情卓越，他著實勝任不了這指揮使一職。陛下隆恩，要不叫他在金吾衛裡任個閒職，說親的時候有個好聽點的名頭也就罷了。」

皇帝哭笑不得。「他可是朕的一員福將，你叫他任個閒職？你不心疼，朕還心疼呢！這樣吧，就先將就著任個副指揮使，等他成了親，朕再提拔他做這個正職。」

金吾衛與其他宮衛在規制上並無太大的不同，只是金吾衛掌管宮中及京城日夜巡查、警戒，另外還有護衛皇帝出行的任務，先驅後殿，差事看著煥赫，卻也累人。

褚翌其實還想回栗州，可皇帝都發話了，老太爺也已經推辭過，不好再次推辭，只好千恩萬謝地從宮裡回家。

老夫人對皇帝的安排倒是還滿意。「你說得對，金吾衛是天子近臣，這副指揮使比正職要輕鬆些。他先成親，有了孩子，我這心裡好受些。唉，也不知這幾家他到底看中了哪家？怎麼安排著讓他見上一見就好了。」

說這些話，並沒有背著隨安。

隨安知道老夫人的意思，默不作聲地聽著，臉上一點表情也沒有，既沒有附和著評論各家小姐，也沒有其他表示。

等回到住處，睡到半夜卻再也睡不著。

第二日剛一起床，就聽到大軍即將進城的消息。

或許是想證明先前那「班師大軍煞氣太重，以至於沖了龍氣」的話是謠傳，皇帝特命大軍從外城的永定北門進，入內城南神武門，相當於在上京轉了大半圈。

這種難得的榮耀，有人並不怎麼稀罕。

褚翌的親兵衛丙的個頭是親兵中最高的，這天，他們在京外駐紮，調配入京的人馬，衛丙就被褚翌單獨挑了出來。

褚翌圍著他轉了好幾圈。

衛丙的寒毛都起來了，他丟了個求救的眼神給衛甲，想問：以前不是說將軍最喜歡嬌小的男子麼嗎？

衛丙因為自覺不在將軍喜好範圍之內，比較安全，以往沒少嘲笑其他稍微「弱小」的漢子，可今天將軍這眼神、動作，看他如同看砧板上的雞，他突然就沒了底氣……

衛乙悄悄抓了抓下巴，心裡卻在想，難保將軍不是吃夠了隨安那等清粥小菜，想嚐嚐衛丙這樣的大魚大肉？

褚翌壓根兒沒料到，自己的親兵們如此在心中給他造謠，否則早就大手一揮，教這些人灰飛煙滅了。

他圍著衛丙打轉，其實是在想讓衛丙代替自己帶軍入城，不過，最後還是放棄了這個打算，因為他覺得衛丙實在太醜，就是作為一個替身也太醜了，受不了。

到底還是褚翌自己去了。他一身戎裝，頭上戴著鳳翅盔，身穿盔甲，因為高瘦，穿上盔甲後不像他人那樣臃腫不說，還顯得特別玉樹臨風、英俊威武。

當然，玉樹臨風跟英俊威武，都是衛甲跟衛乙在一旁「由衷」地誇出來的。

看在他們倆誠懇的分上，褚翌笑納了這兩句馬屁，然後隨手寫了張紙條，吩咐衛甲送到褚府給武英。

武英打開一看上頭的名字，知道並不是給自己，回到內院交給隨安。

隨安莫名，看了信頓時鬱卒。褚翌跟她秋後算帳來了，一則要將當初那匹母馬給他的坐騎尋回來，另一則是罵她。「說給老子做鞋，這麼長時間了，妳倒是給我一雙鞋底沒有？」

把那匹母馬尋回來不大容易，可做鞋的事也不能全認，鞋底還是做過的，立即對武英道：「你等等，我回個信。」

剛說完，就見紫玉從裡面出來。「老夫人聽說九老爺打發了人回來，想見見那個人，是妳認識的嗎？」

隨安笑。「是我認識的，可他應該不認識我，我當初可是扮成小廝在將軍身邊服侍。」

「妳呀，妳到底是男是女？」紫玉見她絲毫不做作，無奈地笑著。

隨安立即上前挽上她的手臂，兩個人親親熱熱地靠在一處。「我是男是女，姊姊要不要好好查查？」拋了個媚眼給她，把紫玉笑得合不攏嘴，險些忘了正事。

可隨安沒敢忘了。「我才從後面收拾書房回來，衣衫不整，待我換身衣裳同妳一起去見那個人好了。」

紫玉一想到兩人見面的情形，就嘻嘻發笑。「那妳可要快一點，老夫人許久沒有見著九老爺，想得緊了。」

隨安連忙回房，取了紙筆，模仿褚翌的字跡將那匹馬的事寫了，隱下做鞋子的責難。

等字跡乾的工夫，又抓緊時間換了身衣裳。

武英一去不返，衛甲在門房裡百無聊賴，正尋思再找個人進去問問，看有沒有回信給將軍啥的，就見先前的武英過來了。

武英先上下打量他一眼，然後施禮道：「這位軍爺，我們府裡老夫人想見見您，問問九老爺的事。」

衛甲點了點頭，學著他的樣子還禮道：「請前面帶路。」

走到二門，武英衝衛甲一笑，衛甲覺得這小哥還不錯，便踟躕著問：「武小哥，敢問這位九老爺在我們軍中的名諱？多大年紀？在何處任職？」

才說完就聽見垂花門裡兩個穿紅著綠的丫鬟笑得東倒西歪。

紫玉捏著帕子，笑得差點喘不上氣。「真笨，哈哈……」

隨安也沒想到衛甲會不了解褚家情況到了這種地步，一邊扶著站不穩的紫玉，一邊衝著衛甲微笑著點了點頭。

衛甲目瞪口呆，結結巴巴地道：「隨、隨、隨……」

隨安白了他一眼，扶著紫玉往回走。

武英也笑，不過還是很厚道地跟衛甲解釋。「將軍在我們府裡就是九老爺，我們老夫人是將軍的嫡親母親，前面兩位引路的姊姊，是老夫人院子裡的。」

衛甲對紫玉印象頗深，實在是，嗯，女子到了年紀，發育得曲線玲瓏，加上描眉塗脂，看上去格外清雅。

他在心裡喃喃自語。怪不得將軍在外面對那些花枝招展的妓子不感興趣，這院子裡的丫鬟們竟有如此漂亮的，如此一來，將軍愛男色，竟是難得的一個奇葩，換成自己，怕不高興地左擁右抱啊！

他心思轉著，見老夫人的時候還沒收回來。老夫人見他呆頭呆腦，就看向隨安，隨安忙道：「回老夫人，武英從這位軍爺手裡拿回九老爺的一紙便籤，婢子還沒來得及看。」將手上自己模仿著寫的那張紙給了老夫人。

老夫人一看，果然皺眉，端著茶，示意衛甲告辭。可衛甲並不懂內院的這些規矩，還在認真打量著，要是賣了這些屋裡的東西得值多少錢？

隨安幾乎懷疑眼前的衛甲換了個人，低咳一聲，丟了個眼色給他，示意趕緊滾蛋。

衛甲被這個眼神一擊，渾身如過電一般，機靈倒是回來兩分，連忙低頭告辭。

他一走，老夫人就不滿了。「九哥兒身邊是這麼個蠢人伺候嗎？」

隨安垂頭，見老夫人將剛才那張紙拍在桌子上，連忙道：「老夫人容稟——」

話沒說完，便被老夫人抬手止住。「錦竹院收拾得怎麼樣了？」

「裡外都收拾了一遍，連書房那個院子也打掃整理了。」

「那我們過去看看吧！」老夫人抬手到她面前，紫玉本要同去，被徐嬤嬤叫了過去。

「去大廚房看看，老爺們的慶功宴上的菜品準備得如何了？」

隨安見後面跟隨的人都離了好幾步遠，便輕聲道：「婢子那日救了九老爺，實乃巧合。九老爺的坐騎力竭，正好婢子牽著一輛馬車學駕車，九老爺的馬停在婢子馬車前面，那匹母馬是婢子借了旁人的，因九老爺不欲讓旁人發現他，婢子只好將馬還了回去，又要安撫九老爺的馬不要出聲……婢子去栗州的時候，九老爺也沒提此事，誰知回來上京竟想了起來，婢子當時是無奈之舉……」本是玩笑話，偏她說得正經不過，老夫人本想笑，看她一張俏臉毫無表情，也笑不出來，只好搖頭道：「估計是心血來潮，算了，這事也不能算妳頭上，他要是再同妳計較，妳叫他來找我。」

「婢子是老夫人的人，九老爺一貫孝順您，又怎麼會為難婢子。」隨安更是正經。

她這番模樣，倒不好教老夫人再說什麼，但相比剛才，心裡還是多了幾分滿意。

錦竹院也到了，老夫人裡裡外外看了一遍，嘆道：「年年時時地給他收拾，他哪裡在乎過這個？」

「老夫人慈母心腸，九老爺定是在乎的。」隨安笑著道。

褚翌孝順是真的，雖然早年不愛讀書，但也對老夫人從無違逆，否則老夫人也不會如此疼他都超過了七老爺。

而且，褚翌並不是個天生喜歡謀略的人，可他有膽識，這樣的人落在老夫人眼中，就成了赤子心腸還特別才能卓絕，是怎麼看怎麼好，十全十美。

天下父母心大抵都是如此。

第五十八章

老夫人越是表現如此，隨安就越不想去想嫁人的事情。

她伺候老夫人，有著對褚翌的一點救命之恩，在老夫人眼中，也是只看到褚翌做得對、做得好，時不時地還要敲打試探她；要是以後她嫁了人，上頭的婆婆十有八九也不會多麼寬和，說不定還要立規矩，日夜要媳婦在跟前伺候。

她伺候褚秋水，那是因為褚秋水是她親爹，是她在世上唯一的血脈親人，她可不想這樣地伺候一個沒有任何血緣關係的人，就算那人是自己相公的母親也一樣！大不了她不嫁人。說白了，那男子再好，婆婆不好，她就不會嫁，要是那樣，還不如永遠留在褚家打工，起碼褚家還有月例發給她呢！

她不想做這樣的婆婆，更不想要個這樣的婆婆，那還不如獨身一人得好！

隨安鑽進了死胡同，偏偏覺得自己發現了真相，立即對結婚生子、伺候公婆、相公那一套認了慫，看見棋佩就哀哀地靠上去，把著她的手道：「姊姊，我覺得自己病了，還不會好了，要是以後我沒了，還要麻煩妳把我攢下的銀子給我爹捎過去……」

棋佩一驚，忙問：「妳覺得哪裡不好了，怎麼說這樣的喪氣話？」

隨安垂下頭，期期艾艾地道：「我發現我同其他的姊妹們不一樣，她們談論起哪個貴家公子，說得兩眼發光。我小時候覺得那樣的感情陌生，可我現在大了，看見那些男子，覺得像兄弟一樣，就像武英、武傑，親近是親近，可似乎是兄弟之間的那種親切，姊妹們表現出來的那種怦然心動、兩腮發紅，我憋都憋不出來，反倒是看見姊姊、妹妹們那樣，心裡覺得好生喜歡……」

她說著，就如豬八戒看見女妖精一樣，想往棋佩身上撲，卻撲了個空。棋佩先是笑，後來笑不出來，上下打量著她，好半晌，毛骨悚然，匆匆丟下一句。「死妮子，妳這是魔障了！」

隨安立即點頭，說著話就要拉她的胳膊。「姊姊說得是，我這病估計是沒得救了……」目光可憐兮兮。

棋佩終是落荒而逃。

隨安做出一副傷心欲絕的模樣，看著她匆匆跑到前面，然後嘆了口氣，擦了擦額頭的冷汗，再次哀怨。當初怎麼沒能穿成公的？

這個世道，女子太難，有太多的付出，卻難有回報，不光如此，還要受到世俗規矩的苛刻。

接下來的幾日，棋佩對隨安時不時地看上一眼，等聽到隨安對旁人說自己不去看大軍入京時，便坐不住了，當著眾人就說隨安。「不行，這次帶兵回來的可是九老爺，妳這個九老爺的大丫鬟不去，那怎麼行？」

隨安真不想去，可還是被迫去了。

街上的人是裡三層、外三層，隨安隨著紫玉等人，候著老夫人，去了早就被包下一個月的永樂樓。這是距離大軍進皇城最近的一個酒樓，兩間屋子包一個月得要八百兩銀子。

說起來，褚翌帶軍得勝這事，京裡不少人吃驚，更有不少人扼腕。

若是大梁軍步步為營，眼瞅著就要旗開得勝，那京中許多貴家子就可以去邊疆錦上添花，加之出身的關係，總能撈一些軍功，這樣的功勞只是辛勞在旅途中，卻不用十年寒窗苦讀或受沙場性命不保的風險。

可褚翌這勝仗是險之又險，勝得出人意料之極，因此許多軍功竟是沒被京城的貴家少爺們撈在手裡。

因而就有人膩歪地說褚翌的不好。

林頌鸞的小叔子劉桐宇從小不喜歡唸書，劉家本有意讓他也沾些軍功，沒想到劉桐宇這廂還沒有決定要不要去邊疆，褚翌那邊的勝仗已經打完了，栗州也順利收復。

林頌鸞的相公劉琦鶴又一向巴結劉桐宇，所以就順著劉桐宇的話，在外面說褚翌的不好。「我岳父大人從前教過這位，說他最是不學無術，學問連我娘子的一半都比不上……」這話說得著實不著調，惹得眾人紛紛側目。將自家娘子跟一個外男做比對，不管是誇讚還是詆毀，都忒不是個事。

所幸劉琦鶴的不著調也是眾人皆知，大家都習慣了，因此只是聽著他一個人大放厥詞，卻沒有制止。

可劉家今兒訂在這永樂樓的二樓雅間，不巧隔壁就是平郡王的雅座，老太爺進了宮，褚鈺過來陪岳父，聽見這話，當即就要起來發作。

平郡王伸手按住他的胳膊，淡淡道了一句。「何必為了一隻老鼠傷了玉瓶。」看了自己的侍衛一眼。

等大軍進城時，劉琦鶴下樓入廁，沒站穩，一頭倒插進了茅坑。

當時街上鞭炮聲、銅鑼聲、百姓喧鬧聲，比過年還熱鬧，他的小廝也伸著脖子往外面看，等回過神，只瞧見劉琦鶴的兩隻腳已經在糞水上頭。

那小廝先呆後驚，總算記得自己的責任，急忙一邊呼救命，一邊去拉劉琦鶴。

林頌鸞雖然在屋裡不教劉琦鶴近身，可在外面，她是劉琦鶴的妻子，劉琦鶴出了事她責無旁貸。別人聽說出事的是劉琦鶴，都偷偷拿了帕子捂著嘴偷笑，林頌鸞卻不能繼續坐在席上。

結果她一下樓就看見他正從嘴裡吐糞水，頓時扶著牆嘔吐了起來。

旁邊有幫男子就大聲地笑道：「這位奶奶有喜了吧！」

林頌鸞的面色頓時不好起來，嘔得更厲害。

有人注意到這邊的情況，看熱鬧的人都回過神來，林頌鸞急急令丫鬟幫忙小廝扶著劉琦鶴去看大夫，自己遠遠跟在後面，喉嚨裡還時不時地冒酸水。

隨安在三樓靠著欄杆看了一陣子英挺的軍士，突然瞧見擁擠的人群中，有兩個熟悉的身影，仔細一看，確定是褚秋水跟宋震雲，她連忙跟徐嬤嬤說了一聲，匆匆忙忙地下去了。

永樂樓的大堂瀰漫著一股臭味，她沒有多想，快步出了門。

褚秋水看見她，先喜後驚，宋鎮雲也是一臉不自在，兩個人都心虛地露出尷尬的神色。

隨安也不能在這會兒訓斥褚秋水，她拉著他站在永樂樓的牆邊，問：「可帶了銀子出來？」天色都中午了，這兒離他們住的地方並不近，總不能大老遠地再跑回去吃。

誰知不問這話還好，一問這話，褚秋水跟宋震雲都垂下頭。

隨安一下子怒火就起來了。她叫褚秋水跟宋震雲來往，可不是為了養出第二個褚秋水，可眼前這兩人，動作竟然出奇地一致。

她的聲音就帶了怒意。「帶就帶，沒帶就沒帶，你們倆這是做什麼？」

宋震雲頭垂得更低，褚秋水看了一眼宋震雲，覺得他沒什麼指望，才磕磕絆絆地說：「帶了。」

「帶了，就找個地方吃完午飯再回去。」大街上都是喧鬧聲，她的聲音要很大才能讓人聽清楚。

隨安才說完，就看見褚秋水臉色白白地嘟囔了一句。

親爹無小事，她立即皺著眉頭問：「您說什麼？我沒聽見。」

宋震雲在一旁道：「銀子被人摸走了。」關鍵是還不知道什麼時候摸走的。

褚秋水補充。「足有二兩銀子。」說完就委屈地看著隨安，這會兒倒是不心虛了。

隨安一面暗恨那些無良小賊，一面生氣褚秋水成事不足，瞪了他一眼。「您既拿了錢出來，怎麼不好好地收著？」

伸手去拿自己的荷包，裡面也空著，這才想起自己是被紫玉硬拉出來的，什麼也沒帶。

「你們先在這裡等我一下，我去借點銀子。」她說著轉身就要回樓裡。

褚秋水拉住了她的袖子。「隨安啊，爹餓了。」

「知道了，我上去給您拿些點心下來。」隨安無奈，自己親爹，氣也氣不過來啊！

她這次是真的往樓裡跑，聽到後面的褚秋水得意洋洋地對宋震雲道：「我早就說過隨安不會生我的氣啦！」

隨安一下子噗哧笑了出來，抬手遮著嘴角掩飾，不料跟走出來的林頌鸞碰了個正著。

林頌鸞陰沈地看了她一眼，然後擦著她的肩膀出了永樂樓。

隨安先是不明所以，也不知道自己怎麼惹了她，等上了三樓，拿點心的時候將丫鬟、小廝們的閒言碎語聽了幾句，這才明白過來。

她包了幾樣大廚房給丫鬟們準備的點心。一事不煩二主，跟徐嬤嬤說了褚秋水被人摸走銀子的事，借了五十文錢。

她這頭下樓，老夫人那頭看著褚翌進了皇城，瞧見隨安跟徐嬤嬤嘀咕，就招了徐嬤嬤上前。

徐嬤嬤便把事情說了。

老夫人笑。「多麼要強的一個閨女，偏偏有這麼個爹。」言談中對褚秋水頗為看不起。徐嬤嬤便道：「這些毛賊也忒可惡了些，專挑老實人下手。」隨安處事圓滑不失耿直，徐嬤嬤這些日子還是比較欣賞她的。

隨安不知她們議論自己，快步下了樓。褚秋水捏著鼻子正往樓裡看，還對宋震雲說：「臭味就是從這裡傳出來的……」

永樂樓的跑堂都要過來趕人了。

隨安拉著褚秋水依舊站到牆邊，將點心塞給他。「裡面有兩包，東西都是一樣的，還有五十文錢，你們倆找間茶水鋪子吃了東西，再雇車回去吧！」

宋震雲垂著頭悶聲道：「褚姑娘，我走著回去，只給褚老爺雇頭毛驢就行。」

褚秋水扁嘴。「我害怕坐毛驢。」

隨安氣得笑了。「那毛驢估計比您還要害怕呢！」然後對宋震雲道：「您不用替我省錢，就雇車，你們倆一起回去好了。」

宋震雲唯唯諾諾，點頭應下。

樓上有人往下喊隨安。

褚秋水忙道：「妳快上去吧，現在沒什麼要看的了，我們吃完飯就回去。」

隨安點了點頭，看了看還沒散開的人群。「你們也要多加小心，以後不許再把錢搞丟。」

三個人在永樂樓門前分別，宋震雲開路，領著褚秋水擠出人群，往茶水鋪子的方向走過去。

褚翌進皇城後，先受封，後受賞，一下子成了金吾衛的副指揮使，雖然是從三品，可這麼年輕的從三品將軍也是不多，一下子變得矚目起來。

再然後，皇上留他單獨說話，足足說了兩個時辰，到傍晚才放他出宮，著意賞了他一副金鱗甲。

褚家燈火通明，為他接風洗塵。

褚翌跟褚琮到了家門口，下馬走了兩步，想起褚琮，歪頭示意他走前面。

褚琮皮膚黑裡透紅，即便走在前面，也還是教人一眼就看到跟在後面，夾抱著鳳翅盔、閒庭信步的褚翌。

連人群中的柳姨娘都在心裡鬱悶。明明她模樣不差，為啥生出來的孩子這麼醜……

而褚琮一行完禮就躲到一邊，心裡大呼僥倖。

褚翌跟褚鈺扶著老夫人走在前面，後面跟了一大長串，褚氏一族的眾位親眷。

老太爺雖然沒有出大門迎接，可也沒在屋裡，而是一個人站在外面。父子倆在宮中已經打過照面，不過沒有說話而已，但老太爺還是有點激動。

老夫人難得溫順，給了個好臉。「您怎麼一個人站在這兒？」感覺像我們欺負你似的。

褚翌跟其他人齊齊見禮，站起來後笑道：「爹爹一人，已經勝過千軍萬馬。」

這馬屁拍得老太爺身心舒暢，臉上的笑容越發大了，說了句。「今日高興，咱們……父子好好喝幾杯，不醉不歸。」

老夫人心裡翻了個白眼。這是還沒喝就醉了？真是成不了事，剛才那「咱們」後面是想說「兄弟」的吧？

這夜，酒席直喝到天色發白，褚翌中途回去梳洗了一次，換了身便裝，即便如此也是渾身酒氣。隨安看他的樣子，便知他是真醉，丫鬟們根本扶不住他，武英跟武傑也不行，想了想，便叫武英去喊了衛甲跟衛乙過來。

衛甲跟衛乙也喝了一點，但是不如其他人多，腦子還算清醒。衛甲本是走在前面，看見隨安，腳步一個踉蹌，衛乙戳了戳他低聲問：「你怎麼了？」

「我暈。」衛甲嘟囔。那日明明是紫玉更為耀眼，可他回去翻來覆去琢磨的竟是隨安，現在看見肖似隨安的丫鬟，更想起那日她丟給他的那一個眼色，熟稔中透著親切，親切中透著親熱……

武英道：「麻煩兩位軍爺扶著將軍回錦竹院。」

衛甲跟衛乙雖然看著不壯，可尋常的十來人也別想近身，很有力量。

衛甲上前揹起褚翌，隨安在前面引路。

走了幾十步，衛甲突然聽到褚翌說話。「放我下來。」

衛甲不敢不聽，連忙停下，隨安也轉身過來。

褚翌努力支撐著身子，看著衛甲、衛乙。「你們退下。」又吩咐。「武英，安頓他們。」這下好了，嘩啦啦走了一堆人。

褚翌雙眼迷濛，想了想，抬腳竟然朝他們離開的方向走，隨安連忙上前。「爺，錦竹院在那邊。」

褚翌低頭看了看她，伸手摸了她的臉一把，然後大手落在她的肩頭，聲音低沈。「走吧！」

隨安深一腳、淺一腳地總算走到了錦竹院，恨不能撲地不起，也不管褚翌意願，伸手招了看門的婆子過來扶著褚翌，又叫另一個人去喊人、燒熱水。

錦竹院先前的丫鬟被老夫人換了大半，大丫鬟只留下兩個做通房的芸香跟梅香，這兩個都是往常伺候過的，此時穿得花枝招展、嫵媚動人，上前接手褚翌。

此時不溜更待何時，隨安乘機轉身。

「隨安留下伺候，其他人都退下。」沒想到，一路沒有多話的褚翌又突然冒出一句。

芸香跟梅香雖然心裡不情願，但褚翌積威已久，兩個人還是轉身退了出去。

粗使婆子陸續提了大桶的熱水進來，隨安呆站在一旁，褚翌的目光就冷冷地掃了過來。

屋子裡不知何時竟只剩下他們兩人，明明燒了地龍，可她只覺得冷得顫抖。

浴桶很高，快到隨安胸口，若是她想要進去，非得扒著邊緣爬進去，可褚翌只是長腿一邁就跨了進去。

褚翌坐進去就閉目養神，隨安偷偷抓起他的頭髮聞了聞，想著要是沒有怪味就不洗了，剛放到鼻子下頭，就聽褚翌陰森森地道：「聽說妳不喜歡男子，喜歡女子，看見男子就像看見兄弟一樣，嗯？」

那一個「嗯」字的尾音如同螃蟹的鉗子，雖然是輕輕地點在隨安的腦門上，卻教她一動都不敢動，眨眼間，一滴冷汗滴答落到地上。

什麼叫出師未捷？什麼叫炮灰主意？

第五十九章

隨安耷拉著腦袋，將他的頭髮放在水裡，褚翌沒有看她，繼續道：「我長這麼大，還沒見過女子交好呢，不如給妳找個來，妳做給我看看？還是妳有特別喜歡的？嗯，是紫玉還是棋佩？或者妳喜歡圓圓那樣的？男子相好叫斷袖，女子相好叫什麼來著？磨鏡？哼，妳放心好了，只要妳從頭將我找來的女人摸一遍、親一遍，我這輩子都罩著妳，妳也不用給人做妾室、通房了，想喜歡幾個女子就喜歡幾個女子！」

「您這是聽誰造謠啊？我怎麼會是那種人。」話雖這麼說，可一聽就毫無底氣。

「我能聽信謠言？妳把我當什麼人？」

饒是隨安絞盡腦汁也想不到，褚翌是中途去茅廁，然後聽了兩個丫鬟交頭接耳。

兩個人之間再無話。

褚翌自然是不肯相信隨安喜歡什麼女子的，他生氣是因為覺得，這喜歡女子的風聲肯定是她自己想出來的詭計。

直到水涼了，褚翌才從裡面出來。此時天色已經大亮，他穿了中衣坐在榻上，隨安站在他面前給他擦頭髮，擦完正要退下，卻被他一把扯住辮子。

褚翌抬起頭打量她，頭上戴著一支花箍，兩條辮子擱在肩膀上，再無其他裝飾，額頭飽滿白皙，眉目帶笑，看著賞心悅目——不去想她鼓搗出來的那些事的話。

「喜歡女人？」他神情似笑非笑，眼神邪得很。

她想到他先前的要脅，要當著他的面上演女女活春宮就渾身一凜，連忙搖頭。

「不喜歡男人？」

她點點頭，突然意識到不對，連忙又搖頭。

褚翌被她的呆樣差點逗笑，白了她一眼。「妳為了不給我當通房，還真是饑不擇食啊！」

隨安心道，沒有饑不擇食，好歹女女還在世情之內，沒有跨出種族的界限，要是人獸那才重口味。

褚翌看見她滴溜溜的黑眼珠，就知道她說不定心裡在怎麼亂想呢！抬腳將她往外推了推，眼光示意腳踏。「妳睡這裡吧！」

隨安麻溜地抱了被褥鋪上，趴在上頭就睡著了。

褚翌哼笑一聲，將帳子一挑，也躺了下來。

兩刻鐘後，隨安挪著身子，小心翼翼地去勾自己鞋子，雙腳剛沾地，就覺得腰上一緊，如孫悟空被壓在五指山下一般，半點挪動不得。

她抬頭往後看了看，褚翌根本沒動，只伸出一條腿出床，腳丫子壓在她腰上了。

她對著空氣齜牙咧嘴半晌，然後諂媚道：「您宿醉醒了，定要頭疼，我去給您端一碗醒酒湯。」

褚翌沒有答話，腳下一動一挑，隨安只覺天旋地轉，一下子被他挑到了榻上，還好死不死地壓在他身上。

鬱卒！她連他的一隻腳都打不過！

褚翌摸著她的脖子，閉眼呢喃。「以後別做那些讓我噁心的事。」

隨安有心吐槽。懷孕才會噁心，可惜褚翌沒那功能。

可惜這話也只能心裡想想，她軟軟地回應。「是，以後都不說了。」算是間接承認了自己並不喜歡女人。

屋子外面有丫鬟、僕婦們走動喧譁的聲音，帳子裡的安靜就顯得格外「糟心」。

隨安重整旗鼓，低聲咳了一下，然後才小心道：「我回來之後，京裡又發生了許多事，您要是不睏，我給您講講吧？」

褚翌翻了個身，將她夾在兩腿之間，閉目養神。「說吧！」

隨安略整理了一下思緒，直接道：「肅州節度使李玄印的么女李大小姐，本是要嫁給太子妃的兄弟的，可不知道怎麼入了太子的眼，被太子納入了東宮。肅州李家派了李姑娘的一個姪子過來送嫁，沒幾日，太子出宮遇上了一個道士，現在那道士已經入了宮，李家那位公子也回了肅州。您回來之前，太子一力支持李玄印掌三州節度使，要不是他死了，這事還有得磨呢！」

隨安從李玄印說到林頌鸞嫁人，再說到李嬪小產，劉貴妃消沈，皇后得意，皇上還病了一場。

而隨安的姿勢也漸漸地從被夾，到獲得自由再到坐在榻上，可謂有了長足的進步。

褚翌閉眼聽完。這些事他有的知道得很清楚，有的只模糊地知道個大概，聽隨安這樣再說一遍，偶有茅塞頓開之感。

他喃喃道：「妳說林頌鸞嫁人後很不如意，既是結盟，劉家怎麼會如此？是了，林家連個破落戶都算不上……」

聽褚翌一語道破，隨安張大嘴，而後又重重閉上，兩眼發直，思緒神展。林頌鸞不管怎麼說，本錢都是比自己雄厚，有爹、有娘、有兄弟，還有個小姨當寵妃，且身分是良籍，即使這樣仍舊嫁得不如意，雖可以說她心比天高，但另一方面也是說明了地位不對等，劉家根本沒將她放在眼裡。

她不由得心中發寒，垂下眼簾，恨不能現在就從榻上下去。

褚翌雖然閉著眼，可她的呼吸停頓了好一會兒，他自然察覺到了，睜開眼看見隨安面色發白，眉頭一皺，伸手捏了她的下巴。「妳在想什麼？」

她掰開他的手，後背起了一層冷汗，卻沒有說實話，而是道：「我剛才想到一件事。劉大奶奶，就是林姑娘，她之前曾打發人買了砒霜說是藥耗子，可那買藥的婆子貪心，砒霜貴，大黃便宜，便買了大黃回去……」

褚翌疑惑。「大黃能藥耗子？沒聽說過。」

隨安隨口喃喃。「懷孕的人吃了會引起流產，那懷孕的老鼠吃了，說不定也會小產……」

可這些都不是重點，重點是老太爺的人打聽出來，說是李嬪誤食了一個宮女用來清熱解毒通便的大黃，所以才小產了的。

「劉大奶奶進宮後，不久李嬪就小產了，為此宮中還特意將她召了進去詢問，可她全鬚全尾地出來，我們也就沒往這上頭想。」

她本是轉移話題，卻沒料到這話說出來，越說越覺得有道理。要說李嬪最不會防備的人應該就是林家人了，可這事既沒落到劉貴妃頭上，又沒有落到皇后頭上，成了個葫蘆案，李嬪升了一級，看上去損失，也算有了補償。

林頌鸞近來雖然消停了些，卻不見傷心，可見李嬪小產這事對她來說，不是什麼嚴重的事，而林先生跟林太太還有林頌楓知道李嬪小產，卻在家裡痛哭流涕，這才是正常人應有的反應吧？

「您一定聽說了，林家不停放出消息，說是大軍煞氣重，沖了龍胎，後來陛下生病，也說是被沖了龍氣。因為謠言傳得多了，竟然有御史上書，好在陛下總算好了，那摺子也一直留中不發。」她想想就一頭冷汗。要是把李嬪小產跟皇帝生病同時栽到褚家頭上，褚家就算不完，也要從此繼續敗落下去了。

「皇后跟劉貴妃都想拉攏褚家，不到萬不得已，不會一上來就放這樣的言論。」褚翌冷聲道。

兩個人對視一眼，褚翌乾脆起床，不再繼續躺著了。

隨安忙服侍他穿衣裳，褚翌走了幾步，腳步略停，轉身看了眼四周，然後對隨安道：「險些被妳糊弄過去。若是以後再教我見妳出這些么蛾子，小心我真把妳丟到人前去出醜，到時候妳就會知道我不是說著玩的了。」

隨安拚命點頭。「不敢了、不敢了，我真不敢了。」覺得自己也忒倒楣，計畫還沒開始實施就被戳穿，有心問褚翌是怎麼聽到的，也不敢問。

褚翌去找老太爺說話，隨安則回了徵陽館。

老夫人還在內室躺著，聽見隨安在外面跟紫玉輕聲說話，喊了她進去，問褚翌在做什麼？

「九老爺沐浴更衣後在榻上略躺了躺，就去找老太爺說話了。」隨安恭敬地答。

老夫人點頭。「嗯，妳也辛苦了一夜，下去歇著吧！我看這幾日妳就在錦竹院待著好了，錦竹院的丫鬟們都是新換的，也不知他喜不喜歡？」

隨安應了聲是，退到外面，聽老夫人說明日要帶褚翌去大成寺還願，柳姨娘則協助大夫人開始籌備八老爺褚琮的婚事。這事與錦竹院不大相干，隨安也就安心地回了錦竹院，在丫鬟們住的西邊耳房歇了下來。

這一覺睡到饑腸轆轆才醒，她梳好頭，將被褥整理好出門。

有小丫鬟們正坐在廊下染指甲，嘰嘰喳喳的。

隨安微微一笑，想起自己剛進褚府那會兒，可沒有這樣的好心情，心裡總是戰戰兢兢，背書、練字、打掃院子、收拾屋子，怎麼也想不起有悠閒染指甲的時候，老是覺得時間不夠用，怕自己失去這份難得的工作。

看見她，小丫鬟們紛紛打招呼，嘴裡喊著「隨安姊姊」。

隨安就問了一句。「九老爺回來了嗎？」

才說完，就瞧見紫玉氣喘吁吁地跑來。「九老爺在徵陽館歇下了，說頭痛，好幾個人揉也不管用，妳還不快去？」

隨安愣道：「可我也沒揉過。」

紫玉一拉她的手。「妳快走吧，剛才棋佩都被九老爺罵哭了，妳就當心疼心疼棋佩好了。」

院子裡，原來聽見說服侍九老爺還雙眼發亮的小丫鬟們，頓時垂下頭去，再沒人願意跟著隨安前去伺候。

紫玉這是躲著褚翌，所以才不打發小丫鬟過來傳話，而是自己親自過來。

可隨安難道就是那上趕著去挨罵的人？她還沒有偉大到這種程度，何況她一向心裡怕著褚翌。

「怎麼沒有請太醫來瞧瞧嗎？」

紫玉冷冷地瞥她。「太醫來了之後怎麼說？說喝洗塵酒喝到頭痛嗎？」說完見隨安愣然，才又噗哧一笑。「妳別多心，這可不是我說的，是九老爺不許去叫太醫。咱們都曉得喝了酒頭痛，好生睡一覺就好了，可九老爺這不是煩躁得睡不著嗎？唉，九老爺這麼著，也不知怎麼在軍中熬了這一年的，老夫人想起了就心疼落淚呢！不光老夫人，就是咱們，看了也心疼不是？」說著竟然拿起帕子擦眼睛。

隨安暗道了聲「佩服」，吩咐兩個小丫鬟拿褚翌的衣裳送到徵陽館，她則跟紫玉先走一步。

褚翌是先喝了酒，又在老太爺書房裡喝了幾杯濃茶，所以才頭痛的。

整個徽陽館都靜悄悄的，可他在母親的碧紗櫥裡翻來覆去，就是睡不著。

身體疲乏，頭痛欲裂，有兩個上前伺候的丫鬟不小心扯了他的頭髮，被他揮手推了出去，一個磕到屏風上，屏風跟著倒了，另一個撞到後面端水盆的丫鬟，淋了一身。時隔一年，徽陽館的丫鬟們再次見識褚家九老爺的威力，個個都退縮了。

這樣的褚翌，別說丫鬟們，就是老夫人也不敢招惹啊！老夫人乾脆躲了出去，美其名曰去看看八老爺的婚事準備得如何，還吩咐人。「隨安是伺候九老爺的老人了，叫她過來服侍。」

隨安出了錦竹院的門，芸香跟梅香便從後面出來，朝著小丫鬟們打聽紫玉過來做什麼，小丫鬟們七嘴八舌地說了。

「紫玉姊姊是過來叫隨安姊姊去前面伺候九老爺的。」

「九老爺喝多了酒，這會兒正頭痛發脾氣。」

「隨安姊姊還讓送九老爺的衣裳過去。」

芸香跟梅香對看一眼，一個淡淡地道：「既是吩咐了妳們，那妳們就快取了衣裳送去。」

另一個也隨著說：「小心伺候了九老爺，這可不是鬧著玩的。」

說完就各自回房，可見也都清楚褚翌的脾氣。相比性命來說，吃醋嫉妒當然算不得什麼要緊事。

而且從前褚翌還小，發脾氣可以說成是小孩子胡鬧，現在大了，成了三品的將軍，戰場上殺人無數，她們這些內宅小女人是害怕多過敬畏。

梅香甚至偷偷羨慕過被打發出去成親的荷香。荷香因是大丫鬟，又是老夫人親自打發的，不管怎樣總有幾分體面，成親後進來跟梅香說自己在房裡說一不二，男人都小意地哄著。

而褚翌這種，只有旁人小意哄他的分。

「喝點蜂蜜水會好點。」隨安端著碗，站在床前輕聲道：「是桂花蜜。」

褚翌煩躁地轉了個身。「不喝，拿走、拿走。」使勁用腳踹了兩下床柱。

隨安看著那床柱都被他踹鬆了，忍不住來氣。「不喝，那就繼續難受吧！」端了碗就走，嘴裡唸叨。「一回來就發脾氣，哪裡有個將軍樣？這麼大個人了，還自己跟自己置氣！」

褚翌咬牙切齒。「褚隨安！」

「喏。」她又端了碗回來，伸出一隻手拉他。「起來喝了，要不回去再泡個熱水澡。這裡床這麼小，委委屈屈地也睡不好。」碧紗櫥的床就是張小床，他去年睡還可以將就，今年回來就要屈著腿了。

褚翌陰沈著臉色，坐起來接過碗喝了。隨安雖然經驗不豐富，可曉得他不大喜歡甜膩，從一旁拿了青鹽水給他。「漱口。」又伸手摸了摸他的額頭，有些發熱，就道：「回去再泡個熱水澡，熱熱的出身汗會好受些。您好好睡了，醒來就不痛，否則老夫人一定還會去請太醫，要是請來太醫，您剛才受的罪也就白受了。」又遞了熱帕子給他擦臉。

丫鬟石榴進來。「八寶粥做好了。」

隨安勸道：「略微吃一點，胃裡也好受些。」

褚翌轉過頭去。石榴看了地上散落的碎瓷片，沒敢做聲，又悄悄退了出去。

屋裡就剩他倆，隨安小聲道：「不吃拉倒，我餓了，我吃。」兩三口就把一碗八寶粥都喝了，出去將碗遞給門外的人。

石榴小聲道：「隨安姊，妳可真厲害。」

隨安擠出個咬牙切齒的笑。「小意思。」回頭招呼另一個丫鬟。「給我拿笤帚跟簸箕來。」

拿著東西回屋，先在手上包了帕子，把大塊的瓷器都收了起來，然後再用笤帚掃起散落及碎了的。

幸虧地上是青磚，要是鋪了氈毯，那就麻煩了。

褚翌抿著唇，悻悻地坐起來，不情不願地說：「不是回錦竹院？妳倒是勤快。」

隨安直起腰，見他態度軟化，也不想繼續跟他硬槓，溫順地道：「怕您踩了傷著腳，咱們這就走吧！」又洗了手重新為他寬衣。

褚翌在前面，卻一路走到書房小院。

隨安忙上前開門，武英跟武傑還有圓圓都在這裡。

一通忙活，褚翌又泡在熱水裡，不一會兒額頭就出了汗，隨安在一旁替他不停擦拭，直到天色微微發暗，褚翌才懶洋洋地道了一句。「餓了。」

不吃別的，非要吃隨安做的麵條。

明明天氣寒冷，隨安端著清湯麵進屋時，汗水已將額頭的頭髮都打濕了。

——未完，待續，請看文創風617《丫頭有福了》3

2018年2月出版

瑾有獨鍾

文創風 611～614

花有謝期，但她回眸一笑的身影卻烙在他心底。
再見惦念一世的女人，怎能放手？

江山如畫 不及美人／半卷青箋

身為皇族，陸無硯明白，捍衛大遼乃天生使命，化身修羅也在所不惜，
但帝王孤獨，前世收服四邦又如何，卻讓他失去摯愛，心碎而亡。
幸虧神垂憐，再睜眼時，讓他回到兩人初識那年——
江山似畫，哪及她聲聲喚他三哥哥的模樣？
有緣無分的痛，經歷一次足矣。這次換他守護她，至死方休！

無奈變成投奔外家的小小孤女，方瑾枝早已練就察言觀色的好本事，
在國公府求生大不易，如履薄冰，還得伺機奪回被舅母霸占的家產。
孰料出身貴胄的三哥哥竟對她青眼有加，還親自教導，讓她又驚又喜，
勇闖高門，步步算計不如橫著走啊～～這座大靠山她要定了，絕不鬆手！
可她不知代價高昂，原以為能全身而退，卻陷入他的溫柔，無法自拔……

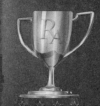

輕盈窈窕賞

在家也能鍛鍊核心肌群、塑造完美曲線！

營養美味賞

七段烘烤程度烤出焦香酥脆的完美吐司！

健康紓壓賞

NBR環保材質，彈力佳、親膚不易過敏！

輕巧時尚賞

繽紛俏麗的色彩，輕便易攜、隨插即用！

❖本次活動，出清特價書與新書同享「滿千免運」優惠，機會難得，敬請把握！

❖凡在優惠期間內完成付款手續，還可參加2018外曼特賣抽獎活動，
中獎名單將於2018/04/17公佈在狗屋網站上。

購書小叮嚀

★ 請於訂購後三日內完成付款才算有效訂單，逾期不予優惠！

★ 各書籍庫存量不一，售完為止。絕版書不包含在此優惠活動內。

★ 特賣書籍因出書時間較久，雖經擦拭、整理，仍有褪色或整飾痕跡，故難免不如新書亮麗。除缺頁、倒裝外無法換書，因實在無書可換，但一定會優先提供書況較良好的書給大家。

★ 購書滿千元(含)以上免郵資。未滿千元部份：郵資65元(2本以下郵資50元)／超商取貨70元，限7本以內／宅配100元。

★ 歡迎海外讀者參與(郵資另計)，請直接上網訂購，或寫信到love@doghouse.com.tw詢問相關訊息。

狗屋．果樹有權修改優惠活動的實施權益及辦法。

果樹出版社 台北市104龍江路71巷15號　郵撥帳號：19341370
電話：(02)2776-5889　傳真：(02)2771-2568　網址：love.doghouse.com.tw

為流浪貓狗加油 和貓寶貝 狗寶貝

廝守終生(一定要終生喔！)的幸福機會

對人來說，貓寶貝狗寶貝只是生活的一部分，但妳(你)對牠們來說，卻是生活的全部，領養前請一定要考慮清楚──

▲ 想當狗界網帥的男孩　Butter

性　　別：男生
品　　種：米克斯
年　　紀：11個月大
個　　性：溫和安靜，喜歡與人互動，非常會拍照。
健康狀況：2017年底已接種疫苗。
目前住所：台中市霧峰區

『Butter』的故事：

Butter的麻麻是中途原本在餵食的浪浪之一，曾幾度試圖想要誘捕結紮，沒想到牠卻伶俐得次次躲過，結果在2017年的春天，牠生下了五隻小幼犬，Butter便是其中一隻。山郊野嶺的環境並不適合幼犬們生存，因此中途就將這些狗寶寶帶回狗園照顧。

在五隻幼犬中，Butter是最嬌小的，性格也和牠的兄弟們大相逕庭。Butter總是喜歡獨自趴在樹下，較少與其他幼犬奔跑玩鬧，但只要一看到有人接近，牠就會親暱地搖著尾巴上來撒嬌，中途說，那模樣真是可愛到不要不要的！中途還特別提到，Butter在拍照時很懂得看鏡頭，每次一眨眼、一笑開嘴，他們就好像看到了一隻有企圖當小網帥的狗兒（笑）。

Butter的個性屬於乖巧文靜型，也相當親人且懂事，是個不可多得的乖寶寶。若您覺得可愛的小Butter有眼緣，歡迎來信leader1998@gmail.com（陳小姐），或傳Line：leader1998，或是私訊臉書專頁：狗狗山-Gougoushan。

認養資格：

1. 認養者須年滿20歲，有穩定經濟能力，並獲得全家人的同意。
2. 須同意簽認養寵物切結書，並讓中途瞭解Butter以後的生活環境。
3. 同意送養人日後之追蹤探訪，對待Butter不離不棄。
4. 同意讓Butter絕育，且不可長期關、綁著Butter，亦不可隨意放養。
5. 為讓中途對您有更深入的瞭解，中途會先有份線上問卷請您填寫。

來信請說明：

a. 個人基本資料：姓名、性別、年齡、家庭狀況、職業與經濟來源等。
b. 想認養Butter的理由。
c. 過去養寵物的經驗，及簡介一下您的飼養環境。
d. 若未來有結婚、懷孕、出國或搬家等計劃，將如何安置Butter？

文創風 616

丫頭有福了 2

國家圖書館出版品預行編目資料

丫頭有福了 / 秋鯉著. --
初版. -- 臺北市 : 狗屋, 2018.03
冊 ; 公分. --（文創風）
ISBN 978-986-328-841-1（第2冊：平裝）. --

857.7　　107000508

著作者　秋鯉
編輯　張蕙芸
校對　沈毓萍　簡郁珊
發行所　狗屋出版社有限公司
地址　台北市104中山區龍江路71巷15號1樓
電話　02-2776-5889～0
發行字號　局版台業字845號
法律顧問　蕭雄淋律師
總經銷　知遠文化事業有限公司
電話　02-2664-8800
初版　2018年3月
國際書碼　ISBN-13　978-986-328-841-1

本著作物由阿里巴巴文學信息技術有限公司授權出版

定價250元
狗屋劃撥帳號：19001626
網址：love.doghouse.com.tw　E-mail：love@doghouse.com.tw